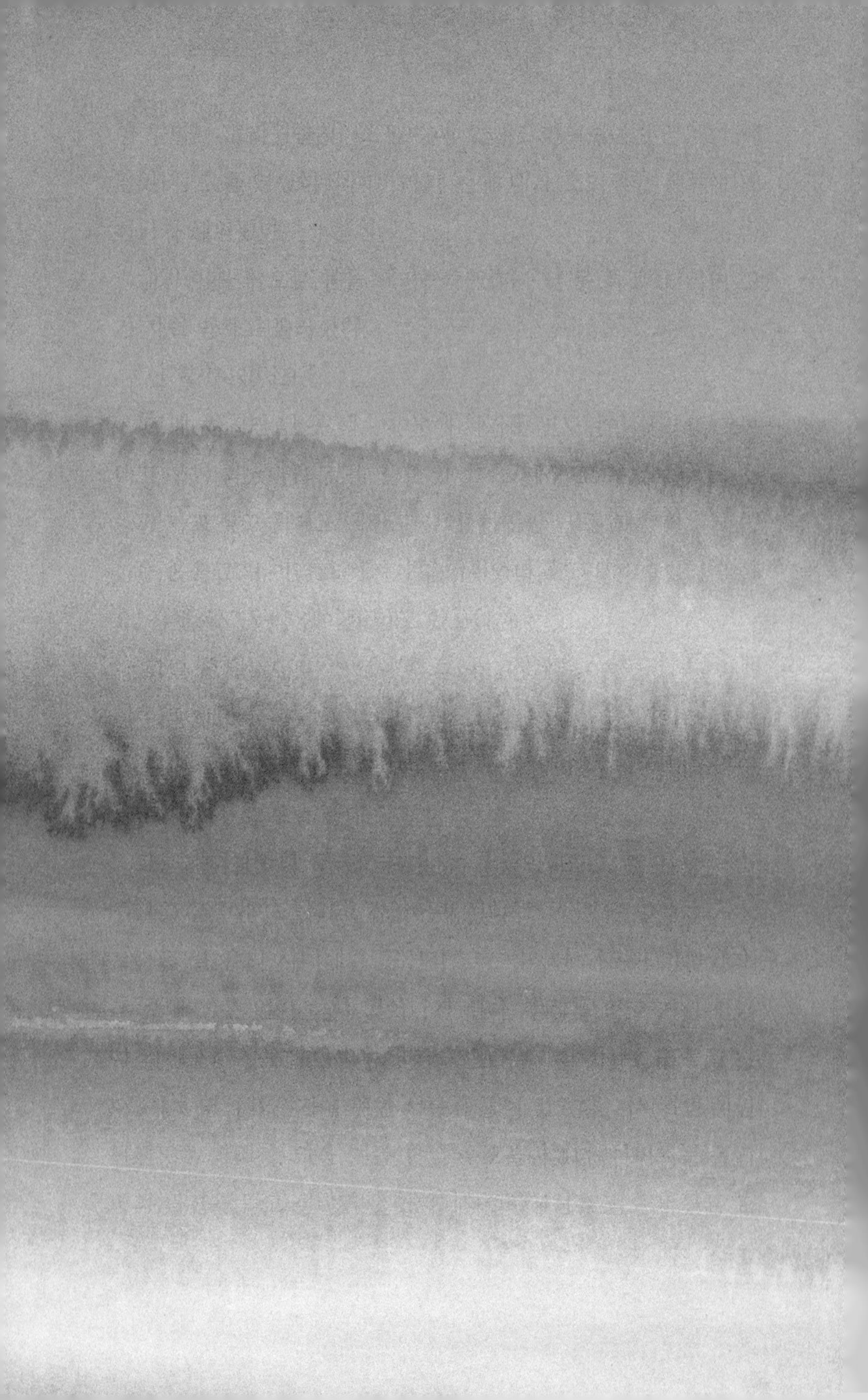

# FIND ME

FIND ME

# 파인드 미

안드레 애치먼 지음
정지현 옮김

잔

나의 세 아이에게 바칩니다.

# 차례

# 템포

# TEMPO

*왜 그렇게 우울해요?*

피렌체역에서 기차에 오르는 그녀를 바라보았다. 유리문을 밀고 객실로 들어와 두리번거리더니 곧바로 내 옆 빈자리에 백팩을 아무렇게나 내려놓았다. 가죽 재킷을 벗고는 읽고 있던 페이퍼백을 내려놓은 다음 나와 대각선 자리에 털썩 주저앉았다. 씩씩거리면서 신경질을 내는 것처럼 보였다. 기차에 오르기 전 전화로 열을 내며 말싸움을 벌이다 자신이나 상대가 끊기 직전에 내뱉은 가시 돋친 말을 곱씹는 사람 같았다. 붉은색 목줄을 주먹에 감아쥔 채로 양발 사이에 강아지를 앉히려 했지만 강아지도 그녀만큼이나 심란해 보였다. "*Buona*, 착하지." 그녀가 강아지를 진정시키려고 한마디 했다. "*Buona*." 여전히 꼼지락거리며 벗어나려는 강아지에게 다시 말했다. 나는 개의 존재가 거슬려서 꼰 다리를 풀어 공간을 더 만들어 주려는 시도를 본능적으로 거부했다. 하지만 그녀는 내 존재도 몸짓도 알아차리지 못하는 듯했다. 곧바로 백팩을 뒤지더니 얇은 비닐봉지에서 작은 뼈 모양의 간식 두 개를 꺼내 손바닥에 올려놓고 강아지가 핥는 모습을 바라보았다. "*Brava*(잘했어)." 잠시나마 강아지가 진정되자 몸을 살짝 들어 셔츠의 매무시를 다듬고 앉은 상태에서 한두 번 움직이다 속상한 듯 털썩 기대앉아 피렌체 산타마리아노벨라역을 출발하는 기차의 창밖을 무심하게 바라보았다. 여전히 속이 부글부글 끓는 모양이었다. 무의식적으로 고개를 한두 번 흔들기도 했다. 기차에 오르기 전 전화로 싸운 상대를 원망하는 것이 분명했다. 순간 그녀가 너무 쓸쓸해 보여서 펼쳐진 책을 읽으면서도 뭔가 할 말을 찾으려 애쓰는 나 자신을 발견했다. 우리가 앉은 맨 끝쪽 자리에 드리운 곧 폭풍우를 몰고 올 먹구름을 걷어내고 싶은 마음이었다. 하지만 이내 생각을 바꾸었다. 상관 말고 계속 책이나 읽는 게 낫겠다 싶었다. 그런데 나를 쳐다보는 그녀를 보는 순간 나도 모르게 입을 열고 말았다.

"왜 그렇게 우울해요?"

하지만 말하는 순간 깨달아 버렸다. 기차에서 처음 본 생판 모르는 사람에게는 얼마나 이상한 질문으로 들릴지. 더구나 살짝만 건드려도 폭발할 것처럼 보이는 사람에게는. 그녀는 어리둥절하면서도 적대적인 눈빛으로 빤히 쳐다볼 뿐이었다. 곧 나를 뭉개버리고 분수를 깨우쳐 주는 말이 튀어나오겠지. *남의 일에 신경 끄시죠, 아저씨* 혹은 *무슨 상관이에요*, 라거나 얼굴을 찡그리며 *재수 없어*, 라고 신랄한 비난을 쏟아 낼 것이다.

"아뇨. 우울한 게 아니고 그냥 생각하는 거예요." 그녀가 대답했다.

나는 서글프게 느껴질 정도로 부드러운 그 어조에 깜짝 놀랐다. 상관 말고 꺼지라는 대답보다도 할 말을 잃게 했다.

"생각하는 중이라서 우울해 보이나 봐요."

"그럼 행복한 생각인가요?"

"아뇨. 행복한 생각도 아니에요."

나는 말없이 미소만 지었다. 괜히 얄팍하게 어른인 체 말을 건 일에 벌써 후회가 밀려왔다.

"하지만 우울한 게 맞는지도 모르겠네요." 그녀가 조용한 웃음과 함께 수긍하는 말을 덧붙였다.

나는 눈치 없는 말을 해서 미안하다고 사과했다.

"사과할 필요 없어요." 그녀는 시골 풍경이 펼쳐지기 시작한 창밖을 훑으며 말했다. 미국인이냐고 물었다. 그렇단다. "나도 미국인입니다." 그녀가 웃으며 "억양을 보니 알겠네요."라고 받아 주었다. 나는 이탈리아에 산 지 30년이 다 되어 가는데 어떻게 해도 억양이 고쳐지지 않는다고 설명했다. 물어보니 그녀는 열두 살 때 부모와 함께 이탈리아로 왔단다.

둘 다 목적지가 로마였다.

"일 때문에 가나요?" 내가 물었다.

"아뇨. 일은 아니에요. 아빠가 아파서요." 그녀는 나를 보고 눈썹을 치켜세우며 덧붙였다. "우울해 보인 이유가 그래서일 수도 있겠네요."

"많이 안 좋은가요?"

"그런 것 같아요."

"안타깝네요."

그녀는 어깨를 으쓱했다. "사는 게 그렇죠!" 그러고는 어조를 바꾸어 물었다. "그쪽은요? 업무 차 아니면 관광 차?"

나는 입국 신고 때 으레 나오는 그 질문에 미소 지으며 초청을 받아 대학생들에게 낭독회를 하러 간다고 설명했다. 로마에 사는 아들도 만날 텐데 아들이 역까지 마중 나오기로 했다는 말도 덧붙였다.

"참 착한 아드님이네요."

그녀가 놀리고 있다는 것을 알았다. 하지만 나는 침울함에서 활기 넘치는 모습으로 쭉 미끄러지듯 바뀐 그 경쾌하고 가벼운 태도가 마음에 들었고, 나 역시 마찬가지라는 생각이 들었다. 그녀의 말투는 캐주얼한 옷차림과도 잘 어울렸다. 흠집 난 등산화, 청바지, 화장기 없는 얼굴, 검은색 티셔츠에 받쳐 입은 단추를 절반 정도 푼 빛바랜 붉은 체크무늬 셔츠. 하지만 헝클어진 차림새와 달리 눈동자는 초록색이고 눈썹도 짙었다. 그녀 역시 알 거라는 생각이 들었다. 내가 우울해 보인다면서 실없이 말을 걸어온 이유를. 평상시에도 처음 보는 사람들이 이런저런 핑계를 대며 말을 걸어올 것이 분명했다. *건드리기만 해 봐*, 라고 말하는 듯 짜증 가득한 분위기를 풍기는 것도 그 때문이리라.

그녀가 내 아들을 비꼬는 듯한 말을 한 뒤로 대화가 멈췄지만 전혀 놀랍지 않았다. 각자 읽던 책으로 돌아가야 할 때였다. 그런데 그녀가 내 쪽을 보더니 단도직입적으로 물었다. "아드님을 만나는 게 기대되나요?" 또 놀린다는 생각이 들었지만 건방진 말투는 아니었다. 기차에서 만난 낯선 사람과의 벽을 뚫고 성큼 다가오는 그녀의 방식은 매혹적이면서도 상대를 무장해제시키는 면

이 있었다. 마음에 들었다. 그녀는 두 배 가까이 나이 든 남자가 아들을 만나기 전에 느끼는 기분이 정말 궁금할지도 모른다. 그냥 책을 읽고 싶지 않아서 던진 질문이거나. 그녀는 내 대답을 기다렸다. "행복한가요, 아니면 긴장되나요?"

"긴장되진 않아요. 약간 긴장되는 것 같기도 하지만." 내가 덧붙였다. "부모는 자식에게 폐가 될까 봐 항상 걱정이거든요. 재미없어할까 봐 걱정되는 건 물론이고."

"본인이 재미없다고 생각하나요?"

방금 내가 한 말을 그녀가 의외라고 느낀 것이 좋았다.

"그럴지도 모르죠. 솔직히 세상에 안 그런 사람이 있나요."

"우리 아빠 재미없지 않은데."

내 말이 그녀를 불쾌하게 만든 걸까?

"그럼 방금 한 말 취소하죠."

그러자 그녀가 미소 지으며 내 말을 받았다. "너무 쉽게 그러면 안 되죠."

그녀는 상대를 쿡 찌르며 곧장 뚫고 들어온다. 그런 모습이 아들을 떠올리게 했다. 아들보다 몇 살 많아 보이지만 다툴 때면 내 모든 실수와 은밀한 계략을 지적함으로써 화해한 다음에도 가슴에 구멍이 뚫린 기분이 들게 만드는 재주는 똑같았다.

*가까워지면 알게 될 당신의 진짜 모습은 무엇인가요?* 물어보고 싶었다. *당신은 유머 감각이 있고 명랑하고 유쾌한 사람인가요, 아니면 몸 안에 흐르는 우울하고 성질 고약한 피가 얼굴에 구름을 드리우며 그 미소와 초록빛 눈동자에 엿보이는 웃음소*

*리를 완전히 가려 버리나요?* 궁금했다. 짐작이 되지 않았기 때문이다.

사람을 잘 읽는다고 칭찬하려는 순간 그녀의 전화기가 울렸다. *남자친구겠지! 누구겠어.* 나는 끊임없는 휴대전화의 방해에 익숙했다. 제자들을 만나 커피 마실 때나 동료들은 물론 아들과 대화할 때 전화벨이 불쑥 끼어들지 않기란 이제 불가능한 일이었다. 전화벨은 우리를 구해 주고 침묵을 만들어 주고 선로를 바꿔 준다.

"안녕, 아빠." 그녀는 벨이 울리자마자 받았다. 시끄러운 벨 소리가 다른 승객들에게 방해될까 봐 곧장 받은 줄 알았더니 놀랍게도 큰 소리로 통화하는 거였다. "망할 기차 때문에요. 멈췄어요. 얼마나 걸릴지 나도 몰라요. 두 시간은 안 넘을 거예요. 이따 봐요." 아버지가 뭔가를 물어본 모양이었다. "당연하죠, 이 아저씨야. 그걸 어떻게 잊어버려." 아버지가 또 뭐라고 묻는 듯했다. "그것도요." 잠시 침묵이 흘렀다. "나도요. 많이많이."

그녀는 전화를 끊더니 '*이젠 방해받을 일 없을 겁니다.*'라고 말하는 것처럼 전화기를 백팩에 던져 넣었다. 잠시 후 나에게 불편한 미소를 지어 보이며 입을 뗐다. "부모들이란." *부모는 어디 가든 다 똑같지 않아요?* 라는 뜻이었다. 그러고는 설명했다. "주말마다 아빠를 만나러 가요. 내가 주말 담당인 셈이죠. 평일에는 형제자매들이랑 간병인이 돌봐 주거든요." 그녀는 뭐라고 말할 기회도 주지 않고 화제를 돌렸다. "오늘 저녁 모임을 위해서 그렇게 꾸민 건가요?"

내 옷차림을 그런 식으로 묘사하다니 기발했다! "*꾸민 것처럼 보이나요?*" 칭찬을 노리는 느낌이 나지 않도록 농담처럼 되받아쳤다.

"재킷 가슴에 꽂은 행커치프, 빳빳하게 다린 셔츠 그리고 넥타이는 안 했는데 커프링크스는 했네요? 신경깨나 쓴 것 같은데요? 약간 구식이긴 하지만 깔끔해요."

우리는 둘 다 미소 지었다.

"아, 이것도 있습니다." 나는 재킷 주머니에서 알록달록한 넥타이를 살짝 꺼냈다가 집어넣었다. 자신을 기꺼이 웃음거리로 만들 만큼 유머 감각이 있는 사람이라는 사실을 알아주었으면 했다.

"거봐요, 꾸민 거 맞네요! 일요일 외출복을 입은 퇴직한 교수까진 아니지만 거의 비슷하네요. 그럼 두 분은 로마에서 뭐 해요?"

늘 이렇듯 스스럼이 없었나? 내가 첫마디로 던진 질문이 격의 없는 분위기가 될 수 있다고 생각하게 만든 걸까? "5~6주에 한 번씩 만납니다. 아들은 로마에 사는데 곧 파리로 이사할 겁니다. 벌써 많이 보고 싶을 것 같네요. 아들과 보내는 하루가 좋습니다. 우린 별것 안 해요. 만나면 주로 산책을 하는데 매번 똑같은 코스죠. 음악학교 근처 아들의 로마, 젊어서 선생 노릇 할 때 살았던 나의 로마. 그리고 항상 아르만도에서 점심을 먹지요. 아들이 나와 보내는 시간이 싫은데 참아 주는 건지 즐거운 건지는 아직도 잘 모르겠네요. 둘 다인지도 모르죠. 비토리아거리, 벨시아나거리, 델바부이노거리를 걷는 게 우리만의 의식이 됐습니다. 어쩌다 신교도 묘지까지 걸어갈 때도 있어요. 그 거리들은 나와 아들의 인생 지표와 비슷합니다. 우리는 우리의 성야(vigil, 聖夜)라고 별명을 붙였어요. 믿음 독실한 사람들이 *madonnelle*, 거리의 성지에 멈춰 서서 성모상에 경의를 표하는 걸 본뜬 이름이죠. 점심 식사, 산책, 성야. 이 코스를 항상 기억하지요. 난 운이 좋아요. 아들과 로마를 걷는 것 자체가 성야죠. 어느 거리에 들어서든 추억을 발견합니다. 내 추억, 타인의 추억, 로마의 추억. 나는 해 질 무렵의 로마를 좋아하고 아들은 오후의 로마를 좋아해요. 아무 데서나 오후의 차를 마시면서 저녁때까지 버티다 술을 마시기도 하지요."

"그게 다예요?"

"그게 다예요. 날 위해 마르구타거리를 걷고 아들을 위해 벨시아나거리를 걷죠. 둘 다 옛사랑의 추억이 있는 곳입니다."

"과거 성야의 성야인가요?" 기차의 젊은 여인이 농담을 던졌다. "아드님은 결혼했어요?"

"아뇨."

"애인은 있고요?"

"모르겠네요. 누가 있는 것 같긴 한데. 사실 좀 걱정되긴 합니다. 오래전에는 있었는데 지금은 누가 있는지 물어보니까 고개를 저으면서 '묻지 마세요, 아빠. 묻지 마세요.' 하더라고요. 아무도 없거나 아무나 만난다는 뜻이죠. 어느 쪽이 나쁜지 모르겠더군요. 예전에는 나한테 다 말해 줬는데."

"아드님은 솔직하게 말한 것 같은데요."

"그렇지요. 어떻게 보면."

"난 마음에 들어요." 나와 대각선 방향에 앉은 젊은 그녀가 말했다. "나도 비슷한 성격이라 그럴지도 몰라요. 처음에는 속을 너무 보여 주며 스스럼없이 군다고 원망받고, 나중에는 너무 경계가 심한 데다 내성적이라고 원망받거든요."

"아들이 사람을 멀리하는 것 같진 않아요. 어쨌든 그리 행복하진 않은 것 같네요."

"전 아드님이 이해되네요."

"그쪽은 누구 없어요?"

"모를 거예요."

"*네?*" 내가 되물었다. 놀라고 애절한 한숨처럼 튀어나온 말이었다. 무슨 뜻일까. 아무도 없다는 뜻일까, 너무 많다는 뜻일까, 아니면 사랑한 남자에게 버림받은 상처가 너무 큰 나머지 자기 자신이나 수시로 갈아치우며 만나는 남자들에게 분풀이하고 싶은 마음만 남았다는 뜻일까? 안타깝게도 내 아들 역시 분명 그럴 거라고 생각되지만, 그녀에게도 그저 스쳐 지나간 사람이 많았을까, 아니면 그녀 자신이 누군가의 삶에 슬쩍 들어갔다가 흔적도 증표도 남기지 않고 슬쩍 떠나 버리는 쪽일까?

"내가 사람을 좋아하는지도 모르겠어요. 사랑에 빠지는 타입은 더욱 아니고요."

내 눈에는 아들에게서도 그녀에게서도 모두 보였다. 똑같이 쓰라리고 무덤덤하고 상처받은 심장이.

"사람을 안 좋아하는 거예요, 아니면 사람한테 질려서 예전에는 왜 흥미를 느꼈는지 아무리 애써도 기억나지 않는 거예요?"

갑자기 그녀가 조용해졌다. 깜짝 놀란 듯 보이는 얼굴로 한마디도 내뱉지 않았다. 두 눈만 내 눈을 빤히 바라보았다. 내가 또 기분 상하게 만든 건가? "그걸 어떻게 알았죠?" 마침내 입을 열었다. 처음으로 심각한 표정이 되었는데 짜증 나 보였다. 주제넘게 남의 사생활에 참견하고 나서는 나를 찌르려고 날카로운 말을 갈아 대는 모습이 떠올랐다. 괜히 입을 놀렸나 싶었다. "만난 지 15분도 안 됐는데 나를 잘 아네요! 내가 그렇다는 걸 어떻게 알았죠?" 그리고 잠시 멈췄다가 다시 물었다. "상담료가 한 시간에 얼마예요?"

"서비스입니다. 내가 잘 아는 것처럼 보인다면 사람은 누구나 다 그렇기 때문일 겁니다. 게다가 그쪽은 젊고 예뻐서 항상 남자가 꼬일 수밖에 없을 테니 사람을 만나는 게 어려운 일도 아니겠고요."

내가 또 경솔하게 선을 넘은 건가?

칭찬의 말을 수습하려고 덧붙였다. "새로운 사람이 주는 마법은 절대로 오래가지 않기 때문이죠. 원래 우리는 가질 수 없는 사람만 원하니까요. 잃었거나 내 존재조차 모르는 사람만이 우리에게 흔적을 남기죠. 다른 사람들은 메아리나 있을까?"

"마르구타 양이 그런가 보죠?" 그녀가 물었다.

이 여자는 뭐 하나 놓치는 법이 없구나 싶었다. 마르구타 양이라는 표현도 마음에 들었다. 아주 오래전 일을 가지고 웃음을 터뜨릴 수도 있을 만큼 부드럽고 나긋나긋한 분위기를 만들어 주었다.

"평생 모를 것 같군요. 우리가 함께 한 시간은 무척 짧고 너무 갑작스러웠거든요."

"언제 일이죠?"

나는 잠깐 생각에 잠겼다. "말하기 창피한데."

"그냥 말해 봐요!"

"족히 20년은 됐습니다. 아니, 30년이군요."

"그리고요?"

"로마에서 학생들을 가르칠 때 파티에서 만났어요. 그녀도 나도 사귀는 사람이 있었죠. 어쩌다 이야기를 나눴는데 둘 다 대화를 끝내고 싶어 하지 않았어요. 그녀가 남자친구와 돌아가고 곧 우리도 떠났죠. 전화번호조차 교환하지 않았는데 그녀가 계속 생각나더군요. 파티에 초대해 준 친구에게 전화해서 그녀의 번호를 아는지 물어봤죠. 그런데 기가 막힌 부분이 바로 여기입니다. 하루 전에 그녀도 *내* 전화번호를 물어봤다는 겁니다. 드디어 그녀에게 전화를 걸었고, 다짜고짜 물었죠. '나를 찾았다면서요?' 내 소개부터 해야 했는데 경황이 없었어요. 떨렸거든요. 그녀는 내 목소리를 바로 알아보더군요. 친구가 미리 언질을 주었을지도 모르죠. '전화하려고 했는데…….' 그 말을 받아 '하지만 안 했죠.'라고 했어요. '네, 안 했죠.' 이어서 그녀가 나보다 더 용기 있는 사람이라는 걸 알려 주는 말을 했고, 그 순간 내 심장이 빠르게 뛰었어요. 전혀 예상치 못한 말이었죠. 영원히 잊지 못할 겁니다. '*우리 이제 어떡할까요?*'였어요. 우리 이제 어떡할까요? 내 인생이 익숙한 궤도에서 벗어나고 있다는 걸 그 한마디로 깨달았죠. 그렇게 위험할 정도로 솔직한 말은 처음 들어 봤거든요."

"그 여자분 마음에 드네요."

"마음에 들 수밖에 없었죠. 그녀가 워낙 직설적이고 스스럼없고 명쾌해서 당장 결정을 내리지 않을 수 없었지요. 내가 '점심 먹어요.' 하니까 '저녁은 부담스러우니까요, 그렇죠?'라고 하더군요. 그 대담하고 암시적인 비꼼이 좋았어요. '점심 먹어요. 오늘.' '오늘 먹죠.' 갑작스럽게 전개되는 상황에 우린 웃음을 터뜨렸죠. 점심때까지 한 시간밖에 남지 않았거든요."

"여자분이 남자친구를 두고서 바람피우려고 하는 게 신경 쓰였나요?"

"아뇨. 나 역시 같은 처지라는 것도 신경 쓰이지 않았어요. 점심 식사는 오랜 시간 이어졌고 마르구타거리의 그녀 집까지 데려다주었습니다. 이번엔 그녀가 다시 나를 점심 먹은 곳까지 데려다주고 내가 또 그녀를 집에 데려다주었죠. 너무 밀어붙이는 건 아닌지 확신이 없었지만 '내일도?'라고 물었죠. '물론이죠. 내일도.' 그 주에 크리스마스가 있었거든요. 우린 화요일 오후에 완전히 정신 나간 짓을 해 버렸어요. 런던행 비행기표 두 장을 사서 런던으로 날아갔죠."

"정말 로맨틱하네요!"

"모든 게 너무 빠르게 진행되고 또 너무 자연스러웠죠. 둘 다 연인에게 털어놓아야 한다는 걱정은커녕 아예 생각도 안 했어요. 우린 그냥 모든 족쇄를 풀어 버렸죠. 그때만 해도 제약이 많은 시절이었는데."

"요즘하고 다른 게요?"

"그건 내가 잘 모르겠네요."

"그래요, 모르겠죠."

에둘러 놀리는 그녀의 말투에 살짝 짜증이 나야 맞을 터였다. 하지만 나는 빙그레 웃었다. 그녀도 웃었다. 솔직하지 못하다는 사실을 알고 있다고 신호를 보내는 거였다.

"어쨌든 며칠 만에 끝났어요. 그녀는 남자친구에게, 나는 여자 친구에게 돌아갔죠. 우린 친구로 남지도 않았어요. 하지만 난 그들의 결혼식에 참석했고 우리 결혼식에도 초대했죠. 그들은 결혼을 유지했고 우린 아니었고. *Voilà*, 보다시피요."

"왜 남자친구에게 돌려보냈어요?"

"왜? 내 감정에 절대적 확신이 없어서였을 겁니다. 난 그녀를 지키려는 싸움을 하지 않았어요. 그녀도 알았고. 사랑을 하고는 싶었지만 왠지 사랑이 아닌 것 같아서 그녀를 향한 감정이 사랑이 아니란 걸 인정하는 것보다 런던에서 보낸 짧고 어중간한 상태로 남는 걸 택했는지도 모르죠. 확실히 밝히느니 확신이 없는 쪽을 택한 거죠. 그래서 그쪽 상담료는 얼마인가요?"

"Touché(한 방 먹었네요)!"

이런 사람과 이야기를 나누는 게 얼마 만인가?

"이제 그쪽 얘기도 좀 해 봐요. 지금 만나는 특별한 사람이 있겠죠?"

"네. 만나는 사람 있어요."

"얼마나 됐어요?" 순간 아차 싶었다. "물어봐도 실례가 안 된다면.”

“괜찮아요. 넉 달밖에 안 됐어요.” 그녀는 어깨를 으쓱했다. “별것 없어요.”

“그를 좋아해요?”

“그럭저럭요. 잘 지내요. 서로 취향도 비슷하고요. 하지만 삶의 동반자인 척하는 룸메이트일 뿐이죠. 삶을 공유하지 않는.”

“굉장한 표현이군요. *삶의 동반자인 척하는 룸메이트*라. 슬프네요.”

“슬프죠. 또 슬픈 건 내가 당신과 몇 분 동안 공유한 게 그 사람과 일주일간 공유한 것보다 많다는 거예요.”

“그쪽이 속을 잘 드러내지 않는 성격인가 보죠.”

“당신하고는 지금 이렇게 말하잖아요.”

“나는 남이잖아요. 원래 생판 남한테 털어놓기가 더 쉬운 법이죠.”

“내가 허심탄회하게 속마음을 털어놓을 상대는 아빠랑 반려견 파블로바뿐인데 둘 다 내 옆에 있어 줄 날이 많지 않네요. 게다가 아빠는 내 남자친구를 싫어해요.”

“아빠들이 원래 그렇지요.”

“근데 아빠가 전 남자친구는 아주 찬양했어요.”

“당신도 그랬나요?”

그녀는 유머 섞인 대답으로 어물쩍 넘길 생각을 하는 것처럼 미소 지었다. “난 아니었어요.” 그리고 잠시 생각에 잠겼다. “그 남자친구가 결혼하자고 했는데 거절했어요. 조용히 헤어져 줘서 정말 다행이었죠. 그런데 여섯 달 뒤 결혼 소식이 들려오더군요. 화가 치밀었어요. 내 평생 사랑 때문에 상처받고 울어 댄 건 그 사람이 나랑 사귈 때 같이 욕했던 여자와 결혼한다는 소식을 들은 그날뿐이었죠."

침묵이 감돌았다.

"사랑하는 마음이 조금도 없으면서 질투하다니, 당신 참 어려운 사람이군요." 내가 입을 열었다.

그녀는 감히 자신에 대해 그런 말을 한다고 은근히 나무라는 동시에 좀 더 알고 싶다는 당황스러운 호기심이 합쳐진 표정으로 바라보았다. "기차에서 만난 지 한 시간도 안 됐는데 나를 너무 잘 아네요. 마음에 들어요. 하지만 다른 끔찍한 결함도 털어놔야 할 것 같아요."

"또 뭡니까?"

둘 다 웃음을 터뜨렸다.

"난 사귄 사람하고 가까웠던 적이 한 번도 없어요. 사람은 대부분 돌이킬 수 없는 상황에 이르는 걸 꺼려요. 그런데 난 돌아갈 다리를 아예 폭파해 버리죠. 애초에 돌아갈 곳이 없어서인지도 몰라요. 사귀던 사람의 집에 짐을 전부 그대로 둔 채 사라진 적도 있어요. 짐을 싸서 이사 나오는 그 긴 과정도, 눈물 가득한 애원으로 변해 버리는 이별 후의 시간도 너무 싫거든요. 가장 싫은 건 상대와 자고 싶다는 생각이 든 게 언제였는지 기억도 나지 않고 손길이 닿는 것조차 싫은데 한동안 미련이 남은 척해야 한다는 거예요. 네, 맞아요. 그럴 거면 뭐 하러 사귀는 건지 나도 모르겠어요. 누군가와 새로 시작한다는 것 자체도 성가시고 상대의 사소한 생활 습관도 견뎌야 하잖아요. 그의 새장에서 나는 냄새도. CD를 쌓아 놓기 좋아하는 것도. 한밤중에 꼭 나만 깨우는 오래된 라디에이터 소리도. 그는 창문을 닫고 싶어 하지만 난 여는 게 좋아요. 난 옷을 아무 데나 두는데 그는 수건을 잘 개서 보관해야 하죠. 그는 치약을 꼭 밑에서부터 짜는데 난 아무 데나 짜고 뚜껑을 항상 잃어버려요. 사라진 치약 뚜껑은 그가 변기 뒤쪽에서 발견하죠. 리모컨은 리모컨 자리에, 우유는 냉동실 쪽에 가까이 놓되 너무 가까워도 안 되고, 속옷과 양말은 *저* 서랍 말고 *이* 서랍에 넣어야 하고. 난 까다로운 사람이 아니에요. 사실은 좋은 사람이라고요. 자기 주장이 좀 있을 뿐이죠. 하지만 겉모습만 그래요. 난 모든 것, 모든 사람을 참아 내요. 적어도 한동안은 참고 견디죠. 그러다 어느 날 문득 깨닫는 거예요. 이 사람과 같이 있고 싶지 않다, 이 사람이 가까이 있는 게 싫다, 벗어나고 싶다, 그런 감정과 싸워요. 하지만 남자는 그걸 감지하는 순간 강아지처럼 애처로운 눈빛을 하고 날 졸졸 따라다녀요. 난 그 표정을 보자마자 식어 버리고요. 펑 하고 사라져서 다른 사람을 만나죠." 그리고 마지막으로 내뱉었다. "남자들이란!" 그 한마디가 여자들이 영원하지 않으리라는 걸 알면서도 평생 사랑하고 싶은 남자라는 이유만으로 눈감아 주고 참아 주고 결국 용서해 주는 모든 단점을 요약하는 것처럼. "난 누가 상처받는 게 싫어요."

그녀의 얼굴에 그늘이 드리워졌다. 그 얼굴을 어루만져 주고 싶었다. 그녀가 내 시선을 포착했고 나는 시선을 떨어뜨렸다.

다시 그녀의 부츠가 눈에 들어왔다. 험난한 산길을 걷느라 낡고 비바람에 닳은 듯 길들지 않은 야생의 부츠였다. 그녀가 저 신발을 믿는다는 뜻이었다. 그녀는 낡고 험하게 다뤄진 물건을 좋아한다. 보기 좋은 게 아니라 편안한 걸 좋아한다. 두툼한 남색 울 양말은 남자 거였다. 조금도 사랑하지 않는다고 주장한 남자의 서랍에서 꺼낸 것이리라. 반면 환절기용 가죽 재킷은 무척 비싸 보였다. 프라다 같았다. 가장 먼저 손에 잡히는 옷을 걸치고 *아빠 보러 가, 저녁에 전화할게*, 라며 남자친구의 집을 급하게 나왔을까? 손목시계도 남성용이었다. 역시 그의 것일까? 아니면 그저 남성용을 선호하는 것일까? 그녀의 모든 것이 투지 넘치고 거칠고 완성되지 않은 느낌을 자아냈다. 그때 청바지 밑단과 양말 사이로 살짝 드러난 맨살이 눈에 띄었다. 발목이 너무도 부드러워 보였다.

"아버지 얘기를 해 봐요." 내가 제안했다.

"우리 아빠요? 건강이 안 좋아요. 얼마 안 남은 것 같아요. 아빠가 건강을 잃은 뒤로 아빠에 대한 감정이 예전과 달라졌어요." 그녀는 갑자기 화제를 돌렸다. "상담료는 아직도 시간제 요금인가요?"

"말했듯이 다시 만날 일 없는 사람에겐 속마음을 보이기가 쉬운 법이죠."

"그렇게 생각해요?"

"뭐가요, 기차에서 속마음을 털어놓는 거요?"

"아뇨. 우리가 다시 만날 일이 없다고 생각해요?"

"그럴 가능성이 얼마나 되겠어요?"

"맞아요, 그렇죠."

우리는 미소를 주고받았다.

"아버지 얘기를 계속해 봐요."

"요즘 이런 생각을 했어요. 아빠에 대한 사랑이 변했다고. 이젠 자연스럽게 샘솟는 사랑이 아니라 울적하고 조심스러운, 간병인의 사랑이에요. 진짜가 아니죠. 그래도 우린 여전히 서로에게 솔직해요. 아빠한테 부끄러워서 못 할 말은 없어요. 20여 년 전 엄마가 떠난 뒤로 아빠와 나 둘뿐이었죠. 한동안 만나는 사람이 있었는데 지금은 혼자 살아요. 간병, 요리, 빨래, 청소, 정리정돈을 해 주러 오는 분이 있죠. 오늘은 아빠의 일흔여섯 번째 생일이에요. 케이크도 그래서 산 거예요." 그녀는 선반에 놓인 하얀 상자를 가리켰다. 부끄러웠는지 케이크 상자를 가리키며 살짝 킥킥거렸다. "아빠가 친구 둘을 점심에 초대했는데 아직 답을 못 받았대요. 아마 안 올걸요. 요즘은 찾아오는 사람이 없거든요. 다른 형제자매들도 안 올 테고요. 아빠는 피렌체 내 집 근처의 오래된 가게에서 파는 프로피테롤을 좋아해요. 피렌체에서 학생들을 가르치던 좋은 시절이 떠오른대요. 물론 단 음식은 안 되지만 그래도……."

끝까지 말하지 않아도 알 수 있었다.

한동안 침묵이 이어졌다. 나는 이번에야말로 대화가 끝났다고 확신하며 다시 책을 읽으려는 동작을 취했다. 잠시 후에는 책을 펼쳐 놓은 채 창밖으로 펼쳐지는 토스카나의 언덕 풍경을 바라보았고, 생각이 이리저리 표류하기 시작했다. 그녀가 자리를 옮겨 내 옆에 앉아 있다는 이상하고도 형체 없는 상념이 머릿속에 자리 잡았다. 내가 꾸벅꾸벅 졸고 있음을 알았다.

"책을 안 읽네요." 그녀가 말을 걸었다. 방해되었을지도 모른다고 생각했는지 곧장 덧붙였다. "나도 책이 안 들어오네요."

"독서에 질려서요. 집중이 안 되네요."

"그거 재미있나요?" 그녀가 내 책의 표지를 보고 물었다.

"나쁘지 않아요. 오랜 세월이 지나 도스토옙스키를 다시 읽으면 약간 실망스러울 수도 있죠."

"왜요?"

"도스토옙스키 읽어 본 적 있어요?"

"네. 열다섯 살 때 좋아했어요."

"그가 그리는 삶은 10대도 쉽게 이해할 수 있죠. 모순과 엄청난 분노로 가득한 고통, 원한과 수치심, 사랑, 동정, 슬픔, 악의, 상대를 완전히 무장해제시키는 친절과 희생이 들쭉날쭉하게 다 같이 밀치고 들어옵니다. 도스토옙스키는 사춘기 때 인간의 복잡한 심리를 처음 알게 해 주었죠. 난 철저하게 혼란스러운 소년이었는데 그의 작품에 나오는 인물들도 복잡하기가 나보다 덜하지 않더군요. 마음이 편안해졌어요. 얼룩덜룩한 인간의 심리에 대해 프로이트보다, 아니 그 어떤 정신의학자보다 많은 걸 가르쳐 준다고 봐요."

그녀는 조용히 듣고 있었다.

"나 정신과 상담 치료 받아요." 마침내 그녀가 입을 열었다. 목소리에서 저항심이 들고 일어나는 소리가 들리는 듯했다.

내가 또 본의 아니게 모욕을 준 걸까?

"나도 받아요." 의도하지 않게 주었을지 모르는 모욕감을 취소하려고 한 말인지도 모른다.

우리는 서로를 바라보았다. 신뢰가 담긴 그녀의 따뜻한 미소가 좋았다. 섬세하고 진실하고 어쩌면 나약해 보이는 미소였다. 사귀는 남자들이 그녀를 숨 막히게 하는 것도 놀라운 일은 아니었다. 남자들은 그녀가 딴 데로 눈을 돌리는 순간 무엇을 잃어버리는지 깨닫는 것이다. 그녀가 무엇 하나 그냥 넘기는 법 없는 날카로운 초록색 눈으로 바라보며 솔직한 질문을 던질 때의 미소와 기분 좋은 나른함이 사라지고, 그녀가 밖에서 시선이 마주친 남자들에게 끄집어내는 친밀함의 욕구가 사라지는 순간 그들은 '*아, 내 삶을 잃었구나.*' 하고 깨닫는 것이다. 지금도 그녀는 그러고 있었다. 그녀는 가까워지고 싶고 또 쉽게 가까워질 수 있는 분위기를 만든다. 마치 상대방은 언제든 내어 줄 수 있는 친밀함이 내면에 있어 공유하길 갈망하지만, 그녀와 있을 때가 아니면 자기 안에서 절대로 그 친밀함을 찾을 수 없음을 깨닫는 것처럼. 나는 그녀를 껴안고 손을 만지고 이마를 손가락으로 어루만지고 싶었다.

"상담은 왜 받는 건데요?" 그녀가 곰곰이 생각해 봤지만 도저히 이해할 수 없는 일이라는 듯 물었다. "물어봐도 실례가 안 된다면요." 웃으면서 아까 내가 한 말을 따라 했다. 낯선 사람과 대화할 때 좀 더 부드럽고 사교성 있게 접근하는 법에 익숙하지 않은 것이 분명했다. 내가 상담받는다는 사실이 왜 그리 놀랍냐고 되물었다.

"굉장히 안정되어 보이니까요. 꽤…… 꾸미기도 했고."

"설명하기가 힘들군요. 내가 도스토옙스키를 만난 사춘기의 텅 빈 마음이 채워지지 않았기 때문인지도 모르겠네요. 한때는 언젠가 채워질 거라고 생각했지만, 이제는 그런 공간은 절대 채워질 수 없다고 확신합니다. 그래도 알고는 싶군요. 세상에는 다음 단계로 뛰어넘지 못한 사람도 있지요. 어디로 향하고 있었는지 잊어버리는 바람에 출발한 자리에서 계속 머무는 거죠."

"그래서 도스토옙스키를 다시 읽는 건가요?"

너무도 적절한 질문이 나를 미소 짓게 했다. "진짜 삶이라는 반대편 강둑으로 향하는 나룻배에 올라타야 하는데 항상 거기까지 가는 발걸음만 되짚기 때문인지도 모르겠네요. 난 배에 올라타지 못한 채 반대편의 엉뚱한 부두를 어슬렁거렸고, 그나마 운이 좋으면 완전히 번지수가 잘못된 배를 탔죠. 늙은 남자의 푸념입니다."

"당신은 배를 잘못 탈 사람처럼 보이지 않는데요. 정말 잘못 탔나요?"

나를 놀리는 걸까?

"오늘 아침 제노바에서 기차에 올랐을 때 든 생각이에요. 내가 타야 했는데 타지 않은 배가 한두 척 있다는 생각이 들었거든요."

"왜 안 탔어요?"

나는 모른다거나 말하고 싶지 않다는 뜻처럼 보이도록 고개를 젓고 어깨를 으쓱했다.

"최악의 시나리오 아닌가요? 일어날 수도 있었지만 일어나지 않았고, 가능성을 포기했지만 그래도 여전히 일어날 수 있는 일들 말이에요."

이 순간 나는 무척 당황한 표정으로 그녀를 쳐다보았으리라.

"그렇게 생각하는 법은 어디서 배웠어요?"

"책을 많이 읽어요." 그녀는 시선을 의식하면서 힐끔 쳐다보고 덧붙였다. "당신과의 대화가 즐거워요." 그리고 잠깐 멈췄다가 조심스레 물었다. "그러면 당신의 결혼은 잘못 탄 배였나요?"

이 여자 정말 영리하다. 게다가 아름답다. 내 생각이 가끔 그러듯이 그녀의 생각도 구불구불한 길을 따라 움직였다.

"처음에는 아니었어요." 내가 대답했다. "적어도 그렇게 생각하고 싶지 않았죠. 하지만 아들이 미국으로 떠나자 우리 사이엔 별로 남은 게 없었어요. 아들이 다 클 때까지의 시간이 우리 사이에 예정된 피치 못할 이별을 위한 최종 리허설에 불과했던 것처럼 느껴졌죠. 대화도 거의 없었고 이야기를 나눠도 서로 다른 언어로 말하는 느낌이었어요. 서로 유난히 다정하고 친절했지만 같이 있어도 혼자인 듯 느껴졌죠. 한식탁에 앉지만 같이 먹지 않고 한침대에 눕지만 함께 자지 않는. 같은 TV 프로그램을 보고 같은 도시를 여행하고 같은 요가 강사에게 배우고 같은 농담에 웃지만 함께는 아니었어요. 북적거리는 영화관에 나란히 앉아도 팔꿈치를 맞대지 않았죠. 거리에서 키스하거나 껴안는 연인들을 봐도 도대체 키스를 왜 하는지 이해되지 않는 상황까지 이르렀죠. 우린 함께여도 혼자였어요. 어느 날 한 사람이 피클 접시를 깨뜨렸을 때까지."

"피클 접시요?"

"아, 미안. 이디스 워튼 소설에 나와요. 아내는 나랑 헤어지고 내 가장 친한 친구에게 갔어요. 그 친구와는 아직도 가깝게 지냅니다. 아이러니하게도 아내에게 다른 사람이 생긴 일이 조금도 유감스럽지 않았어요."

"마음 놓고 새로운 사람을 만날 수 있게 되어서인지도 모르죠."

"그러지 못했네요. 아내와는 좋은 친구로 남았어요. 아직도 내 걱정을 해 주죠."

"걱정해야만 하는 상황인가요?"

"아뇨. 그쪽은 왜 상담을 받아요?" 얼른 주제를 바꾸고 싶어서 물었다.

"나요? 외로움 때문에요. 혼자 있는 게 너무 싫은데 또 혼자 있고 싶어 죽겠어요. 지금도 봐요! 혼자 기차에 올랐고 책도 있고 절대로 사랑할 일 없는 남자친구도 옆에 없어서 무척 행복한데 생판 모르는 사람이랑 대화하는 쪽을 선택하잖아요. 아, 기분 나빠 하진 마세요."

그녀를 따라 미소 지었다. *괜찮아요.*

"난 요즘 아무한테나 말을 거는 것 같아요. 우체부하고도 잠깐 수다를 떠는데 남자친구에게는 내가 뭘 느끼고 뭘 읽고 뭘 원하고 뭘 싫어하는지 절대 말하지 않죠. 어차피 그 사람은 귀 기울이지도 않을 거고 이해는 더더욱 못 할 테니까요. 유머 감각이란 게 없거든요. 웃긴 이유를 일일이 설명해 줘야 한다니까요."

우리의 잡담은 계속되었고 승무원이 표를 걷으러 왔다. 그는 강아지를 보더니 이동용 가방에 넣지 않으면 데리고 탈 수 없다고 투덜거렸다.

"그럼 어떻게 할까요?" 그녀가 쏘아붙였다. "기차 밖으로 내던지고 눈이 먼 척할까요, 아니면 지금 내려서 아빠의 일흔여섯 번째 생일 파티를 놓칠까요? 어차피 살아갈 날이 얼마 남지 않아서 파티 분위기도 아니겠지만. 말해 주세요."

승무원은 오늘 하루 잘 보내라고 말했다.

"*Anche a Lei*(그쪽도요)." 그녀는 조용히 중얼거리고 강아지를 쳐다보았다. "너 관심 좀 그만 끌어!"

그때 내 휴대전화가 울렸다. 사람 없는 객차 사이의 통로로 나가서 받을까 하다 그냥 앉아서 받기로 했다. 벨 소리에 놀란 강아지가 입을 떡 벌리고 *'이젠 너까지 전화야?'* 하는 듯 어리둥절한 표정으로 쳐다보았다. *아들이에요.* 그녀에게 입 모양으로 말했다. 그녀는 미소를 지으며 전화 온 틈을 이용해 화장실에 다녀오겠다는 손짓을 했다. 그러곤 나에게 목줄을 건네며 속삭였다. "얌전히 있을 거예요."

나는 그녀가 일어나는 모습을 바라보았다. 별로 세련되어 보이지 않았던 옷차림이 처음 내 생각처럼 대충 입은 게 아니라는 사실을 깨달았다. 일어선 모습이 훨씬 매력적이었다. 나는 그 사실을 이미 알고도 일부러 떨쳐 버린 걸까, 아니면 정말로 보지 못한 것일까? 그녀와 함께 기차에서 내리는 모습을 아들에게 보여 준다면 한없이 만족스러울 것 같았다. 아르만도로 가는 길에 그녀 이야기를 하겠지. 아들이 어떻게 이야기를 꺼낼지도 짐작되었다. *테르미니역에서 모델 같은 여자분이랑 대화하던데 얘기 좀 해 주세요…….*

아들의 반응을 상상하고 있었건만 통화 내용이 모든 것을 바꿔 버렸다. 아들은 그날 만날 수 없다는 말을 하려고 전화한 거였다. 나는 토해 내듯 애처롭게 물었다. *왜?* 병이 난 피아니스트 대신 오늘 나폴리에서 연주회를 해야 한단다. 언제 돌아오는지 묻자 내일 온다고 했다. 아들의 목소리를 들으니 좋았다. 뭐 연주해? 모차르트요, 전부 모차르트 곡만. 그사이 그녀가 화장실에서 돌아와 맞은편 자리에 앉고는 몸을 앞으로 기울였다. 내가 전화를 끊은 후에도 대화를 이어 갈 생각이라는 뜻이었다. 나는 그 어느 때보다 좀 더 유심히 그녀를 바라보았다. 통화 중이었기 때문에 약간 산만해 보이고 딴마음을 품거나 뚫어져라 쳐다보는 분위기가 아니어서 그녀의 눈을 계속 바라볼 수 있었다. 사람들의 시선에 익숙하고 그 시선을 즐기는 눈을. 그녀는 내가 그토록 강렬한 눈을 피하지 않을 용기가 생긴 이유를 모를 것이다. 그녀의 눈을 바라보는 동안 내 눈 역시 그녀에게 아름다워 보인다는 착각에 빠졌기 때문임을.

*그야말로 늙은 남자의 환상이군.*

아들과의 대화가 잠깐 멈추었다. "너와의 긴 산책을 잔뜩 기대했는데. 그래서 일찍 출발했거든. 시시한 낭독회 때문이 아니라 널 보려고 가는 건데." 실망한 건 사실이지만 그녀가 쳐다봐서 약간 과장한 것일 수도 있었다. 하지만 너무 심하게 투정 부렸다는 사실을 깨달았다. "이해한다. 정말이야." 맞은편에 앉은 젊은 여자는 내 쪽으로 초조한 표정을 지어 보이고는 어깨를 으쓱했다. 나와 아들의 일에 관심 없다는 표현이 아니라 가엾은 아들을 너무 들볶지 말라고, *죄책감 들게 하지 말아요*, 라고 말하는 거였다. 그냥 내 생각일지도 모르지만. 그녀는 어깨를 으쓱한 다음 왼손으로 *그만 해요, 털어 버려요*, 라고 말하는 손짓을 했다. "그럼 내일?" 내가 물었다. 호텔로 데리러 오려나? "오후에 갈게요. 4시쯤요?" "그래, 4시쯤." "성야요." 아들의 말에 나도 "그래, 성야."라고 했다.

"아들 말 들었죠?" 내가 전화를 끊고 그녀를 보며 물었다.

"*당신* 말을 들은 거죠."

그녀가 또 나를 놀리고 있었다. 미소까지 짓고서. 한편으로 이런 생각이 들었다. 그녀가 내 쪽으로 몸을 기울일 거라고, 일어나서 내 옆자리로 옮겨 앉아 두 손을 내 손에 올려놓는 생각을 했을 거라고. 그것이 정말로 그녀의 마음에 떠오른 생각이고, 내가 그녀의 바람을 덥석 잡은 걸까, 아니면 그저 나의 바람이고 착각일까?

"아들과의 점심을 기대했는데, 같이 웃으면서 아들의 일상과 연주회 그리고 일 얘길 듣고 싶었는데, 역에서 아들이 나를 찾기 전에 내가 먼저 발견해서 아들이 잠깐 당신하고 인사도 나눴으면 좋겠다는 생각까지 했는데 말이죠."

"세상이 끝난 것도 아니잖아요. 내일 *4시쯤* 만나잖아요?" 그녀의 목소리에서 야유가 느껴졌다. 마음에 들었다.

"하지만 아이러니한 건……." 나는 말을 하려다 마음을 바꿨다.

"하지만 아이러니한 건?" 그녀가 물었다. *이 여자는 뭐 하나 그냥 넘기는 법이 없구나.*

나는 잠깐 침묵했다.

"아이러니한 건 아들이 오늘 못 나오는 게 섭섭하지 않다는 거예요. 낭독회 전에 할 일이 많은 데다 아들을 만나면 늘 시내를 산책하는데 오늘은 대신 호텔에서 쉬어도 되고."

"그게 왜 놀랄 일이에요? 아무리 두 사람의 삶이 교차하고 아무리 많은 성야를 공유해도 각자의 삶을 살고 있는데."

그 말이 좋았다. 내가 모르는 사실을 알려 주는 건 아니지만 깊은 생각과 배려가 보여서 놀라웠고 씩씩대면서 기차에 오른 사람과는 어울리지 않아 보였다.

"*그러는* 당신은 어떻게 그토록 아는 게 많아요?" 나는 대담해지는 걸 느끼곤 그녀를 빤히 쳐다보며 물었다.

그녀가 웃으며 대답했다. "언젠가 기차에서 만난 사람의 말을 인용하자면 사람은 누구나 다 그렇거든요." 그녀도 이 말을 나만큼이나 좋아했다.

로마역이 가까워 오자 기차가 속력을 줄이기 시작하더니 몇 분 후 다시 흔들렸다.

"역에서 택시를 타려고요." 그녀가 말을 꺼냈다.

"나도 그럴 생각이었어요."

알고 보니 그녀의 아버지 집이 내가 묵는 호텔에서 5분 거리였다. 아버지 집은 룽고테베레거리에, 호텔은 내가 오래전에 살았던 곳에서 몇 걸음 떨어지지 않은 가리발디거리에 있었다.

"그럼 택시 같이 타요."

로마 테르미니역에 도착했다는 안내 방송이 나왔다. 기차가 역을 향해 느리게 움직일 때 줄지어 늘어선 허름한 건물과 창고들이 시야에 들어왔다. 하나하나 낡고 빛바랜 오래된 광고판을 내달고 있었다. 내가 사랑한 로마가 아니었다. 그 풍경에 마음이 불안해져서 로마 방문과 낭독회 그리고 이미 너무 많은 추억을 간직한 곳에 다시 온 기대감에 대해 마음이 오락가락했다. 좋은 추억도 있지만 그렇지 못한 추억이 더 많기에. 문득 저녁에 낭독회가 끝나고 옛 동료들과 의무적으로 칵테일을 마신 뒤 으레 있을 저녁 초대를 피할 방법을 찾아 영화를 보든 혼자 할 일을 찾고 다음 날은 4시쯤 아들이 찾아올 때까지 호텔에 있어야겠다는 생각이 들었다.

"적어도 넓은 발코니에 돔이 전부 보이는 방을 주면 좋을 텐데." 밝은 목소리로 말했다. 아들에게 그런 전화를 받았지만 긍정적인 면을 볼 줄 아는 사람이라는 걸 보여 주고 싶었다. "호텔에 체크인해서 손을 씻은 뒤 맛있는 식당에서 점심 먹고 쉬어야겠네요."

"왜요? 케이크 싫어해요?" 그녀가 물었다.

"그럭저럭요. 점심 먹을 맛있는 식당 좀 추천해 줄 수 있어요?"

"네."

"어디죠?"

"우리 아빠 집요. 점심 먹으러 와요. 호텔이랑 아주 가까워요."

충동적인 제안에 진심으로 감동하여 미소 지었다. 그녀는 내가 안쓰러운 것이었다.

"정말 친절하군요. 하지만 안 될 것 같아요. 아버님이 세상에서 가장 사랑하는 사람과 소중한 시간을 보내야 하는데 내가 아버님의 파티를 망칠 순 없잖아요? 게다가 아버님은 나를 전혀 모르시잖아요."

"내가 알잖아요."

"당신도 내 이름을 모르잖아요."

"아무개 씨라고 하지 않았어요?"

우리는 둘 다 웃었다. "새뮤얼입니다."

"꼭 와요. 되게 소박하고 격식 없는 자리예요. 약속해요."

그래도 받아들일 수 없었다.

"그냥 그러겠다고 해요."

"안 돼요."

마침내 기차가 완전히 멈추었다. 그녀는 재킷과 책을 들고 백팩을 메고 개 목줄을 손에 감아쥐고 선반에서 하얀 상자를 꺼냈다. "이게 그 케이크예요." 그녀가 마지막으로 말했다. "아, 그냥 가겠다고 대답해요."

나는 고개를 저으며 공손하면서도 단호하게 거절을 표시했다.

"내 제안은 이래요. 캄포데피오리시장에서 생선이랑 잎채소를 사서 20분 안에 근사한 점심을 뚝딱 만들 거예요. 난 생선을 자주 사고 요리하고 먹거든요. 새로운 손님을 보면 아빠도 좋아할 거예요."

"아버님과 내가 과연 할 말이 있을 거라고 생각해요? 대단히 어색할 텐데. 게다가 아버님이 날 보고 무슨 생각을 하겠어요?"

그녀가 말뜻을 알아차리는 데 시간이 좀 걸렸다.

"절대 그런 쪽으로 생각하지 않을 거예요."

그녀 자신도 전혀 생각하지 못한 것이 틀림없었다.

"게다가 나도 아빠도 나이를 먹을 만큼 먹었으니 어떻게 생각하든 자유고요."

우리는 침묵이 흐르는 가운데 기차에서 내려 북적거리는 플랫폼에 섰다. 나도 모르게 얼른 조심스럽게 둘러보았다. 혹시 아들의 상황이 바뀌었거나 처음부터 날 놀려 줄 생각이었는지도 모르니까. 하지만 플랫폼에서 나를 기다리는 사람은 없었다.

"저기." 갑자기 생각난 게 있었다. "아직 그쪽 이름도 모르는데……."

"미란다예요."

그 이름이 인상적으로 다가왔다. "미란다, 초대해 준 건 정말 고맙지만……."

"우린 기차에서 만난 생판 남이죠, 새미. 세상에 말처럼 쉬운 것도 없고요." 그녀는 벌써 나를 애칭으로 불렀다. "하지만 난 당신에게 속마음을 얘기했고 당신도 나에게 속마음을 얘기했어요. 당신이나 나나 그토록 쉽게 솔직할 수 있는 상대는 많지 않았을 거예요. 기차에서 이루어진 진부한 만남이지만 어딘가에 두고 온 우산이나 장갑처럼 이 만남이 기차에서 끝나 버리지 않도록 하자고요. 오늘 그냥 헤어지면 난 분명 후회할 거예요. 그리고 초대에 응해 주면 이 미란다가 무척 기쁠 것 같아요."

그녀의 표현이 마음에 들었다.

순간 침묵이 흘렀다. 망설임은 아니었지만 그녀가 내 침묵을 암묵적 동의로 해석했다는 사실을 알 수 있었다. 그녀는 아버지한테 전화하기 전에 나에게 물었다. 혹시 나도 어디 전화 걸 데가 없는지. *혹시,* 라는 말이 감동적이었지만 왜 무슨 의미로 한 말인지는 알 수 없었다. 따져 보고 틀렸음을 증명하고 싶지도 않았다. *이 여자는 뭐 하나 놓치는 게 없구나,* 생각했다. 고개를 저었다. 전화할 데가 없다고.

"아빠, 손님 한 명 데려가요." 그녀가 전화기에 대고 소리쳤다. 아버지가 잘 듣지 못했는지 다시 말했다. "손님요." 그러고 나서는 개가 나에게 달려들지 못하게 막으며 "*어떤 손님이냐니* 그게 무슨 말이에요? 그냥 손님이죠. 교수님이에요. 아빠처럼요." 그녀는 자신의 추측이 맞는지 확인하려고 내 쪽을 보았다. 나는 고개를 끄덕였다. 그다음은 뻔한 질문에 대답하는 듯한 말이 나왔다. "아니에요. 완전히 잘못 짚었어요. 생선 사 갈게요. 최대 20분 걸려요." 그리고 나를 향해 농담을 던졌다. "이러면 깨끗한 옷으로 갈아입을 시간이 있겠죠."

그녀는 내가 그녀와 저녁까지 함께 먹고자 하는 어렴풋한 희망을 품고 오늘 동료들과의 저녁 약속을 취소할까 하는 마음이 들었다는 사실을 예상이나 할까? 과연 그런 일이 생길 수나 있을까?

시스토다리 모퉁이에 이르렀을 때 내가 택시기사에게 세워 달라고 했다. "호텔에 가방을 놓고 아버님 댁으로 갈게요. 10분 안에요."

하지만 택시가 멈추기 직전에 그녀가 내 왼팔을 잡았다. "그렇게는 절대 안 되죠. 당신이 나와 같다면 호텔에 체크인해서 가방을 내려놓고 손을 씻고, 빨리 손 씻고 싶어 죽겠다고 했으니까, 족히 15분을 흘려보낸 뒤 마음이 바뀌었다고, 못 간다고 전화할 거예요. 아니면 아예 전화도 하지 않거나. 당신이 나하고 조금이라도 비슷하다면 우리 아빠의 생일을 축하해 주는 진심 어린 말까지 생각해 낼걸요. 당신 나하고 비슷하지 않나요?"

이 말도 나를 감동시켰다. "어쩌면."

"정말로 당신이 나와 조금이라도 비슷하다면 마음 들키는 걸 좋아할 거예요. 인정하세요."

"당신이 나와 비슷하다면 벌써 *내가 도대체 이 인간을 왜 초대한 거야?* 라고 생각할 겁니다."

"그럼 우린 비슷하지 않네요."

둘 다 웃음을 터뜨렸다.

*이런 사람과 이야기를 나누는 게 얼마 만인가?*

"왜요?" 그녀가 물었다.

"아무것도."

"그러시겠죠!"

*그녀는 이 생각도 읽은 건까?*

우리는 택시에서 내리자마자 캄포데피오리시장으로 가서 그녀의 단골 생선 가게를 찾았다. 주문하기 전에 그녀가 목줄을 들어 달라고 부탁했다. 나는 개를 생선 좌판 가까이 데려간다는 게 내키지 않았지만 가게 주인이 그녀를 잘 알고 그녀도 괜찮다고 했다.

"무슨 생선 좋아해요?"

"요리하기 가장 쉬운 거요."

"관자도 좀 살까요? 오늘 관자가 많네요." 그리고 오늘 잡은 것인지 물었다.

"오늘 새벽에 잡은 겁니다." 생선 가게 주인이 대답했다.

"확실해요?" 그녀가 다시 한번 물었다.

"당연하지요."

그들은 몇 년 동안 저랬을 것이다. 관자를 살피려고 몸을 숙인 그녀의 뒷모습이 눈에 들어왔다. 그녀의 허리와 어깨에 팔을 두르고 목에 키스하고 싶은 충동이 일었다. 시선을 돌려 건너편 주류 판매점을 바라보았다. "아버님이 프리울리산 드라이 와인을 좋아할까요?"

"아빠는 와인 마시면 안 돼요. 난 아무거나 좋으니 드라이 와인을 마시고 싶네요."

"상세르도 살게요."

"우리 아빠를 돌아가시게 만들 참이에요?"

생선과 관자의 포장이 끝났을 때 그녀가 채소를 사야 한다는 걸 떠올렸다.

근처 채소 가게로 향하면서 내가 도저히 참지 못하고 물었다. "왜 나입니까?"

"왜 나냐니 뭐가요?"

"왜 *나*를 초대하는 거예요?"

"당신은 기차를 좋아하니까, 오늘 바람을 맞았으니까, 질문이 너무 많으니까, 내가 당신을 좀 더 알고 싶으니까요. 그게 그렇게 이해하기 힘든 문제예요?"

나는 자세히 설명해 달라고 하지 않았다. 나를 향한 그녀의 마음이 관자나 잎채소를 좋아하는 것과 다름없다는 말을 듣고 싶지 않았나 보다.

그녀가 시금치를 발견했다. 나는 작은 감이 눈에 띄어서 만져 보고 냄새를 맡으며 잘 익었음을 확인했다. 올해 처음으로 감을 먹는 거라고 말했다.

"그럼 소원을 빌어야겠네요."

"무슨 말이에요?"

그녀가 분통 터진다는 시늉을 했다. "그해 처음으로 과일을 먹을 때마다 소원을 비는 거잖아요. 그걸 몰랐다니 놀라운데요."

나는 잠깐 생각해 보았다. "소원이 생각나지 않는데요."

"굉장한 인생이네요." 바라는 게 없을 정도로 다 갖춘 부러운 인생이라거나 소원을 떠올리는 것 자체가 사치가 되어 버린 기쁨 하나 없는 인생이라는 뜻이었다.

"꼭 빌어야 해요. 더 열심히 생각해 봐요."

"그쪽에 소원 양도도 가능한가요?"

"난 벌써 빌었어요."

"언제요?"

"택시에서요."

"뭐였는데요?"

"사람은 정말 빨리도 까먹는다니까요. 당신이 점심 초대에 응하게 해 달라고요."

"날 점심에 초대하는 거로 소원을 써 버리다니!"

"맞아요. 그러니까 후회하게 만들지 말아요."

나는 대답하지 않았다. 와인 가게로 가면서 그녀가 내 팔을 꽉 잡았다. 나는 근처 꽃집에 들르기로 했다.

"아빠가 좋아할 거예요."

"꽃을 얼마 만에 사 보는 건지 모르겠네요."

그녀가 대충 고개를 끄덕였다.

"아버님만을 위한 꽃은 아닙니다."

"알아요." 그녀는 다음에 나올 말을 못 듣는 척하려는 듯이 매우 가볍게 말했다.

그녀의 아버지 집은 티베르강이 내려다보이는 펜트하우스였다. 그는 엘리베이터 올라오는 소리를 듣고 문가에서 기다리고 있었다. 문이 하나만 열려서 개와 케이크, 생선과 관자, 시금치, 와인 두 병, 내 더플백, 그녀의 백팩, 감 봉지에 꽃까지 한꺼번에 통과하기가 힘들었다. 모두가 동시에 앞으로 밀치고 나가는 느낌이었다. 그가 딸의 짐을 덜어 주려고 했지만 그녀는 대신 개를 맡겼다. 개는 곧장 그를 알아보고 뛰어오르며 코를 비벼 댔다.

"나보다 개를 더 사랑한다니까요." 그녀가 투정 부리듯 말했다.

"난 너보다 개를 더 사랑하지 않아. 개가 사랑하기 더 쉬울 뿐이지."

"너무 미묘해서 못 알아듣겠어요, 아빠." 그러고는 곧장 다가가 양손에 짐을 든 채로 온몸을 아버지에게 던져서 양 볼에 키스했다. 그녀가 사랑하는 방식이라는 생각이 들었다. 아무런 제약 없이, 맹렬하게.

그녀는 짐을 내려놓고 내 재킷을 받아 거실 소파의 팔걸이에 단정히 올려놓았다. 내 가방도 가져가서 소파 옆 러그에 내려놓고는 조금 전까지 베고 누운 자국이 남은 듯한 커다란 소파 쿠션을 두드려 빵빵하게 부풀렸다. 주방으로 향하는 길에는 삐딱하게 걸린 그림 액자 두 개를 바로잡았고, 그다음에는 햇살 가득한 루프 테라스로 이어지는 프렌치 창 두 개를 열면서 이렇듯 좋은 가을 날씨에 거실을 너무 답답하게 해놨다고 투덜거렸다. 주방에서는 꽃줄기 끝을 자르고 꽃병을 찾아 꽂아 놓았다. "난 글라디올러스가 좋더라."

"그쪽이 손님이구먼?" 그녀의 아버지로서는 환영하는 의미였다. 이어서 *"Piacere."* 하고 반갑다는 인사를 덧붙이고는 다시 영어로 돌아갔다.

우리는 악수를 하고 주방 밖에서 머뭇거리다 생선과 관자, 시금치를 꺼내는 그녀를 바라보았다. 그녀는 수납장을 뒤져서 향신료를 꺼내자마자 리모컨으로 레인지를 켰다.

"아빠, 우리 와인 조금 마실 건데요, 지금 마실지 생선 요리 먹으면서 마실지 아빠가 결정해요."

그가 잠깐 고민하고 대답했다. "지금도 마시고 생선 먹으면서도 마시고."

"벌써 잔소리하게 만드는군요." 그녀가 꾸짖듯 말했다.

노인은 혼나는 척하면서 잠자코 있다가 분통이 터지는 듯 덧붙였다. "딸들은 참! 못 말린다니까."

아버지도 딸도 말하는 방식이 똑 닮았다. 그는 과거와 현재의 가족 사진을 담은 액자가 줄지어 걸린 복도로 나를 안내했다. 격식대로 차려입고 찍은 사진뿐이라 미란다를 전혀 알아볼 수 없었다. 지금 미란다의 아버지는 밝은 분홍색 줄무늬 셔츠에 폭이 넓은 화려한 넥타이를 맸으며 청바지는 조금 전에 입은 듯 빳빳했다. 뒤로 빗어넘긴 긴 백발이 나이 든 영화배우 같은 느낌을 주었다. 하지만 슬리퍼는 매우 낡았으며 면도할 시간까지는 없었던 것이 분명했다. 딸이 손님을 데려간다고 전화한 건 잘한 일이었다. 몇 십 년 전에 유행했다가 다시 엄청난 인기를 끌기 직전인 덴마크풍 거실은 여운이 감도는 소박하고도 세련된 느낌을 풍겼다. 오래된 벽난로는 리모델링하여 거실 인테리어와 맞췄지만, 이 집의 생애 가운데 옛 시절에 속할 뿐 더는 사용되지 않는 잔재처럼 보였다. 광택이 나는 하얀색 벽에는 니콜라 드 스탈을 연상시키는 작은 추상화가 걸려 있었다.

"저 그림 좋네요." 대화를 시도하려고 내가 먼저 입을 열었다.

시선은 겨울날의 바닷가 풍경이 그려진 그림으로 향했다.

“오래전에 아내가 준 거라오. 그땐 별로 마음에 들지 않았는데 내가 소유한 것 가운데 최고라는 걸 지금은 알지.”

노인은 이혼의 상처를 아직도 극복하지 못한 모양이었다.

“아내분이 안목이 뛰어나셨네요.” 민감한 영역으로 이어질 수도 있는데 과거형을 사용하다니 곧장 후회가 밀려왔다. “저기 저것도요.” 나는 19세기 초 로마인의 생활 모습을 그린 붉은 갈색 그림 세 점을 바라보았다. “피넬리 작품 같은데, 맞습니까?”

“피넬리 진품이지.” 어쩌면 내 말을 모욕으로 받아들였을 수도 있는 그가 자랑스럽게 말했다.

사실은 피넬리의 모조품 같다고 말할까 했는데 자제하길 잘했다.

“아내에게 사 준 건데 아내는 신경도 안 썼지. 그래서 지금은 나랑 살고. 나중엔 혹시 모르지. 아내가 가져갈지. 베니스에서 유명한 갤러리를 운영하거든.”

“아빠 덕분이죠.”

“아니, 네 엄마 혼자 이룬 거야. 오롯이 혼자.”

나는 아내가 그를 떠났다는 사실을 더 아는 척하지 않으려고 했다. 하지만 그는 미란다가 부모의 이혼에 대해 내게 말했다는 걸 알아차렸을 것이다. “친구로 지내고 있지요.” 그가 상황을 분명히 하려는 듯 덧붙였다. “좋은 친구일지도.”

“그 두 사람 때문에…….” 미란다가 우리 두 사람에게 화이트와인이 든 잔을 건네며 덧붙였다. “딸이 중간에서 이리 치이고 저리 치이죠. 와인은 손님보다 적게 따를 거예요, 아빠." 아버지에게 잔을 건네면서 말했다.

"알았다, 알았어." 아버지는 손바닥으로 딸의 얼굴을 감싸며 대답했다. 너무도 큰 사랑을 말해 주는 손짓이었다.

의심의 여지가 없었다. 그녀는 사랑스러웠다.

"딸애와는 어떻게 아는 사이요?" 그녀의 아버지가 내 쪽을 보며 물었다.

"사실은 전혀 모르는 사이입니다." 내가 설명했다. "오늘 기차에서 만났거든요. 세 시간도 안 됐네요."

그는 약간 당황해하면서 어설프게 감추려고 했다. "그러면……."

"아무 사이도 아니에요, 아빠. 아들한테 바람맞은 게 안쓰러워 생선 요리도 해 주고 채소도 좀 먹이자 해서 초대한 거예요. 아빠 냉장고의 시들시들한 *푼타렐레* 치커리도 쓰고. 그러고 나서 호텔로 쫓아 보내려고요. 낮잠도 자고 우리 흔적도 빨리 씻어 내고 싶을 거 아니에요."

우리 셋 다 웃음을 터뜨렸다. "애가 원래 저럽니다. 내가 어쩌다 저렇게 까칠하고 짓궂은 아이를 세상에 내놨는지 나도 모르겠다니까."

"세상에서 가장 잘한 일이에요, 아저씨. 어쨌든 이분이 바람맞은 표정을 아빠도 봐야 했는데."

"내 표정이 그렇게 끔찍했어요?" 내가 물었다.

"애가 과장하는 습관이 있다니까." 그가 변명하듯 말했다.

"내가 피렌체에서 기차에 탔을 때부터 줄곧 입이 튀어나왔다니까요."

"미란다가 피렌체에서 탔을 때부터 입이 튀어나오지 않았는데." 내가 그녀의 표현을 따라 했다.

"완전히 튀어나왔어요. 우리가 대화를 시작하기 전부터요. 내가 개를 데리고 탔는데도 자리를 비켜 주지 않으려 했잖아요. 눈치 못 챘을 줄 알아요?"

또다시 셋 다 웃음을 터뜨렸다.

"얘 말 신경 쓰지 말아요. 항상 사람들의 신경을 긁는다니까. 제 딴엔 분위기를 띄우려고 그러는 거지."

그녀의 시선이 나에게 고정되었다. 아버지가 방금 한 말에 대한 내 반응을 읽으려고 한다는 것이 좋았다. 그냥 쳐다보는 것일 수도 있지만, 그것은 그것대로 마음에 들었다.

*정말이지 이런 사람과 이야기를 나누는 게 얼마 만인가?*

거실의 또 다른 벽에는 고대 조각상을 찍은 흑백 사진 액자가 쭉 걸려 있었다. 검은색과 회색, 은색과 하얀색의 놀라운 그러데이션이 돋보였다. 뒤돌아 그녀를 보니 부녀가 나를 쳐다보고 있었다.

"전부 미란다 사진이오. 미란다가 찍은 거지."

"이게 당신 직업이에요?"

"그게 내 직업이에요." 그녀는 *유일하게 내가 할 줄 하는 거예요*, 라고 말하는 듯이 사과했다. 그런 식으로 질문한 게 후회스러웠다.

"흑백으로만 찍지. 컬러는 절대 안 찍어." 아버지가 덧붙였다.

"이 아인 세계를 돌아다닌다오. 캄보디아, 베트남에 이어 라오스, 타이에 갈 예정이지. 여행은 좋아하지만 자기 일에 만족하진 않아."

나는 참지 못하고 물었다. "자기 일에 만족하는 사람이 과연 있을까요?"

미란다가 구해 줘서 고맙다는 의미로 미소를 보냈다. *시도는 좋은데 누가 날 구해 줄 필요는 없어요*, 라는 표정 같기도 했다.

"사진작가인 줄은 생각도 못 했네요. 작품이 정말 멋지군요." 그녀가 칭찬을 받아들이지 않아 한마디 더 덧붙였다. "환상적이에요."

"내가 뭐랬소? 절대 만족하는 법이 없다니까. 두들겨 맞아서 의식을 잃는 한이 있더라도 칭찬을 받아들이지 않을 거요. 미란다가 대형 에이전시에서 같이 일하자는 제안을 받았는데……."

"미란다는 받아들이지 않을 작정이죠. 그 얘긴 하지 않기로 해요, 아빠."

"어째서?" 그가 물었다.

"미란다는 피렌체를 사랑하니까요." 그녀가 대답했다.

"사실은 피렌체와 전혀 상관없는 이유라는 걸 너도 알고 나도 알지." 그녀의 아버지는 유머를 섞어 말했다. 하지만 의미심장한 눈길로 그녀와 나를 차례차례 바라보더니 "제 아빠 때문에 그러지." 하고 덧붙였다.

"정말 황소고집이야. 아빠가 우주의 중심이고 아빠의 축복 없이는 밤하늘의 별들도 그 빛이 꺼지고 재로 변한다고 생각한다니까." 그녀가 놀리듯 말했다.

"이 황소고집 노인네는 재로 변하기 전에 와인을 좀 더 마셔야겠구나. 유언장에도 넣은 말이니까 잊지 말아라, 미라."

"너무 일러요." 그녀는 열린 와인 병을 아버지 손이 닿지 못하게 치웠다.

"아직 젊어서 그렇겠지만 저 아이는 이해 못 한다오. 특정한 나이가 지나면 먹는 걸 조절하는 게……."

"마시는 것도요."

"아무 소용도 없고 득보다 실이 많다는 걸. 우리 나이에는 자기가 살고 싶은 대로 살게 내버려 둬야 한다고 생각해. 죽음의 문턱에 놓인 우리에게서 원하는 것을 빼앗아 봤자 무의미하니까. 완전히 사악한 일이지, 그렇지 않소?"

"사람은 항상 자기가 하고 싶은 대로 해야 한다고 생각합니다." 그가 나를 자기 연배로 취급하는 게 못마땅했다.

"……라고 자신이 원하는 것을 정확히 아는 분께서 말씀하셨습니다, 맞죠?" 기차 안에서 오간 대화를 잊지 않은 딸의 입에서 나온 비꼬는 듯한 공격이었다.

"내가 원하는 것을 아는지 모르는지 어떻게 알죠?" 내가 되물었다.

그녀는 대답하지 않았다. 그저 쳐다볼 뿐 시선을 내리지도 않았다. 습격의 기회를 노리는 내 장단에 휩쓸리지 않았다. "나도 똑같으니까요." 마침내 입을 열었다. 나를 꿰뚫어 본 것이다. 그걸 내가 안다는 것도. 하지만 내가 우리의 유쾌한 논쟁을, 내 입에서 나오는 단 한 마디도 그냥 흘려보내지 않는 그녀를 좋아한다는 사실은 모를 수도 있었다. 특별하게 중요한 사람이 된 기분이었다. 우리가 평생을 알아 와서 서로 익숙해도 서로에 관한 관심은 조금도 줄어들지 않는 사이 같았다. 그녀를 어루만지고 감싸 안고 싶었다.

"요즘 젊은이들은 너무 똑똑해서 우린 못 당해." 아버지가 끼어들었다.

"두 분 다 요즘 젊은이들에 대해 하나도 모르면서." 그녀의 재빠른 대답이 돌아왔다. 내가 또 나이보다 이르게 그녀의 아버지와 똑같은 양로원 세대 취급을 받은 것일까?

"와인 한 잔 더 드릴게요, 아빠. 내가 아빠를 사랑하니까요. S씨도 한 잔 더 드리고요."

"얘야, 내가 곧 갈 곳은 와인을 주지 않는단다. 화이트 와인과 레드 와인은 물론 로제 와인조차 없어. 죽어서 들것에 실려 가기 전에 와인을 잔뜩 마시고 싶구나. 시트 아래에 한두 병 숨겨 놓았다가 그분을 만나면 '제가 빌어먹을 지구 행성에서 뭘 가져왔는지 보시죠.'라고 말할 테다."

그녀는 대답하지 않고 다이닝룸에 음식을 차리기 위해 주방으로 돌아갔다. 하지만 날씨가 따뜻하니 다 함께 테라스에서 먹기로 했다. 우리는 각자 와인 잔과 커틀러리를 가지고 테라스로 향했다. 그동안 그녀는 무쇠 프라이팬에 구운 농어를 갈라서 뼈를 발라냈다. 다른 접시에는 시금치와 시든 *푼타렐레* 치커리를 담고 오일과 방금 간 치즈는 다들 자리에 앉았을 때 뿌렸다.

"무슨 일을 하는지 말해 줘요." 아버지가 내 쪽을 보며 말했다.

나는 책을 출간하기 위해 방금 퇴고를 끝냈으며, 곧 내가 사는 리구리아로 돌아갈 거라고 했다. 서양 고전학 교수라는 직업, 1453년의 비극적인 콘스탄티노플 함락을 다루는 현재 프로젝트를 매우 빠르게 설명했다. 내 삶에 대해서도 간단히 이야기했다. 밀라노의 이혼한 아내, 피아니스트로 성공 가도를 달리는 아들, 집을 떠나면 바닷소리를 들으며 눈뜨는 것이 그립다는 말도 했다.

그녀의 아버지는 콘스탄티노플 함락에 관심을 보였다. "콘스탄티노플 사람들은 도시의 파멸을 알았소?"

"알았습니다."

"그러면 왜 침략당하기 전에 더 많은 사람이 미리 도망가지 않았지요?"

"독일의 유대인들한테 물어보시죠!"

잠깐 침묵이 감돌았다.

"내가 곧 천국의 문에서 만날 부모님과 조부모님, 일가친척들에게 물어보란 말이오?"

내가 방금 한 말에 대한 차가운 반응인지, 점점 쇠약해지는 몸 상태를 대놓고 언급한 것인지 알 수 없었다. 어느 쪽이건 나는 점수를 따는 데 실패한 거였다.

"끝이 가까워졌음을 아는 것과……." 나는 위험이 도사리는 길에서 요령껏 피해 가려고 애쓰며 덧붙였다. "믿는 것은 아주 다르지요. 완전히 낯선 땅으로 가서 전 생애를 던지고 처음부터 다시 시작하는 것은 영웅적 행위지만 너무 무모합니다. 그걸 해낼 수 있는 사람은 많지 않지요. 악의 구렁텅이에 빠져 이도 저도 못 할 때, 출구가 없을 때, 집에 불이 났는데 5층이라 창문 밖으로 뛰어내릴 수도 없을 때 어디로 가야 할까요? 다른 강둑이 없습니다. 스스로 목숨을 끊는 선택을 하는 사람들도 있지요. 하지만 대부분은 눈가리개를 하고 희망에 의지해 살아갑니다. 튀르크인이 들어와서 약탈을 일삼을 때 콘스탄티노플 거리에는 그런 희망을 품은 자들의 피가 넘쳐흘렀어요. 하지만 저는 겁이 두려워 베니스로 도망친 콘스탄티노플 시민들에게 관심이 갑니다."

"당신이 독일에 살았다면 베를린을 떠났을 것 같아요? 예를 들어 1936년에요." 미란다가 물었다.

"모르겠네요. 하지만 내가 달아날 준비가 안 되었다면 누군가의 강요나 협박으로 도망쳤을 것 같아요. 경찰이 언제고 들이닥칠 걸 알고서 파리 마레지구의 아파트에 숨어 있었던 바이올리니스트가 생각나네요. 정말로 어느 날 밤에 경찰이 왔지요. 그는 바이올린을 가져가도 된다는 허락까지 받아냈어요. 하지만 경찰이 그에게서 가장 먼저 빼앗은 게 바로 바이올린이었습니다. 그들은 그를 죽였어요. 가스실이 아니라 강제수용소에서 맞아 죽었지요."

"오늘 저녁 낭독회의 주제가 콘스탄티노플인가요?" 그녀가 물었다. 믿지 못하겠다는 어조로 보아 실망한 모양이다. 내가 아까 자신에게 한 것과 비슷한 질문으로 내 일이 하찮아 보이도록 하려는 의도인지, 존경심으로 가득 차올라 *그런 일을 하면서* 산다

*니 정말 멋지네요,* 라는 뜻으로 묻는 것인지 분명하지 않았다.

그래서 얼버무리듯 온순하게 대답했다. "그게 내 직업입니다. 내 직업이 있는 그대로 보일 때가 있어요. 그저 사무직에 불과하죠. 그 사실이 항상 자랑스럽진 않네요."

"그럼 에올리에제도를 터벅터벅 걷다가 파나레아섬이나 살리나섬에 자리 잡고서 새벽에는 수영하고 낮에는 글을 쓰고 해산물 요리를 먹고 밤에는 당신 나이의 절반밖에 안 되는 누군가와 시칠리아산 와인을 마시며 보내는 삶이 아니란 말이군요."

도대체 어디에서 튀어나온 말일까? 내 연배 남자들의 로망을 놀리는 것일까?

미란다는 포크를 내려놓고 담뱃불을 붙였다. 나는 그녀가 결단력 있는 손동작으로 성냥을 털어 재떨이에 떨어뜨리는 것을 바라보았다. 갑자기 무엇에도 끄떡없을 정도로 강인해 보였다. 그녀는 다른 면을 보여 주고 있었다. 상대를 평가하여 성급하게 고발한 뒤 차단해 버리고 절대로 다시 받아 주지 않는다. 오로지 자신이 약해질 때 받아 주지만 원망의 마음을 품는다. 그녀에게 남자는 성냥과 같았다. 불이 붙고 털리고 그녀의 손에 가장 먼저 집히는 재떨이에 떨어진다. 나는 그녀가 첫 모금을 빨아들이는 모습을 바라보았다. 의도적이고 고집스럽다. 얼굴을 옆으로 돌려 담배를 피우는 모습이 거리감도 느껴지고 냉담해 보였다. 항상 자신이 원하는 대로 하는 여자. 남이 상처받는 걸 싫어하는 착한 여자가 아니었다.

담배 피우는 그녀를 보는 게 좋았다. 그녀는 아름답고 닿을 수 없는 존재였다. 한쪽 팔로 그녀를 감싸며 뺨과 목, 귀 뒤쪽에 입술을 가져가고 싶은 걸 또 참았다. 그녀의 세상에 내가 들어갈 자리가 없다는 사실을 너무도 잘 알기에, 그녀를 껴안고 싶은 욕망에 흔들리는 동시에 경악하게 된다는 사실을 그녀는 눈치챘을까. 그녀가 나를 초대한 것도 아버지를 위해서 아닌가.

그런데 지금 그녀는 왜 담배를 피우는 것일까?

담배를 든 그녀를 보고 나도 모르게 말했다. "프랑스 시인이 그랬지요. 어떤 사람은 자신의 혈관에 니코틴을 주입하려고 담배를 피우고, 또 어떤 사람은 자신과 타인 사이에 구름을 집어넣으려고 담배를 피운다고." 순간 그녀가 비꼬는 말로 해석할지도 모른다는 생각에 재빨리 화살을 나에게 돌렸다. "누구에게나 삶의 가림막으로 활용하는 방법이 있죠. 나는 종이를 활용하지요."

"나도 삶을 막는다고 생각해요?" 문제를 일으키려는 수위 낮은 농담이 아니라 솔직하고 다급한 질문이었다.

"모르겠네요. 시시한 기쁨과 슬픔이 있는 일상을 보내는 것이야말로 진짜 삶을 막는 확실한 방법일 수도 있죠."

"그럼 진짜 삶 같은 건 존재하지 않을 수도 있겠네요. 어설프고 평범하고 일상적인 것들만 존재할 뿐. 그렇게 생각하는 건가요?"

나는 대답하지 않았다.

"난 일상적인 것 이상이 존재하기를 바라거든요. 그런데 찾지 못했어요. 찾는 게 두려워서일지도 몰라요."

이 말에도 대답하지 않았다.

"이런 얘기 아무한테도 안 해요."

"나도 마찬가지예요." 내가 대답했다.

"우리가 왜 그러는지 궁금하네요."

기차에서 이야기를 나눌 때의 그녀로 돌아갔다. 고집스럽고 단호하지만 완전하게 표류하는 모습.

우리는 희미한 미소를 주고받았다. 그녀는 대화가 이상하고 어색한 방향으로 흘러가는 걸 감지하고는 아버지를 가리키며 불쑥 말했다. "우리 아빠도 사무직 좋아해요."

그녀의 아버지는 그 신호를 곧바로 간파했다.

*훌륭한 팀워크군.*

"사무직을 좋아하긴 하지. 8년 전에 은퇴했지만 좋은 교수였고. 지금은 작가, 젊은 학자들과 일한다오. 내가 논문을 편집해 주거든. 쓸쓸한 일이지만 멋지고 평화로운 일이기도 하지. 배우는 것도 많고. 새벽부터 자정까지 일할 때도 있다오. 밤에는 TV를 보며 생각을 환기하지."

"논문 편집을 공짜로 해 준다는 게 문제예요."

"그래. 하지만 다들 날 좋아하고 나도 그들이 좋아졌거든. 이메일을 자주 주고받아요. 솔직히 돈 때문에 하는 일은 아니라오."

"그러시겠죠!" 딸이 쏘아붙였다.

"지금은 무슨 작업을 하고 있습니까?" 내가 물었다.

"시간에 관한 아주 추상적인 논문이라오. 제2차 세계대전 당시 젊은 미국인 조종사의 이야기로 시작해. 저자는 우화라고 부르지만. 그 조종사는 소도시에서 함께 자란 고교 시절의 여자친구와 결혼했지. 전쟁터로 떠나기 전 처가에서 2주를 같이 보냈어. 1년

하고 하루가 지났을 때 그의 전투기가 독일에서 격추당했지. 어린 아내는 남편의 전사 통보를 받았지만 추락한 증거도 없고 시신도 발견되지 않았어. 얼마 후 그녀는 대학에 들어갔고 남편과 닮은 참전용사를 만나 결혼해서 딸 다섯을 낳았지. 여자는 10년 전에 죽었어. 그녀가 죽고 몇 년 후 전투기 추락 현장이 드러났는데 첫 남편의 군번줄과 유해가 회수되어 먼 사촌과의 DNA 검사를 통해 확인됐지. 사촌은 조종사나 그의 아내에 대해 들어 본 적도 없지만 검사를 수락한 거야. 슬프게도 조종사의 유해가 장례식을 치르기 위해 고향으로 돌아온 건 아내도 장인 장모도 그의 부모와 형제자매도 전부 죽고 난 뒤였어. 그를 애도하기는커녕 기억해 줄 사람 하나 없었던 거야. 아내는 딸들에게 그의 존재를 말하지 않았어. 처음부터 존재하지 않은 사람과 다를 게 없었지. 딱 한 번, 그녀가 이런저런 기념품이 든 낡은 상자를 꺼낸 적이 있었어. 다른 물건들 틈에 조종사가 전쟁터로 떠나기 전에 남긴 지갑이 들어 있었지. 딸들이 누구 거냐고 묻자 그녀는 거실로 가서 아이들 아빠의 사진이 든 액자를 꺼내 그 사진 뒤에 끼워 넣은 오래된 사진을 보여 주었어. 첫 남편의 사진이었지. 딸들은 엄마가 재혼한 걸 몰랐어. 그녀도 첫 남편의 이야기를 다시는 꺼내지 않았고. 내가 보기엔 삶과 시간이 동시에 이루어지지 않는다는 사실을 증명해 주는 이야기야. 시간이 완전히 잘못되어 아내가 잘못된 강둑, 더 나쁘게는 전부 다 잘못된 두 강둑의 삶을 산 것처럼 말이야. 두 개의 평행선에서 삶을 살아야 한다고 주장할 사람은 없겠지만 누구에게나 여러 개의 삶이 있어. 하나의 삶이 다른 삶 아래에 끼워졌거나 나란히 있지. 한 번도 살아진 적 없는 삶은 제 차례를 기다리고, 생을 다 채우기 전에 죽어 없어지는 삶도 있고, 충분히 살아지지 않아서 다시 살아지기를 기다리는 삶도 있지. 기본적으로 우린 시간을 어떤 식으로 생각해야 하는지 몰라. 시간이 시간을 이해하는 방법은 우리와 다르고 시간은 우리가 시간을 어떻게 생각하는지 조금도 관심이 없거든. 또 시간은 우리가 삶을 어떻게 생각하는가에 대한 불안정하고 못 미더운 은유이기 때문이지. 궁극적으로 시간이 우리에게 잘못한 것도, 우리가 시간한테 잘못한 것도 아니기 때문이야. 어쩌면 잘못된 것은 삶 자체일 거야."

"왜 그렇게 생각하죠?" 그녀가 물었다.

"죽음이 있으니까. 죽음은 다들 말하는 것과 달리 삶의 일부가 아니기 때문이지. 죽음은 신의 엄청난 실수이고 신이 수치심에 얼굴 붉히며 우리에게 하루도 빠지지 않고 매일 용서를 구하는 게 일몰과 새벽이야. 난 이 주제에 대해 좀 알지." 그는 잠시 조용해졌다가 다시 입을 열었다. "논문이 마음에 들어."

"벌써 몇 달째 하는 말이잖아요, 아빠. 그 논문이 언제 끝날지 알아요?"

"글쎄, 젊은이가 정리하는 게 힘든가 보구나. 결론을 어떻게 내야 할지 몰라서 그러는 것 같아. 그러니까 계속 사례를 더 내놓는 거겠지. 다음 사례는 1942년 스위스의 알프스 빙하 크레바스에 빠져서 얼어 죽은 부부의 이야기야. 그들의 시신은 75년 후 신발, 책, 회중시계, 배낭, 병과 함께 발견됐어. 자식이 일곱인데 둘만 세상을 떠나고 전부 살아 있지. 부모의 비극적인 실종은 자식들의 삶에 어둡고 불안한 구름을 드리웠어. 그들은 매년 부모가 실종된 날마다 빙하에 올라가 두 분을 기리며 기도했어. 부모가 사라졌을 때 막내는 고작 네 살이었지. DNA 검사로 부모의 신분이 확인되면서 일종의 정리가 가능해진 거야."

"난 *정리*라는 말 참 싫더라." 미란다가 잘라 말했다.

"넌 어디에서나 문을 열어 두니까 그런지도 모른다." 아빠가 바로 응수했다. *무슨 뜻인지 잘 알겠지*, 라고 말하며 비꼬듯 곁눈질을 했다.

그녀는 대답하지 않았다.

두 사람 사이에 불편한 침묵이 흘렀다.

나는 모르는 척했다.

"논문에 나오는 또 다른 이야기는……." 아버지가 말을 이어갔다. "결혼한 지 열이틀 만에 러시아 전선으로 갔다가 실종자 명단에 올라간 이탈리아인 군인의 이야기야. 하지만 그는 죽지 않았고 러시아에서 여성에게 구조되어 아이까지 낳았지. 수년 후 그는 이탈리아로 돌아가는데 고향 이탈리아에서 러시아보다도 낯설고 길 잃은 느낌을 받아. 결국 더 나은 고향을 꿈꾸며 러시아로 돌아가지. 봐, 두 개의 삶, 두 개의 길, 두 개의 시간대지만 무엇 하나 옳지 않아. 태어나기 얼마 전에 전쟁터에서 사망한 아버지의 무덤을 찾아가기로 하는 40세 남자의 이야기도 있어. 무덤 앞에 선 그는 묘비에 적힌 날짜를 보고 놀라서 말문이 막혔지. 아버지가 지금 자기 나이의 절반밖에 안 되는 갓 스무 살에 죽었고, 지금의 자신이 아버지의 아버지 나이라는 사실 때문이었어. 이상하게도 그는 자신이 슬픈지 알 수 없었는데 그나 아버지나 서로를 모르고 만난 적도 없기 때문이지. 아니면 죽은 아버지라기보다 죽은 아들처럼 느껴지는 사람의 무덤 앞에 서 있어서 그런 건지도."

나도 그녀도 이 이야기에 의미를 부여하려고 하지 않았다.

아버지가 말을 이어 갔다. "난 무척 감동적인 이야기들이라고 생각하는데 이유는 모르겠어. 삶과 시간이 겉보기와 달리 정렬되지 않고 서로 완전히 다른 여정을 거친다는 암시는 이해하겠지만 말이야. 미란다 말이 맞아. 정리라는 게 존재한다면 그건 사후세계나 남겨진 사람들의 몫일 테니까. 궁극적으로 내 삶의 장부를 마무리하는 건 내가 아니라 삶이니까. 우리는 자신의 그림자 자아, 그동안 배우고 살고 알아 온 것을 남은 자들에게 맡기지. 죽은 뒤 사랑한 사람들에게 줄 수 있는 게 아직 그들이 아는 아버지가 되기 전의 어린 시절 사진 말고 또 뭐가 있을까? 나는 내가 떠난 후에 남은 사람들이 단지 내 삶을 기억하는 게 아니라 연장해 주길 원해."

나와 그녀가 둘 다 조용한 것을 보고 그가 갑자기 외쳤다. "케이크를 가져오너라. 나와 나를 기다리는 것 사이에 지금 당장 케이크를 놓고 싶구나. 그분이 케이크도 좋아할지 모르잖아, 그렇지 않니?"

"작은 케이크로 샀어요. 어차피 더 큰 걸 사도 내가 돌아가기 전에 다 먹어치울 거잖아요."

"보다시피 저 아인 내가 살기를 바란다오. 도대체 뭐 때문인지 모르겠어."

"자신을 위해서가 아니면 날 위해서 살아요, 늙은 바보 아저씨. 그리고 아닌 척하지 말아요. 같이 강아지 산책시킬 때 여자들 힐끔거리는 거 다 봤으니까."

"사실이야. 난 예쁜 다리를 보면 아직도 뒤돌아보지. 하지만 솔직히 말하자면 쳐다보고도 이유를 까먹어."

모두가 웃음을 터뜨렸다.

"방문 간호사가 기억나게 도와줄 거예요."

"내가 뭘 까먹는지 기억하고 싶지 않은지도 모르겠는걸."

"기억나게 해 주는 약도 있대요."

나는 옥신각신하는 척하는 아버지와 딸을 지켜보았다. 그녀는 접시를 더 가져오려고 테이블에서 일어나 주방으로 갔다.

"내 몸뚱이가 아주 작은 한 잔의 커피를 감당할 수 있으려나?" 그가 딸에게 들릴 만큼 큰 소리로 물었다. "손님한테도 한 잔 드리고?"

"난 손이 두 개밖에 없어요, 아빠." 그녀는 투덜거리는 척하더니 잠시 후 케이크와 작은 접시 세 개를 가져와 스툴에 올려놓고 주방으로 돌아갔다. 우리는 그녀가 커피메이커를 만지작거리고 아침에 사용하고 남은 커피 찌꺼기를 싱크대에 탕 하고 버리는 소리를 들었다.

"싱크대에 버리지 마라." 아버지가 으르렁거렸다.

"늦었어요." 그녀가 대답했다.

나와 그는 서로를 보며 미소 지었다. 나도 모르게 말했다. "따님이 선생님을 사랑하는군요, 그렇죠?"

"그렇소. 하지만 그럼 안 돼. 난 운이 좋은 거지. 그래도 저 애 나이에는 좋지 않은 것 같소."

"왜 그렇죠?"

"왜? 저 애가 힘들 테니까. 내가 저 애의 앞길을 막고 있다는 건 바보라도 알 수 있지."

나는 아무런 말도 할 수 없었다.

우리는 그녀가 설거지할 접시를 싱크대에 넣는 소리를 들었다.

"두 분 뭐라고 속닥인 거죠?" 그녀가 커피를 들고 테라스로 나오면서 물었다.

"아무 말도 안 했어." 아버지가 대답했다.

"거짓말하지 말아요."

"당신 얘길 했어요." 내가 대신 말했다.

"그럴 줄 알았어. 빨리 아이를 낳으라고 했죠?" 그녀가 넘겨짚었다.

"난 네가 행복했으면 좋겠다. 적어도 지금보다는. 네가 사랑하는 사람과 함께." 아버지가 대답했다. "그래, 빨리 애를 낳으면 좋겠다. 시간이 없잖니. 삶과 시간이 정렬하지 않는 또 다른 사례라고. 무슨 말인지 모르겠다고는 하지 마라."

그녀가 미소를 지어 보였다. 이해한다는 뜻이었다.

"난 죽음의 문을 두드리고 있잖니."

"아직 문을 안 열어 줬어요?" 그녀가 물었다.

"아직. 하지만 늙은 집사의 길게 늘어지는 '갑니다아!' 소리는 들었어. 또 두드리니까 '거 간다고 했잖아요?'라고 투덜거리더구나. 빗장을 풀어서 들여보내 주기 전에 네가 적어도 사랑하는 사람을 만나면 좋겠다."

"아무도 없다는데 절대 안 믿어요." 내가 논쟁의 중재자라도 되는 듯 그녀가 내 쪽을 보면서 말했다.

"어떻게 아무도 없을 수가 있어?" 아버지도 내 쪽을 보면서 물었다. "항상 누군가 있잖아. 내가 전화할 때마다 만나는 사람이 있잖니."

"항상 아무것도 아닌 사람이죠. 우리 아빠는 정말 이해를 못 한다니까." 그녀는 내가 자기 편을 들어 줄 가능성이 크다는 걸 감지하고 말했다. "남자들이 나한테 줄 수 있는 건 나한테 이미 있는 것들이에요. 반면 그들이 나한테 원하는 건 가질 자격이 없거나 애초에 나한테 없어서 줄 수 없는 것들이고. 그게 안타까운 일이죠."

"이상하네요." 내가 끼어들었다.

"뭐가 이상해요?"

그녀는 아버지랑 떨어져서 내 옆에 앉아 있었다.

"난 완전히 정반대거든요. 지금의 나는 누군가 원할 만한 걸 별로 갖지 않았는데 *내가* 원하는 것은 어떻게 설명해야 할지조차 모르겠거든요. 그런데 당신은 이미 알고 있다니."

그녀는 잠깐 나를 쳐다보기만 했다. "알 수도 있고 모를 수도 있죠." *당신의 페이스에 휘말리지 않아요*, 라는 뜻이었다. 그녀는 나보다 훨씬 일찌감치 내 의도를 간파했다.

"넌 알 수도 있고 모를 수도 있지." 아버지가 그대로 흉내 냈다. "넌 역설을 찾아내는 데 아주 능해. 쉬운 개념으로 가득한 네 가방에서 하나를 끄집어내곤 그게 답인 줄 알지. 하지만 역설은 절대로 답이 아니야. 금 간 진실, 다리 없는 한 가닥 의미일 뿐이지. 어쨌든 손님이 우리가 다투는 모습이나 보려고 온 게 아닌 건 확실하지. 부녀의 말다툼을 이해해 주게."

우리는 그녀가 커피가 뿜어져 나오지 않도록 행주로 주둥이를 막고 커피포트를 뒤집는 모습을 바라보았다. 그녀는 자신도 아버지도 설탕을 넣지 않지만 내가 설탕을 원할지도 모른다는 사실을 깨닫고는 묻지도 않은 채 주방으로 달려가 설탕통을 가져왔다.

나는 평상시 설탕을 넣지 않지만 그녀의 마음 씀씀이에 감동해서 한 숟가락 넣었다. 그러다 문득 간단히 거절할 수도 있는데 왜 그랬는지 의아했다.

우리는 조용히 커피를 마셨다.

나는 커피를 다 마시고 일어섰다. "이만 호텔로 돌아가서 오늘 저녁에 낭독할 내용을 검토해야겠습니다."

그녀가 거침없이 말했다. "정말로 검토할 필요가 있는 거예요? 똑같은 강연을 벌써 몇 번이나 하지 않았나요?"

"갈피를 못 잡을까 봐 항상 걱정됩니다."

"갈피를 못 잡는 모습이 전혀 상상되지 않는데요, 새미."

"내 머릿속을 들여다보면 그런 말 못 할걸요."

"아, 참." 놀랍게도 그녀는 장난치듯 능청 부리는 모습도 없이 되받아쳤다. "낭독회에 갈까 생각하던 중이거든요. 초대해 준다면 말이에요."

"물론 초대하죠. 아버님도."

"아빠도요? 아빤 외출을 거의 안 해요."

"내가 외출을 왜 안 해." 아버지가 쏘아붙였다. "네가 없을 때 내가 뭘 하고 지내는지 모르잖아."

그녀는 대답을 기다리지 않고 주방으로 돌아가 네 조각으로 자른 감 접시를 테라스로 가져왔다. 나머지 두 개는 완전히 익지 않았다고 말했다. 그러고는 다시 일어나서 호두를 내왔다. 어쩌면 나를 조금이라도 더 붙잡아 두려는 그녀만의 방식인지도 모른다. 아버지가 그릇에서 호두 하나를 집었다. 그녀도 호두를 집고 아래쪽에 파묻힌 호두까기를 꺼냈다. 그는 호두까기 대신 손으로 깨뜨렸다.

"그러는 거 진짜 싫더라." 그녀가 질색을 하며 말했다.

"뭐, 이거 말이냐?" 그가 호두를 또 깨뜨리고는 알맹이를 꺼내 나에게 건넸다.

나는 어리둥절해하며 "그게 어떻게 가능하죠?" 하고 물었다.

"간단하지." 그가 대답했다. "주먹이 아니라 집게손가락만 쓰면 된다오. 집게손가락을 가운데 이음매 부분에 놓고, 이렇게 다른 손으로 꾹 누르면 되지. 자, 보라고, *Voilà!*" 이번에는 알맹이를 딸에게 주었다. 그러고는 나에게 호두 하나를 건네며 말했다. "한번 해 봐요."

아니나 다를까, 그가 말한 대로 했더니 정말로 호두가 깨졌다.

"살면서 배우는 거지." 그가 미소 지으며 일어났다. "난 그만 내 비행기 조종사에게 돌아가 봐야겠네." 의자를 테이블에 밀어 넣고 테라스 밖으로 나갔다.

"화장실 간다는 소리예요." 그녀가 설명하고 벌떡 일어나 주방으로 갔다. 나도 일어나서 따라갔다. 내 도움이 필요한지 확신이 서지 않아 주방 앞에서 기다리며 지켜보았다. 그녀는 그릇을 하나씩 헹구고 싱크대 옆에 성급하게 쌓더니 식기세척기에 집어넣는 걸 도와달라고 했다. 뜨거운 물과 굵은소금을 무쇠 프라이팬에 넣고 깨끗하게 문질러 닦기 시작했다. 가장자리에 붙어서 좀처럼 떨어지지 않는 생선 조각을 성질부리듯 철 수세미로 박박 문질렀다. 기분이 상한 걸까? 하지만 크리스털 와인 잔을 닦을 때는 부드럽고 섬세해졌다. 잔에 담긴 기나긴 세월과 그 동그란 모양이 기쁨과 위안을 주고, 거기에 조심스러운 경의를 보여야 한다는 것처럼. 그녀는 화난 게 아니었다. 헹구는 데는 몇 분이 걸렸다. 설거지를 끝낸 그녀의 손바닥과 손가락이 자주색에 가까운 짙은 분홍색으로 변했다. 그녀의 손은 아름다웠다. 그녀는 냉장고 손잡이에 걸린 작은 행주로 그릇의 물기를 닦으면서 나를 쳐다보았다. 커피메이커에서 커피가 새는 걸 막을 때 사용한 행주였다. 말은 없었다. 그다음엔 싱크대 옆에 놓인 핸드크림을 꾹 눌러 손에 발랐다.

"손이 예쁘네요."

그녀는 대답하지 않았다. 잠시 후 내 말 그대로 "손이 예쁘죠." 라고 말할 뿐이었다. 내 말을 비웃는 것인지, 그런 말을 하는 의도에 의문을 제기하는 것인지.

"매니큐어를 칠하지 않는군요." 내가 덧붙였다.

"맞아요."

매니큐어를 칠하지 않는다는 사실에 양해를 구하는 것인지, 상관하지 말라는 것인지 또 알 수 없었다. 손톱에 온갖 다양한 색깔을 칠하는 또래 여자들과는 다르다는 뜻으로 한 말인데. 이미 아는 사실이라 굳이 다시 듣고 싶지 않다는 것인지도 모른다. 내 입에서 나온 말이지만 어설프기 짝이 없었다.

그녀는 주방에서 볼일을 다 마친 뒤 다이닝룸으로 갔다가 우리의 재킷을 가지러 다시 거실로 갔다. 나는 거실로 그녀를 따라갔고, 그녀가 오늘 저녁 낭독회에 대해 물었다.

"포티우스에 관한 겁니다. 비잔틴의 총대주교였는데 자신이 읽은 책을 기록한 《*Myriobiblion*》라는 소중한 도서 목록을 남겼죠. '만 권의 책'이라는 뜻이에요. 그 목록이 없었다면 영영 존재조차 몰랐을 책이 많아요. 대부분 완전히 사라졌거든요."

내가 그녀를 지루하게 만든 걸까? 그녀는 커피 테이블에 놓인 뜯지 않은 우편물을 훑어보았는데 내 말을 듣지 않았을 수도 있었다.

"그게 당신이 삶의 가림막으로 쓰는 거군요. 만 권의 책 말이에요."

그녀의 비꼬는 듯한 유머가 마음에 들었다. 기차에서는 매우 뚜렷한 염세적 태도를 보였지만 결국은 카메라와 오토바이, 가죽 재킷, 윈드서핑, 밤에 적어도 세 번은 사랑을 나눌 수 있는 탄탄한 젊은 남자를 선호할 사람이 그런 유머를 구사한다니 더욱 좋았다. "내가 삶의 가림막으로 쓰는 건 아주 많아요. 당신이 상상하지 못할 정도로." 그리고 덧붙였다. "하지만 당신은 이해하지 못할 수도 있겠네요."

"아니에요. 나도 조금 알아요."

"그래요? 어떤 거?"

"이를테면……. 정말 알고 싶어요?" 그녀가 물었다.

"당연히 알고 싶죠."

"당신이 그다지 행복하지 않은 것 같다는 거요. 그렇다면 나도 비슷해요. 세상에는 누군가에게 상처받아서가 아니라 상처받을 만큼 의미 있는 사람을 만나 본 적이 없어서 상심한 사람들도 있거든요." 그녀는 지나쳤다는 생각이 들었는지 다시 생각해 보고 말했다. "쉬운 개념으로 가득한 내 가방에서 꺼낸 역설의 하나라고 생각해 주세요. 마음이 아픈 건 증상이 없을 수도 있어요. 마음이 아픈지 모를 수도 있다는 거죠. 태어나기 훨씬 전에 태아가 자기 쌍둥이를 먹어치운다는 말이 생각나네요. 쌍둥이의 흔적은 남지 않았더라도 그 아이는 평생 자기 쌍둥이의 부재, 사랑의 부재를 느끼면서 자란다고 하죠. 나는 아빠 그리고 당신은 아들을 제외하고 우리 삶에는 진정한 사랑이나 친밀함이 아주 조금밖에 없었던 것 같네요. 자세히는 모르겠지만요."

그녀는 아주 잠깐 망설였다. 방금 한 말을 내가 반박하거나 너무 진지하게 받아들일까 봐 걱정된 모양이었다. "하지만 당신은 행복하지 않은 사람이라는 말이 듣기 싫을지도 몰라요." 나는 정중하게 고개를 끄덕였다. *지금 당신의 말에 그냥 동의하고 반박하지 않겠다*, 라는 뜻이기도 했다. "하지만 다행인 건……." 그녀는 또 덧붙이려다 멈춰 버렸다.

"다행인 건?"

"당신이 행복을 찾는 걸 끝냈거나 포기하지는 않은 것 같다는 거예요. 당신의 그런 점이 마음에 들어요."

나는 대답하지 않았다. 어쩌면 침묵이 내 대답이었을 것이다.

"그래요." 그녀가 재킷을 건넸다. 내가 재킷을 입자 갑자기 그녀가 주제를 바꾸었다. "옷깃요." 내 재킷을 가리키며 말했다. 무슨 뜻인지 분명하지 않았다. "자, 내가 해 줄게요." 그녀는 내 앞에서서 옷깃을 펴 주었다. 나는 깊이 생각해 보지도 않고 내 가슴 쪽의 옷깃 위로 그녀의 두 손을 잡았다.

전혀 계획하지 않은 일이었지만 그저 마음 가는 대로 손바닥을 들어 그녀의 이마를 만졌다. 내가 그렇게 충동적으로 행동하는 일은 좀처럼 없었다. 선을 넘을 생각은 아니라는 걸 보여 주기 위해 재킷 단추를 채우기 시작했다.

"더 있다 가도 되는데." 그녀가 갑자기 말했다.

"가 봐야죠. 검토할 원고, 낭독회, 오래전에 죽은 포티우스, 내가 나와 진짜 세상 사이에 치는 조잡한 가림막, 모두가 기다리고 있어서."

"이건 나한테 특별했어요. 나한테는 특별해요."

"'이거'라니요?" 내가 물었다. 무슨 뜻인지 알았지만 덥석 믿어 버릴 엄두가 나지 않았다. 뒤로 물러나려다 마지막으로 그녀의 이마를 어루만졌다. 그리고 이마에 키스했다. 이번에는 그녀를 빤히 바라보았고 그녀도 시선을 피하지 않았다. 손끝으로 그녀의 턱을 부드럽게 만졌다. 나 자신조차 깜짝 놀라고 기억도 안 날 만큼 오래전의 나에게서 나온 듯한 행동이었다. 어른이 아이가 울지 못하게 하려고 엄지와 검지로 턱을 만지는 것처럼. 그녀도 분명히 알았겠지만 그녀가 움직이지 않는다면 턱을 어루만지는 그 손길은 내가 다음에 하려는 행동의 서막이 될 것을 나도 감지하면서 그다음에는 그녀의 아랫입술을 따라 손가락을 앞뒤로, 앞뒤로 움직였다. 그녀는 움직이지 않았지만 나를 바라보는 시선은 그대로였다. 이런 식으로 이마를 만져서 불쾌한 건지, 깜짝 놀라서 어떻게 반응해야 할지 아직 고민하는 건지 알 수 없었다. 계속 대담하고 고집스러운 시선으로 바라볼 뿐이었다. 결국 나는 사과를 하고 말았다.

"괜찮아요." 그녀는 킥킥거리는 웃음을 억누르는 듯한 목소리로 말했다. 어른스러운 태도로 모든 걸 그냥 넘어가 주려나 싶었다. 그녀는 아무 말도 하지 않고 홱 돌아서 소파에 놓인 가죽 재킷을 집어 들 뿐이었다. 그 행동이 대단히 퉁명스럽고 단호해서 내가 그녀를 불쾌하게 했다는 확신이 들었다.

"낭독회장에 같이 가요."

당황스러웠다. 방금 한 짓 때문에 나와 더는 엮이고 싶어 하지 않으리라 확신했는데.

"지금요?"

"당연하죠." 그녀는 조금 전에 홱 돌아선 행동을 누그러뜨리려는 듯 말했다. “당신을 따라다니면서 감시하지 않으면 다시는 만나지 못할 테니까요.”

“날 못 믿는군요.”

“아직 잘 모르겠어요.” 그녀는 거실로 와서 앉아 있는 아버지를 향해 고개를 돌렸다.

“아빠, 저 이분 강연 들으러 갈게요.”

그는 깜짝 놀란 데다 딸이 그렇게 금방 간다니 실망한 듯했다. “방금 왔잖아. 책은 안 읽어 줄 테냐?”

“내일 읽어 줄게요. 약속해요.”

그녀는 아버지를 만나면 샤토브리앙의 《회고록(Memoirs)》을 읽어 주었다. 10대 초반에 아버지가 읽어 주던 것을 이제는 자신이 읽어 주는 거라고 설명했다.

“아버님이 속상해하시는군요.” 나가기 전에 내가 말했다.

그녀는 프렌치 창을 닫았다. 집 안이 금세 어두워지면서 우울한 분위기가 감돌았다. 늦가을의 스산함과 아버지의 기분을 반영한 듯했다.

“속상하겠죠. 하지만 내가 있어도 달라질 건 없어요. 일하는 척하지만 요즘은 낮잠을 오래 자거든요. 보통은 아빠가 낮잠 잘 때 좋아하는 걸 사다가 냉장고를 채워 놓는데 내일 하면 돼요. 나머진 간병 서비스 업체에서 해 줘요. 담당하는 분이 이따 오후에 와서 강아지 산책이랑 요리도 해 주고 아빠랑 같이 TV도 보고 잠자리도 봐 줄 거예요.”

아래층으로 내려가 건물 밖으로 나가서 룽고테베레거리를 마주하자 그녀가 갑자기 멈춰 서더니 10월 말의 신선한 공기를 깊이 들이마셨다. 그 모습이 나를 놀라게 했다.

"왜 그런 거예요?" 내가 물었다. 물론 그녀의 폐에서 나오는 한숨 같은 소리를 말하는 거였다.

"여길 떠날 때마다 이래요. 압도적인 안도감이죠. 집 안에서 나쁜 공기에 숨이 막히기라도 했던 것처럼. 알아요. 멀지 않은 언젠가 이곳에 오는 게 그리워지는 날이 오겠죠. 죄책감을 느끼지 않기를, 빨리 문 닫고 나오고 싶었던 이유를 잊지 않기를 바랄 뿐이죠."

"나도 아들이 나와 헤어질 때마다 그런 생각을 하는 건 아닐까 싶을 때가 있어요."

그녀는 대답하지 않았다. 그냥 계속 걷기만 했다.

"지금 나한테 필요한 건 커피예요."

"방금 마셨잖아요?"

"그건 디카페인이고요. 아빠한테는 디카페인을 줘요. 평범한 커피라고 속여서."

"속아 넘어가나요?"

"그렇죠. 아빠가 나 몰래 나가서 진짜 커피를 사다 놓는 게 아니라면요. 그러진 않을걸요. 말했지만 난 주말마다 오거든요. 어쩌다 쉬는 날도 무작정 기차를 타고 와서 하룻밤 자고 다음 날 오전에 돌아가요."

"집에 오는 게 좋아요?"

"전에는 그랬죠."

감히 물어볼 용기가 나지 않았던 질문을 나도 모르게 던졌다. "아버지를 사랑하나요?"

"요즘은 잘 모르겠어요."

"그래도 당신은 훌륭한 딸이에요. 내 눈으로 직접 봤으니까."

그녀는 대답하지 않았다. 틀렸다고, *당신은 속사정을 몰라도 한참 몰라요*, 라고 말하는 듯한 미소가 그녀의 얼굴에 맴돌았다. "예전의 사랑은 주어진 수명을 다한 것 같아요. 지금 남은 건 진짜 사랑이라고 착각하기 쉬운 플라세보 사랑뿐. 노화, 병, 어쩌면 치매 초기만으로 충분하겠죠. 아버지를 돌보고 걱정하고 옆에 없을 때는 부족한 게 없는지 시시때때로 전화해서 확인하느라 완전히 지쳐서 줄 게 없어져 버렸어요. 이런 걸 사랑이라고 할 순 없겠죠. 그렇게 생각하는 사람은 한 명도 없을 거예요. 우리 아빠도." 그러고는 전에도 그런 것처럼 "여자는 커피가 필요해!"라며 말을 자르더니 갑자기 발걸음을 재촉했다. "근처에 괜찮은 데가 있어요."

나는 그녀가 말한 카페로 걸어가며 다리 건너편에 잠깐 들러도 되겠는지 물었다. "보여 주고 싶은 게 있어요."

그녀는 이유도 어디인지도 묻지 않고 따라왔다. "정말 시간 있는 거예요? 호텔에 가방도 내려놓고 손도 씻고 원고도 훑어보고 할 일이 많을 텐데." 그녀의 목소리에서 작게 킥킥거리는 게 느껴졌다.

"시간 있어요. 아까는 내가 과장했을 수도 있어요."

"그럴 줄 알았어! 사소하게 거짓말할 줄 알았다니까."

우리는 함께 웃었다. "아빠는 상태가 안 좋아요. 최악은 아빠도 그걸 안다는 거예요. 하지만 그 얘기를 안 하려고 하죠. 당신이 겁나서인지, 내가 겁낼까 봐 그러는지는 아직도 모르겠어요. 아빠도 나도 서로를 지키는 길이라고 생각하지만 그 대화를 시작할 방법을 찾지 못해서 맞서지 못한 채 미루는 것 같아요. 너무 늦어버릴 때까지 그러겠죠. 그냥 농담처럼 가볍게 얘기할 뿐이죠. '케이크 사 왔니?' '케이크 사 왔어요.' '와인 더 줄래?' '한 방울만 더 줄 거예요.' 얼마 안 있어 아빠는 숨 쉬는 것도 어려워질 거예요. 암으로 죽지 않으면 폐렴으로 죽겠죠. 얼마 전부터 모르핀을 투여받기 시작한 것도, 그것 때문에 생길 다른 문제들도 우린 이야기하지 않아요. 형제자매 중 아무도 나서지 않으면 내가 아빠랑 같이 살아야 할 거예요. 번갈아 가면서 그러자고는 했지만 막상 닥치면 다들 어떤 핑계를 댈지 모르죠."

우리는 카페로 가면서 길을 조금 돌아 내가 묵는 호텔에 들렀다. 안으로 들어가서 프런트에 가방을 맡기겠다고 그녀에게 말했다. TV를 보던 남자 직원이 사환을 시켜서 내 방에 가져다 놓겠다고 했다. 미란다는 로비로 들어오지 않고 호텔 안의 작은 예배당을 살짝 엿보았다. 내가 밖으로 나갔을 때는 신발 끝으로 바닥에 덩그러니 놓인 조약돌 하나를 흥미로운 듯 툭툭 건드리고 있었다.

"2분이면 내가 보여 주고 싶은 게 뭔지 알 수 있어요." 그녀가 초조해하는 것이 보여서 말했다. 나는 무엇이든 그녀의 아버지에 관해 이야기하고 싶었다. 적어도 아버지에 관한 이야기를 몇 마디 위로로 끝내고 싶었다. 하지만 진부한 말밖에 생각나지 않았는데 반갑게도 그녀가 화제를 바꿨다.

"실망하는 일이 없어야 할 거예요." 그녀가 경고하듯 말했다.

"나한텐 가치 있어요."

몇 분 안에 거리 모퉁이에 들어선 건물에 다다랐다. 나는 그 건물 앞에 말없이 멈춰 섰다.

"알았다. 성야!" 그녀는 기억하고 있었다. "어디예요?"

"위층. 큰 창문이 달린 3층요."

"행복한 추억인가요?"

"딱히 그렇진 않아요. 그냥 내가 전에 살던 곳."

"그리고요?"

"로마에 올 때마다 같은 호텔에 묵는 건 이 건물에서 가깝기 때문이에요." 나는 몇 십 년 동안 닦거나 교체하지 않은 게 분명한 위층 창문들을 가리키며 말했다. "여길 서성거리는 게 좋아요. 그럼 내가 여전히 저 위층에서 고대 그리스어를 읽고 학생들의 시험지를 매기는 듯한 착각이 듭니다. 여기서 살 때 요리를 배웠어요. 단추 다는 법, 요구르트와 빵 만드는 법도 배웠죠. 《역경》도 배우고. 첫 반려동물을 키운 것도 여기예요. 아래층의 프랑스 할머니가 키우던 고양이를 버리고 싶어 했는데 마침 그 녀석이 나를 잘 따랐거든요. 저 위층에 살던 젊은 내가 부러워요. 여기 사는 동안 그리 행복하진 않았을지언정. 어둑해진 밤에 와서 이 아파트를 쳐다보는 걸 좋아합니다. 내가 살던 방의 창문에 불이 켜지면 심장이 터질 것 같죠."

"왜요?"

"시간을 돌리고 싶은 마음을 아직 포기하지 못했기 때문인지도 모르죠. 다 잊고 새로운 길로 갔다는 사실을 받아들이지 못해서이거나. 정말로 다 잊었다면 말이죠. 어쩌면 내가 진정으로 바라는 건 예전의 나, 여길 떠난 뒤 흔적을 잃고 등을 돌려 버린 그때의 나와 이어지는 것뿐인지도 모르겠네요. 그때의 내가 되고 싶은 건 아니지만 다시 보고 싶어요. 1분만이라도 좋으니 다시 보고 그가 누군지 알고 싶네요. 이혼하게 되는 아내와 아직 만나지 않았고 언젠가 아버지가 되리라는 사실도 전혀 모르는 그를. 위층 청년은 이런 것들을 전혀 모르죠. 그에게 내 근황을 알려 주고 싶어요. 내가 아직 살아 있고 변하지 않았고 바로 지금 여기에 서 있다는 걸……."

"나랑 같이 서 있죠." 그녀가 끼어들었다. "올라가서 인사라도 하면 좋겠네요. 꼭 만나고 싶거든요."

그녀가 한술 더 떠서 던진 농담인지 진심으로 하는 말인지 알 수 없었다.

"문을 열었을 때 층계참에서 기다리는 당신을 본다면 그는 정말로 좋아했을 겁니다."

"나더러 들어오라고 했을 건가요?" 그녀가 물었다.

"알면서!"

그녀는 내가 무슨 말인가를 더 하기를, 어쩌면 그 말뜻을 더 분명하게 전해 주기를 기다렸다. 하지만 나는 그러지 않았다.

"그럴 줄 알았어요."

"그러는 당신은 안으로 들어왔을 건가요?" 내가 마침내 물었다.

그녀는 잠시 생각했다.

"아뇨."

"왜죠?"

"난 나이 든 당신이 좋거든요."

갑자기 침묵이 내려앉았다.

"대답해야죠?" 그녀가 내 팔을 문지르며 물었다. 농담으로라도 우리 사이에 서로를 신뢰하는 진심 어린 유대감이 자리한다는 뜻으로 보일 수 있는 행동이었다.

"난 당신보다 나이가 아주 많아요, 미란다."

"나이는 나이일 뿐. 됐죠?" 그녀는 내가 말을 끝내기도 전에 대답해 버렸다.

"됐어요." 내가 미소 지었다. 그 말을 이런 식으로 사용해 보기는 처음이었다.

"건물 안으로 들어가거나 위층으로 올라가 본 적 있어요?" 그녀가 화제를 돌렸다.

그렇게 나올 줄 알았다.

"아뇨. 한 번도 없어요."

"왜죠?"

"모르겠네요."

"마르구타 양에게 받은 상처가 그렇게 컸어요?"

"그건 아닙니다. 이 건물은 그녀와 별로 관계가 없거든요. 다른 여자들은 여기 왔지만."

"좋아한 여자들인가요?"

"좋아할 만큼은 좋아했죠. 특별히 기억나는 날이 있네요. 독감에 걸려 수업을 전부 취소해야만 했는데 이곳에 살면서 손꼽히게 행복한 날이었죠. 열이 심한데 집에 먹을 게 하나도 없었어요. 내 수업을 듣는 여학생이 내가 아프다는 소식을 듣고 오렌지 세 개를 가지고 들렀더군요. 결국 우린 키스까지 했고, 그러고 돌아갔어요. 잠시 후엔 다른 여자가 닭고기 수프를 가져왔죠. 세 번째 여자는 브랜디를 잔뜩 넣어 셋이 마실 따끈한 토디(toddy, 술에 뜨거운 물과 설탕 또는 향신료를 넣은 음료—옮긴이)를 만들었죠. 난 세상에서 가장 행복한 독감 걸린 남자였어요. 그 두 명 중 한 명하고는 한동안 같이 살았어요."

"하지만 지금 여기에서 당신과 같이 서 있는 사람은 나죠. 그 생각은 안 해 봤어요?"

그녀의 목소리는 평상시와 다르게 약간 고음이었는데 이유는 알 수 없었다. 내가 과거를 털어놓고 있다는 생각이 들었다. 우리가 기차에서부터 쭉 그랬던 것처럼. 그러다 피식 웃었다. 내가 봐도 약간 억지스럽게 들리는 웃음이었다.

"뭐가 그렇게 재미있어요?"

"재미있는 건 아니고, 내가 여기 살았을 때 당신은 태어나지도 않았다는 생각이 나서."

그 문제가 왜 나왔는지 둘 다 묻지 않았다.

그녀는 가방에서 작은 카메라를 꺼냈다. "사람들한테 우리 둘을 찍어 달라고 할 거예요. 그러면 당신이 내 존재를 기억하겠죠. 성도 이름도 중간 이름도 도무지 기억나지 않는 오렌지 세 개를 가져온 여자처럼 스쳐 지나가는 기억이 되어 버리는 게 아니라."

여자의 정신 나간 허영심일까? 그녀는 그런 유형이 아니었다.

그녀는 가게에서 나오는 미국인 관광객 둘을 불러세워 카메라를 건네며 금발 여자에게 건물 앞에 선 우리 둘을 찍어 달라고 부탁했다. 그리고 나에게 말했다. "이 자세 말고요. 한쪽 팔을 나한테 두르고 나머지 손은 이리 주세요. 이래도 큰일 안 나요."

그녀는 금발 여자에게 *추가*로 한 장 더 찍어 달라고 했다.

금발 여자가 몇 번 더 셔터를 눌렀고 그녀는 고맙다고 인사했다. "곧 사진을 보내 줄게요. 당신이 미란다를 잊지 않도록. 약속하죠?"

그러겠다고 약속했다.

"미란다가 왜 그렇게까지 하는 거죠?"

"아직도 이해를 못 하는군요, 그렇죠? 지금쯤 확실히 티가 났을 게 분명한 메시지를 전달하려고 필사적으로 애쓰는 내 또래의 못생기지 않은 여자를 마지막으로 만나 본 게 언제예요?"

그런 말을 하리라는 짐작은 했다. 그런데 왜 막상 듣고 나서 놀랐을까. 왜 차라리 착각이면 싶었을까.

*분명하게 말해, 미란다. 아니면 다시 말하든가.*

*충분히 분명하지 않았나요?*

*그럼 다시 말해 봐.*

우리가 입 밖으로 꺼낸 말은 상대의 말이 혹은 자신의 말이 무슨 뜻인지 모를 만큼 모호했다. 그런데도 왠지 모르게 둘 다 곧바로 감지했다. 입 밖으로 내지 않았기에 상대의 숨은 뜻을 정확히 알아차렸다는 것을.

바로 그때 정말 멋진 생각이 떠올랐다. 휴대전화기를 꺼내서 앞으로 두세 시간 동안 할 일이 있느냐고 물었다.

"난 한가해요." 그녀가 대답했다. "하지만 당신은 할 일이 있잖아요? 낭독회 원고도 검토하고 옷도 걸어 놔야 하고. 손 씻는 건 두말 할 것도 없고?"

설명할 시간이 없어서 곧장 로마에 사는 친구에게 전화를 걸었다. 친구가 전화를 받자마자 "부탁이 있어. 오늘 들어줘야 해."라고 말했다.

"그럼, 나야 잘 지내지. 물어봐 줘서 고맙네." 유명한 고고학자 친구가 평상시처럼 유머러스하게 받아쳤다. "뭘 도와주면 되는데?"

"빌라 알바니 2인 방문 허가가 필요해."

친구는 잠시 망설이다 물었다. "그 여자 예뻐?"

"물론이지."

"빌라 알바니에 들어가 본 적 없는데. 거긴 아무도 들여보내 주지 않아요." 그녀가 기대하는 목소리로 말했다.

"보면 알겠죠." 나는 친구의 전화를 기다렸다. "알바니 추기경이 18세기에 별장을 지어 빈켈만의 관리 아래 로마 조각상을 엄청나게 모았거든요. 그걸 보여 주고 싶어요."

"왜죠?"

"그야 당신이 생선 요리와 호두를 대접해 주었고 조각상을 좋아하니까요. 평생 본 것 중 가장 아름다운 얕은 돋을새김 조각상을 보여 줄게요. 하드리아누스 황제의 연인 안티노오스의 조각상이에요. 그다음엔 내가 가장 좋아하는 조각상을 보여 주죠. 도마뱀을 죽이는 아폴론의 조각상인데 역사상 가장 훌륭한 조각가로 평가받는 프락시텔레스가 새긴 거라고 하죠."

"그럼 내 커피는요?"

"시간 많아요."

전화벨이 울렸다. 친구는 한 시간 안에 저택으로 갈 수 있느냐고 물었다. 관리인이 일찍 퇴근해야 해서 저택에 한 시간 이상 머무르는 것은 불가능하다고 설명했다. "금요일이잖아."

우리는 다리 바로 옆에서 대기 중인 택시를 발견했고 어느새 저택을 향해 달리고 있었다. 택시에서 그녀가 내 쪽으로 고개를 돌렸다. "왜 이러고 싶은 마음이 든 거예요?"

"당신 말 듣길 잘했다고 생각한다는 걸 보여 주고 싶어서."

"투덜거리기는 했지만?"

"투덜거리기는 했지만."

그녀는 말없이 잠깐 창밖을 보다가 다시 나를 쳐다보았다. "당신은 나를 놀라게 하네요."

"왜죠?"

"충동적인 행동을 할 사람이라고는 생각하지 못했거든요."

"왜죠?"

"당신에게선 신중하고 침착하고 차분한 느낌이 풍기니까요."

"따분하다는 말이군요."

"전혀 그렇지 않아요. 사람들은 당신을 믿고 속마음을 드러내고 싶어 하죠. 당신과 같이 있을 때의 자신이 마음에 들어서일 거예요. 지금 여기 택시에서처럼."

나는 손을 내밀어 그녀의 손을 잡았다가 놓았다.

20분도 안 되어 도착했다. 우리가 온다는 사실을 미리 전달받은 관리인이 작은 문 앞에서 팔짱을 낀 채 위압적이고 적대적인 모습으로 기다리고 있었다. 하지만 나를 알아보고는 처음의 불신하던 태도가 조심스럽고 정중한 태도로 바뀌었다. 우리는 저택으로 들어가 위층으로 올라갔고 방들을 지난 후 아폴론 조각상과 마주 섰다. "사우로크토노스, 뱀을 죽이는 자라고 부르죠. 화랑을 쭉 둘러볼 건데 시간이 있으면 에트루리아 패널도 보고."

그녀는 아폴론 조각상을 바라보았다. 분명히 전에 본 적이 있는데 이것은 아니라고 했다.

우리는 서둘러 나머지 조각상도 구경하다 드디어 안티노오스 조각상에 이르렀다.

그녀는 그 아름다움에 완전히 압도된 표정이었다. "굉장해요."

"내가 뭐랬어요?"

*"Sono senza parole."* 그녀가 말했다. 지금 말문이 턱 막힌다고.

나도 그랬다. 그녀는 한쪽 팔을 나에게 두르고 한동안 조각상을 바라보다 내 등을 한 번 문질렀다. 그리고 우리는 발걸음을 옮겼다.

잠시 후 내가 작은 곱사등이 흉상을 가리키며 그녀의 귓가에 속삭였다. 사진 촬영 금지지만 내가 관리인의 시선을 끄는 동안 작은 카메라로 몰래 몇 장 찍으라고. 언젠가 관리인이 아픈 어머니 이야기를 한 게 떠올라서 옆으로 살짝 불러 어머니가 수술 후 좀 어떤지 물었다. *사려 깊은* 느낌을 주어야 하는 질문이었으므로 미란다에게 들리지 않도록 목소리를 낮추었다. 그는 내 배려를 알아주었고 *purtroppo era mancata*(안타깝게도 돌아가셨어요), 라고 대답했다. 나는 안타까운 마음을 전하며 그를 좀 더 잡아 두었다. 그가 미란다를 등지고 서도록 하는 것도 잊지 않았으며 우리 어머니도 돌아가셨다고 말했다. "우리 생에 단 한 분뿐이지요." 그의 말에 함께 고개를 끄덕이며 위로를 전했다.

나는 마지막으로 한 번 더 보려고 사우로크토노스로 돌아가서 같은 조각상이 루브르와 바티칸 박물관에도 있지만 이것과 클리블랜드에 있는 것만 청동이라고 설명했다.

"하지만 이건 실물 크기가 아니지요. 클리블랜드 것은 실물 크기인데 더 아름답다는군요." 관리인이 덧붙였다.

"정말 더 아름답지요." 내가 맞장구를 쳤다.

우리는 그의 안내를 받으며 조각상이 가득한 또 다른 화랑으로 이어지는 이탈리아식 정원을 지났다. 정원을 지나는 중에 당대 가장 아름다운 저택으로 여겨진 신고전주의 양식 대저택의 정면과 웅장한 아치형 통로를 눈에 담았다.

"에트루리아 패널을 볼 시간은 없겠네요." 관리인이 양해를 구했다. "하지만 *in compenso*(대신에) 여성분께서 조각상 사진을 몇

장 찍고 싶겠지요." 그가 짓궂게 거들먹거리는 미소로 덧붙였다. "사진 찍는 걸 좋아하는 것 같으니." 우리 세 사람은 서로를 보며 미소 지었다. 관리인은 정원을 지나 출구로 우리를 데려가면서 소나무를 가리키고는 로마에서 가장 오래된 일곱 그루의 소나무라고 말했다. 그가 버튼을 눌러 자동문을 열자 인도에 서 있던 나이 지긋한 신사가 우리를 빤히 쳐다보다 관리인에게 기어코 한마디 했다. "우리 집안은 로마에서 7대째 살았는데 저택 안으로 들어가 본 사람이 한 명도 없구먼." 관리인은 또 위압적인 표정을 짓고 노신사에게 *vietato*, 출입 금지라고 말했다. 그리고 문이 닫혔다.

택시를 잡기 전에 그녀가 문 앞에 선 나를 찍고 싶다고 말했다.

"왜요?"

"그냥요."

그녀는 시무룩한 내 표정을 보고 "찡그린 표정 좀 없애 봐요." 라고 했다. 그래서 웃는 얼굴을 하자 "할리우드 가짜 웃음 말고요, 좀!"이라고 지적했다.

그녀는 사진을 몇 장 찍었지만 만족해하지 않았다. "왜 찡그렸어요?"

왜 그랬는지 모르겠다고 했지만, 사실은 알고 있었다.

"오늘 아침엔 *나더러* 왜 그렇게 울적하냐고 해놓고선!"

우리는 웃음을 터뜨렸다.

그녀는 나에게 대답을 기대하는 것 같지 않았다. 나도 그녀에게 굳이 설명해 달라고 하지 않았다. 하지만 그녀가 셔터를 계속

누르는 동안 걱정스러운 깨달음이 스멀스멀 밀려오기 시작했다. 언젠가 여기도 성야의 하나가 될 테고, *찡그린 표정 좀 없애 봐요!* 라는 이름으로 불릴 거라는 사실이. 그녀가 이런 식으로 면박을 줄 때마다 어딘지 따뜻하고 가볍고 친밀한 기분이 들었다. 아버지 집 거실에서 그랬던 것처럼 그녀는 어느 날 갑자기 누군가의 인생에 불쑥 들어와 곧바로 쿠션을 팡팡 두드려 펴고 창문을 활짝 열어젖히고 몇 년 동안 무관심 속에서도 벽난로 선반 위에 꿋꿋이 걸려 있는 오래된 그림 액자 두 개를 반듯하게 맞추고 날랜 걸음으로 아주 오래된 러그를 밟고 지나가는 그런 사람이었다. 그녀의 존재를 대수롭지 않게 여기려고 애쓰지만 그녀가 오랫동안 텅 비어 있던 꽃병에 꽃을 꽂는 순간 다시금 깨닫게 되는 것이다. 이런 시간을 일주일, 하루, 한 시간 이상 감히 바랄 수 없다고. 가짜가 아니라 진짜가 바로 내 눈앞에 있다고. 손 내밀면 닿을 곳에.

너무 늦었을까?

*내가 너무 늦은 걸까?*

"생각은 그만 해요." 그녀가 말했다.

나는 손을 내밀어 그녀의 손을 잡았다.

사람들로 북적거리는 그녀가 좋아하는 세련된 카페 트릴루사에서 우리는 금방이라도 부서질 듯한 작은 사각 테이블에 마주 앉았다. 그녀 뒤쪽에서는 야외용 히터가 최고치로 돌아가고 있었다. 그녀는 열기가 좋다면서 몇 시간 전까지만 해도 아버지 집 테라스에서 식사할 정도로 따뜻했는데 이상하다고 덧붙였다. 그러고는 따뜻한 커피가 마시고 싶어졌다며 테이블로 다가온 웨이터에게 더블 아메리카노 두 잔을 주문했다.

*아메리카노가 뭐지?* 그녀에게 물어보려다 그러지 않기로 했다. 잠시 후에야 내가 물어보지 않은 이유를 깨달았다.

"아메리카노는 에스프레소 한 잔에 뜨거운 물을 부은 거예요. 더블 아메리카노는 에스프레소 투 샷에 뜨거운 물을 섞은 거고요." 그녀는 미소를 참으려 애쓰면서 테이블로 시선을 내렸다.

"내가 아메리카노가 뭔지 모르는 걸 어떻게 알았어요?"

"그냥 알았어요."

"*그냥 알았다.*" 내가 따라 말했다.

이런 게 좋았다. 그녀도 마찬가지였을 것이다.

"혹시 아버지가 모를 것 같으니까 나도 모를 거라고 생각한 건가?"

"틀렸어요!" 그녀는 내가 물어본 이유를 곧바로 추측하며 말했다. "그 이유는 절대로 아니에요, 미스터. 말했잖아요."

"그럼 왜?"

갑자기 그녀의 얼굴에서 야유하는 미소가 사라졌다. "난 당신을 아니까요, 새미. 그게 이유예요. 지금 이렇게 당신을 보고 있으면 평생 알아 온 사람처럼 느껴져요. 이왕에 말이 나왔고 나 혼자 말하는 분위기니까 하는 얘긴데 하나 더 있어요."

그녀는 우리를 어느 방향으로 끌고 가려는 걸까?

"난 당신을 계속 알고 싶어요. 그게 핵심이에요."

다시 그녀를 바라보았다. 과연 우리가 어떤 결과로 이어질지 여전히 확신하지 못하는 채로. *나한테 희망을 주지 마, 미란다. 그러지 마.* 그녀와 그 주제를 끄집어내고 싶지도 않았다. 그것 또한 희망고문이 될 테니까.

웨이터가 잔 두 개를 가져왔다.

"아메리카노는." 그녀가 조금 전의 유쾌한 어조로 설명했다. "에스프레소를 마시고 싶지만 미국식 커피를 좋아하는 사람들을 위한 커피예요. 혹은 그냥 에스프레소를 오랫동안 마시고 싶은 사람들을 위한……."

"아까 하던 얘기 계속해 봐요." 내가 그녀의 말을 막고 화제를 돌렸다.

"무슨 말을 했더라?" 그녀가 약을 올렸다. "당신을 평생 안 것 같다는 말? 당신을 계속 알고 싶다는 말? 이 둘은 실과 바늘 같은 말인데."

언제 이렇게 되었을까? 기차에서, 택시에서, 그녀의 아버지 집 주방과 거실에서, 빌라 알바니 밖에서, 마르구타 양 이야기를 했을 때, 아니면 내가 전에 살던 집을 지나갔을 때? 나는 왜 그녀가 날 자꾸 옆길로 벗어나게 만든다고 느꼈을까? 사실은 그게 아니라는 것을 알면서도 왜?

그녀는 내 마음을 알았을 것이다. 애초에 여섯 살짜리 아이의 눈에도 뻔히 표시가 났을 테니까. 하지만 미란다의 마음은 언제부터였을까? 내가 현실로 착각하자마자 사라져 버릴 불과 몇 분 전에? 그 생각이 떠올랐다. 내가 오래전 여기서 세 블록도 떨어지지 않은 곳에서 비잔틴제국 주석 학자들이 쓴 글을 읽으며 이슬람제국이 되기 이전의 콘스탄티노플에 빠져 있을 때, 미란다 아버지의 정소에서 훗날 미란다가 될 정자가 만들어지지도 않았다는 사실이. 나는 그녀를 바라보았다. 그녀는 아메리카노를 잘 아는 쾌활하고 제멋대로이고 고집스러운 여자와 어울리지 않는 억지스럽고 조심스러운 미소를 보냈다. *왜 그래요?* 물어볼 수도 있었지만 참았다. 둘 다 아무 말도 없는 불편한 침묵의 끝에 그녀는 그저 고개를 살짝 흔들었다. 사실대로 털어놓으면 안 된다는 생각은 바보 같으니 떨쳐 버리려는 것처럼. 기차에서 맞은편에 앉았을 때도 본 적 있는 표정이었다. 이제 그녀는 커피잔을 바라보고 있었다. 그녀의 침묵이 나를 불안하게 했다.

우리는 서로를 바라보았지만 둘 다 아무 말이 없었다. 내 입에서 한마디라도 나왔다가는 마법이 깨지리라는 것을 알았다. 그녀도 마법을 걷어내고 싶지 않았던 걸까. 나도 그녀도 말없이 서로를 바라보며 그렇게 앉아 있었다. 나는 묻고 싶었다. *너 내 인생에서 뭐 하는 거야? 너처럼 젊고 아름다운 사람이 정말로 존재하는 거야? 영화나 잡지 말고 현실에서?*

문득 고대 그리스어 동사 ὀψίζω, *opsizo*가 떠올랐다. 그녀에게 말하지 않으려고 했지만 참지 못했다. *Opsizo*가 잔치에 너무 늦게 도착하거나 끝나기 직전에 도착하다, 혹은 낭비한 지난날의 무게를 안고 오늘 축제를 즐긴다는 뜻이라고 설명했다.

"요점이 뭐예요?"

"없어요."

"바로 그거예요."

그녀는 *쓸데없는 쪽으로 빠지지 말아요*, 라고 눈치를 주는 거였다. 이번에는 다른 테이블에 혼자 앉은 여자를 보고 말했다. "저 여자가 계속 당신을 쳐다봐요." 사실 같지는 않았지만 그래도 기분이 좋았다. 또 다른 여자는 낱말 퍼즐을 붙잡고 씨름했다. "잘 안 되나 봐요. 내가 힌트 좀 줄까 봐요. 난 오늘 아침에 기차역에서 다 풀었는데. 그나저나 아까 그 여자가 또 당신을 쳐다봐요. 오른쪽 4시 방향."

"왜 난 그런 걸 못 알아차릴까?"

"당신이 현재형 시제 사람이 아니라 그런가 보죠. 예를 들어 현재형 시제는 이런 거예요." 그녀는 테이블 위로 몸을 숙이고 내 입술에 키스했다. 완전한 키스는 아니지만 그녀의 입술이 내 입술에 머물렀고 그녀의 혀가 입술에 닿았다. "좋은 냄새가 나네요."

*그래, 난 다시 열네 살이 됐어.*

나중에 오스만제국이 콘스탄티노플을 점령한 끔찍한 사건을 관객들에게 설명하는 동안 좁은 트라스테베레거리를 함께 걷던 그녀가 어떻게 내 손을 잡았는지 떠올렸다. 북적거리는 인파 속에서 나를 잃어버릴까 봐 겁난다는 듯이. 그녀가 금방이라도 손을 놓아 버리고 슬그머니 사라질까 봐 두려운 건 나였는데. 카페 트릴루사를 나와 마침내 그녀를 껴안았을 때 그녀가 내 품으로 파고든 것과 두 주먹을 내 가슴에 올려놓은 것도 기억났다. 내 포옹을 거부하여 밀어내려는 줄 알았는데 내 품으로 들어오는 그녀만의 방식이었다. 나는 참지 않고 키스했다. 여자와 키스한 지 오래인데 열정적인 키스는 더더욱 오래였다. 그 말을 하려는 순간 그녀가 말했다. "계속 안아 줘요. 계속 날 안아 줘요, 새미. 그리고 키스해 줘요."

*대단한 여자야.*

포티우스의 도서 목록에 포함된 책들이 상상도 할 수 없을 정도로 잔뜩 소실되었다는 이야기를 계속하는 동안 우리 이중주의 가장 멋진 부분을 회상하는 일은 마지막을 위해 아껴 두었다.

"아, 알겠다." 내가 갑자기 생각난 것처럼 말했다.

"뭐가요?"

"나랑 같이 지내자. 바다가 보이는 집이 있어." 그녀와 말하는 동안 갑자기 떠오른 생각인데 나도 모르게 불쑥 내뱉었다. 살면서 그 비슷한 이야기조차 해 본 적이 없었다. 그녀의 대답은 내가 뱉은 말보다도 놀라웠고 나를 무장해제시켰다.

"친구들이 들으면 너무 웃긴다고, 미란다가 미쳤다고 생각할 거예요."

"알아. 하지만 넌 그러고 싶어?"

"네." 그러고는 한 번 더 생각해 봐야겠다는 듯이 물었다. "얼마나 오래요?"

나는 살면서 한 번도 해 본 적 없는, 조금의 거짓도 없는 말을 또 했다. "네가 있고 싶을 때까지, 네가 살아 있을 때까지."

우리는 웃음을 터뜨렸다. 둘 다 상대방이 진심이라고 생각하지 않아서 터진 웃음이었다. 하지만 나는 내가 진심이라는 걸 알기에 웃었다.

청중에게 인류가 영원히 잃어버린 책들에 관한 이야기를 계속하면서 생각의 끈을 놓치지 않고 상상했다. 붉어진 얼굴로 맨다리를 벌린 그녀, 내가 잡을 그 손, 조만간 매일 정오 직전에 티레니아해에서 수영하면 짠맛이 날 그 손으로 나를 이끌어 주는 그녀의 모습을.

"우리 이렇게 해요." 그녀가 가리발디거리로 향하면서 제안했다. "난 뒷자리에서 사람들 틈에 앉아 그냥 기다릴 거예요. 사람들이 당신에게 말을 걸고 낭독회와 다른 책들에 대해 질문할 테니까요. 다 끝나면 슬그머니 빠져나가서 훌륭한 와인을 파는 레스토랑으로 저녁을 먹으러 가요. 난 오늘 꼭 좋은 와인을 마시고 싶거든요. 저녁을 먹고 나면 내가 아는 바에서 술 한잔 마시며 당신은 나에게 당신의 삶에 자리한 사람들의 이야기를 다시 해 주고, 난 당신이 나에게 궁금해하는 걸 전부 말해 줄 거예요. 그다음엔 내가 당신을 호텔까지 바래다주거나 당신이 나를 아빠 집까지 바래다주는 거죠. 미리 말해 두는 게 좋겠는데 나 처음에는 아주 서툴러요."

보통 사람들은 미리 입 밖으로 내지 않는 일을 자백하는 그녀가 존경스러웠다.

"처음에 서툴지 않은 사람이 어디 있겠어?"

"어떻게 알아요?"

그 말이 우리 두 사람을 웃게 했다.

"왜 서투른데?" 내가 물었다.

"난 누군가에게 익숙해지는 데 시간이 걸리거든요. 불안해서 그런지도 모르지만 당신과 있을 때는 불안하지 않아요. 그래서 더 불안해요. 불안해하기 싫은데."

"미란다." 나는 산피에트로인몬토리오성당의 템피에토(tempietto, 작은 성전—옮긴이)에서 멈추었을 때 브라만테의 그 걸작을 바라보며 말했다. "이게 정말 진짜일까?"

"당신이 말해 봐요. 지금요. 난 증거가 필요 없고 당신도 그렇죠. 하지만 놀랄 일은 없었으면 해요. 상처받고 싶지도 않고."

"됐어, 그럼." 내 입에서 나온 이 말에 둘 다 웃음을 터뜨렸다.

"그럼 우린 괜찮아요."

건물로 들어가자 나를 임시로 마련한 대기실까지 안내하려는 관계자가 나타나 우리는 급하게 헤어졌다. 그녀는 낭독회가 끝나고 밖에서 기다리겠다는 몸짓을 취했다.

그 일은 낭독회 원고를 얇은 가죽 폴더에 도로 집어넣은 직후에 일어났다. 주최 측에 이어 다른 교수와 악수했다. 열성적인 전문가, 동료, 나중에 연단으로 올라온 학생들하고도 인사를 나누었다. 하지만 내 행동에서 다급함이 묻어날 수밖에 없었다. 다행히 내가 얼른 가고 싶어 한다는 사실을 눈치챈 연배 높은 동료가 나서서 나를 데리고 나갔다. 그런데 문가에서 나를 붙잡아 세워 놓고는 곧 출간될 엘키비아데스의 시칠리아 원정대에 관한 교정쇄를 읽어 달라고 부탁하는 거였다. 서로 다루는 주제가 많이 비슷한 것 같다면서. "우리 관심사가 상당히 비슷하군." 그의 말은 계속되었다. 내 편집자를 소개해 줄 수 있겠느냐는 말에 당연히 그러겠다고 했다. 그에게서 풀려나자마자 내 책을 빠짐없이 다 읽었다는 노부인에게 붙잡혀 한참 동안 얘기를 들어 주었다. 그녀는 침을 튀기면서 말하는 끔찍한 버릇까지 있었다. 시간이 빨리 지나가기만 바랄 뿐이었다.

드디어 강당을 빠져나가 미란다가 기다리겠다고 한 곳으로 갔다. 하지만 그녀는 그곳에 없었다.

서둘러 중앙 계단을 이용해 아래층으로 내려갔지만 그녀는 로비에도 없었다. 다시 2층으로 올라가 강당을 빙 둘러싼 중앙 홀을 돌았다. 아무도 없었다. 휴대전화 번호를 주고받을 생각을 그녀도 나도 하지 못했다. 도대체 왜 그랬을까? 강당의 육중한 철문을 열었다. 아직 문가에서 잡담을 나누는 학생들이 몇 명 있었지만 다들 곧 나설 분위기였고 청소부 둘이 통로에서 빈 종이컵과 쓰레기를 줍고 있었다. 문 옆에는 커다란 열쇠고리를 든 관리소장이 서 있었는데, 그는 학장을 비롯한 모두가 빨리 나가서 청소부들이 제 할 일을 하게 되기를 초조하게 기다리는 듯했다.

나는 다시 중앙 홀로 돌아가서 보는 사람이 없는 걸 확인한 뒤 여자 화장실 문을 열고 미란다의 이름을 불러 보았다. 아무런 대답이 없었다. 지하 화장실에 간 걸까? 하지만 지하는 완전히 캄캄했다.

건물 밖으로 나가 보니 모퉁이 카페 밖에 모여 있는 사람들의 실루엣이 보였다. 그녀가 카페에서 기다릴 거라는 생각이 들었다. 하지만 아니었다. 눈치 없는 동료와 침 튀기며 말하는 멋쟁이 노부인을 죽도록 원망하고 싶었다. 미란다에게 아무리 늦어도 10분 안에 나오겠다고 말했는데. 애초에 시간 계산이 잘못되었을까? 사인을 부탁하는 사람들을 거절하지 못한 내 잘못일까?

아까 커다란 열쇠고리를 들고 있던 관리소장이 건물에서 나와 출구 하나를 잠갔다. 그에게 누군가를 찾는 젊은 여자를 보지 못했느냐 물어보고 싶었다. 그런데 나와 그녀의 관계를 어떻게 설명해야 하지? 내가 그녀의 아빠라고?

그녀의 아버지 집에 가 봐야 할까?

그러다 퍼뜩 떠오르는 생각이 있었다. 왜 진작 생각하지 못했을까? 그녀는 사라진 것이다. 마음이 바뀌어서 도망친 것이다. 원래 별다른 신호나 경고 없이 사람들과의 관계를 끊어 버린다고 하지 않았는가. 그녀의 표현대로 펑 하고 사라져 버린 것이다.

모든 게 환상이었다. 내가 만들어 낸 거였다. 기차, 생선, 점심, 브라만테의 템피에토, 젊은 조종사, 크레바스에 빠져 죽어 딸이 부모보다 늙은 나이가 되어서야 발견된 스위스인 부부, 비잔틴제국의 종말을 예상하고 베니스로 도망친 그리스인들이 후대에 그리스어를 전했으며 수많은 세대가 지난 후에는 베니스 방언에 그리스어가 섞인 유래를 기억하는 사람이 아무도 없어졌다는 이야기. 그 모든 것이 현실이 아니었다. *바보 같으니라고!*

입에서 튀어나온 단어가 있었다. 내 귀로 직접 들으니 웃음을 터뜨리고 싶어졌다. 나는 그 단어를 다시 말했다. *바보 천치.* 두 번째는 첫 번째보다 웃기지 않았고 세 번째는 더더욱 웃기지 않았다. *도대체 왜 그랬어요?* 내일 아들을 만나 기차에서 알게 된 미란다라는 젊은 여자가 나를 아버지 집으로 초대했고 내 삶에서 영원히 사라진 줄 알았던 것들을 원하게 만들었다고 말하면 아들은 분명히 그렇게 말하겠지.

밖은 몹시 어두웠고 나는 어느덧 유일하게 아는 지아니콜로거리를 걸어갔다. 계속 가면 예전에 살았던 건물이 나올 터였다. 그렇게 하면 내 상태가 원래대로 돌아가 꿈에서 깨어나고 내가 누구인지 되새길 수 있을 것처럼. 예상보다 빨리 건물이 나왔다. 오랜 세월에 못 이겨 낡고 기운 모습으로. 나처럼 그리고 쓸데없는 내 성야처럼. 그걸 보니 또 웃고 싶은 기분이 들었다. 그렇게 많은 세월이 지났는데도 뭐 하나 배운 게 없구나. 그녀가 문가에 나타나서 *나 여기 있어요, 난 당신 거예요,* 라고 말하기를 아직도 바라고 있다니.

*바보 천치.* 당연히 그녀는 도망친 것이다.

나는 2년 후 다시 낭독회를 하러 와서 이곳을 지날 때 내가 되고 싶었던 사람을, 바닷가 내 집에서 공유하기를 꿈꾸었던 삶을 비웃을 것이다. *이제는 성야로만 남았구나.* 한순간 이렇게 말할 생각까지 했다. *난 모든 것을 포기할 준비가 되었어. 언제든 어디에서든 네가 얼마나 오랫동안 머무르든 상관없어. 상관없어.*

오늘 나는 이곳에서 바보가 되었다.

화가 나지도 않았다. 그녀에게도 나에게도. 대신 분했다. 그녀가 거짓말을 하거나 나를 가지고 놀아서가 아니라, 혹은 잠깐 동안 자신의 환상을 마음껏 펼치며 내 환상마저 휘저어 놓고는 결국 박살 내 버려서가 아니라 그녀의 마음이 바뀌었다는 게 분했다. 마음이 바뀐 것을 어찌 탓할 수 있을까? 그녀를 믿었는데 그 믿음을 취소할 길이 없어서 분했다. 그녀는 그 믿음을 구겨서 두 번 생각하지도 않고 쓰레기 투하 장치에 던져 버렸다. 오늘 아침 기차 안의 나를 데려오고 모든 것을 지우고 싶었다. 아예 없었던 일이 되도록. *바보 천치 같으니. 그런다고 없는 일이 되는가.*

계속 생각했다. 오늘 이후 지금의 나도 저 시간의 나도 불을 끄고 문을 잠그고 블라인드를 치고 다시는 희망을 품지 않는 법을 배울 거라고. 이번 생애에서는.

다리를 건널 필요도 없었다. 그녀의 아버지가 사는 건물 맨 위층을 올려다보니 불이 다 꺼져 있었다. *집에 없구나. 그렇겠지.*

그녀는 내가 올 줄 알고 일부러 피한 것이다. 발길을 돌려 호텔로 돌아갔다. 호텔로 들어가기 전에 원래 계획도 그리 나쁘지 않다는 사실을 깨달았다. 뭣 좀 먹고 영화 한 편 보고 술 한잔 하고 잠들었다가 아들을 만난 뒤 로마를 떠나는 것. 그리고 다 잊어버리는 거다.

그래도 여전히! 일이 이렇게 된 것이 슬펐다.

호텔 직원에게 오전 7시 30분에 깨워 달라고 말하려는 그때 미란다가 보였다. 그녀는 호텔 로비 너머의 기다란 복도를 따라 놓인 커피 테이블에 앉아 잡지를 휙휙 넘기고 있었다.

"당신이 도망친 줄 알았어요. 그래서 기다렸죠. 다시는 당신을 내 눈에 보이지 않는 곳에 두지 않을 거예요."

나는 긴말 대신 그녀를 껴안았다.

"난……."

"바보 천치!" 그녀는 부드러운 어조로 다시 말했다. "그래도 날 찾았잖아요."

나는 호텔 직원에게 가죽 폴더를 맡기고 밖으로 나갔다.

"저녁 먹기로 했잖아요."

"먹어야지."

"보통 낭독회 끝나면 어디에서 먹어요?"

다행히 그녀도 알고 좋아하는 식당이었다. 우리는 구석의 조용한 테이블로 안내받았다. 와인 종류도 다양했다. 최고는 아니었지만 그래도 우리는 한 병을 비웠다. 레스토랑을 나와서 걷다가 내가 예전에 살던 건물을 또 지나쳤다. 올려다보니 3층에 불이 켜져 있었다.

"마음 아파요?" 그녀가 물었다.

"아니."

"왜 아니에요?"

나는 *듣고 싶은 말이 있군*, 하는 표정으로 미소 지었다.

그녀는 큰 카메라를 꺼내 건물과 불이 켜진 내 방 창문을 얼른 찍었다. "위층에서 뭘 하고 있을 것 같아요?"

"글쎄, 모르겠어." 말은 그렇게 하면서도 속으로 생각했다. 위층의 젊은 남자는 기다리고 있어. 아직도 기다리고 있어. 네가 아직 태어나지 않았다는 걸 그가 저 옛날에 어떻게 알겠어? 난 겨울밤에 위층에서 요리하다 가끔 주방 창문을 내다보며 기다렸어. 하지만 문을 두드린 건 항상 다른 사람이었지. 토론식 수업에서 담뱃불을 붙일 때, 그 시절에는 그래도 되었거든, 네가 문을 열기를 기다렸어. 북적이는 영화관에서, 친구들과 들어간 술집에서…… 모든 곳에서 기다렸지. 하지만 널 찾을 수 없었고 넌 오지 않았어. 수많은 파티에서도 너와 마주치기를 계속 바랐고 널 만났다고 생각한 적도 있었지만 너는 아니었지. 그때 너는 고작 두 살이었으니까. 내가 두 번째로 술을 주문할 때 네 부모님은 너에게 두 번째 동화책을 읽어 주었지. 언제나 그렇듯 시간은 계속 흐른다. 결국 나는 기다림을 그만두었어. 네가 내 인생에 들어오리라는 믿음을 끝냈기에. 네가 존재한다고 믿지 않게 되었기에. 마르구타 양, 결혼, 이탈리아, 아들, 일, 책……. 내 인생에서 다른 일들은 다 일어났건만 너만은 실현되지 않았다. 난 기다림을 멈추고 너 없이 사는 법을 배웠지.

"저 시절에 절실하게 원한 게 뭐예요?"

"나를 속속들이 아는 사람. 한마디로 네 안의 나."

"우리 안으로 들어가요." 그녀가 제안했다.

순간 나는 건물 위층으로 올라가자는 말인 줄 알고 지금의 세입자를 귀찮게 하는 난감한 모습을 떠올렸다. "그러지 말자."

"로비로 들어가자고요."

그녀는 대답을 기다리지 않고 커다란 유리문을 열었다.

나는 30년 가까이 지났는데 로비에서 똑같은 냄새가 난다고 말했다. 고양이 화장실 모래와 곰팡이, 썩은 나무 패널이 섞인 냄새.

"로비는 절대로 나이 먹지 않는 거 몰랐어요? 거기 서 봐요."

그녀는 로비에서 나를 찍었다. 나를 프레임에 담으려고 계속 뒤로 물러나는 그녀에게 나는 점점 더 끌려만 갔다.

"움직였잖아요."

"미란다." 결국 내가 말했다. "살면서 이런 일은 처음이야. 생각하면 정말 무서운 건 이거야."

"이번엔 또 뭐예요?"

"내가 기차를 놓쳤다면 평생 죽은 사람처럼 살아왔다는 사실을 절대로 몰랐을 거라는 것."

"그냥 겁나는 거예요."

"하지만 뭐가 겁나는 걸까?"

"내일이면 이 모든 게 날아가 버릴지도 모른다는 것. 그렇게 되지 않게 할 수 있어요."

너무도 익숙한 냄새를 풍기는 옛 건물의 로비에 서 있으니 그녀에게 말하고 싶어졌다. 여기 이렇게 돌아와 보니 그동안의 세월이 사소한 기쁨만 있을 뿐인 황무지이고 내 인생을 뒤덮은 녹처럼 느껴진다고, 정말 이상한 일이라고. *그 녹을 너와 함께 벗겨내고 싶어. 이곳에서 너와 모든 걸 다시 시작하고 싶어.*

나는 이 말을 입 밖에 내지 않고 그저 서 있었다.

"왜 그래요?" 그녀가 물었다.

고개를 저었다. 대신 대명사만 그녀에서 너로 바꿔 괴테의 작품을 인용했다. *"너를 알기 전까지 내 인생의 모든 것은 단순한 서막이자 지연, 소일거리, 시간 낭비일 뿐이었다."*

내가 계속 가까이 다가가자 그녀가 카메라를 내렸다. 키스하리라는 것을 알고 벽에 등을 탁 기댔다.

"키스해 줘요. 얼른 키스해 줘요."

나는 두 손으로 그녀의 얼굴을 감싸고 입술을 가져가 처음에는 부드럽게 키스했다. 그리고 점심 먹을 때부터, 설거지하는 그녀를 보았을 때부터, 시장에서 생선 장수와 말하느라 앞으로 고개를 숙인 그녀의 얼굴과 목, 어깨에 키스하고 싶었을 때부터 억눌러 온 열정과 욕망을 담아 키스했다. 오래전 바로 이 로비에서 키스한 여자가 떠오를 줄 알았지만 기억나는 거라고는 로비에 밴 불멸의 매트 곰팡내뿐이었다. *로비는 절대 나이 들지 않아. 우리도 마찬가지야. 아, 하지만 우린 나이가 들지. 성장하지 않을 뿐.*

"생각한 느낌 그대로예요." 그녀가 입을 열었다.

"어떤 느낌인데?"

"몰라요." 그러고는 이어서 말했다. "다시 해 봐요."

그 말에 내가 충분히 빠르게 반응하지 않았는지 그녀는 나를 당기더니 어안이 벙벙해질 정도로 조금의 망설임도 없이 입을 벌리고 키스했다. 이어서 두 손으로 내 얼굴을 누르고 있다가 느닷없이 한 손을 내려 단단해지는 내 물건을 쥐었다. "이 녀석이 날 마음에 들어 할 줄 알았어."

우리는 내가 예전에 살던 아파트 건물을 떠나 잠들지 않는 것 같은 노점상이 쭉 늘어선 곳을 걸어갔다. 골목길은 어수선했고 나는 축제를 즐기는 듯한 인파와 적외선 등이 달린 북적거리는 레스토랑과 *enoteche*(와인 바)가 좋았다.

"난 저녁의 이 좁은 골목길을 좋아해요." 그녀가 말해 주었다.

"내가 자란 동네거든요."

나는 두 팔로 그녀를 안고 다시 키스했다. 그녀의 삶을 알아 가는 게 좋았다. 전부 다 알고 싶다고 말했다.

"나도 그래요." 잠시 후 그녀가 덧붙였다. "하지만 당신이 나에 대해 알고 싶어 하지 않을 것 같은 부분도 있어요." 그 말이 순간의 기쁨과 따뜻함을 뒤덮었다. 무슨 말일까? "말하면 안 되는데 그 누구에게도 해 본 적 없는 말을 당신에게는 해야만 해요. 있는 그대로의 나, 아니 지금의 나를 원하는 사람은 처음이거든요. 당신이 일찍 알았으면 좋겠어요. 아무리 당신이라도 지금 털어놓지 않으면 내가 숨길 수밖에 없을 테니까. 이 비밀만 말하면 난 숨기는 게 하나도 없어요. 당신은 그런 비밀 없어요? 너무 짐스러운 나머지 없앨 수 없는 벽이 되어 버리는 비밀. 우리가 사랑을 나누기 전에 그 벽을 없애고 싶어요."

"물론 나도 비밀이 있지. 누구나 있어. 모든 인간은 지구에 전체가 아닌 일부만 보여 주는 달과 같아. 대부분은 자신을 온전하게 이해해 주는 사람을 평생 만나지 못해. 나도 사람들이 이해할 것 같은 부분만 보여 줘. 다른 사람들에게는 또 다른 부분을 보여 주고. 아무에게도 보여 주지 않는 어두운 부분이 항상 남아 있지."

"나 그 어두운 부분을 알고 싶어요. 지금 말해 줘요. 당신 먼저요. 내 어두운 부분은 당신보다 훨씬 나쁠 테니까."

우리가 대화를 나눈 건 밤이었고 트라스테베레의 산타마리아 성당이 가깝다는 사실 때문인지 그녀에게 마르구타 양의 이야기를 들려주었다. "우리가 처음이자 마지막으로 사랑을 나눈 건 런던 블룸즈버리의 허름한 싸구려 호텔이었어. 주인의 안내를 받아 방에 들어가자마자 옷을 벗었지. 늦은 오후였어. 우린 껴안고 키스하고 다시 껴안으면서 지나치게 애를 썼지. 집요하게 노력했어. 욕망이 달아나는 거라면 일시적일 뿐 곧 돌아올 거라고 생각하면서. 하지만 아니더군. 난 그때 젊고 혈기왕성했는데 도무지 이해되지 않았어. 그녀도 마찬가지였고. 그녀가 날 흥분시키려고 갖가지 시도를 했지만 다 잘못된 일 같았어. 물론 나도 노력했지만 그녀를 흥분시킬 수 없었고. 뭔가 이상했어. 뭐가 문제인지 같이 짚어 봤지만 이유를 찾을 수 없었지. 저녁 즈음 도로 옷을 챙겨 입고 길 잃은 영혼들처럼 블룸즈버리거리를 돌아다녔어. 허기를 채울 만한 곳을 찾는 척하면서 말이야. 하지만 술만 잔뜩 마셨지. 호텔로 돌아갔지만 똑같았어. 겨우 성공했으나 욕망이 아니라 두 사람의 끈기로 성공한 섹스였어. 무엇보다 난 절정의 순간에 그때 만나던 여자의 이름을 부르고 말았어. 이틀 후 각자 로마의 집으로 돌아갔을 때 나도 그녀도 분명 안도감을 느꼈을 거야. 그녀는 계속 친구로 지내려고 애를 썼지만 난 차갑게 피했어. 그녀를 실망시켰다는 사실을 마주할 수가 없어서였는지도 몰라. 아니면 그녀나 나중에 그녀의 남편이 될 남자와의 우정을 내가 더럽히리라는 걸 알아서였는지도. 오랜 세월이 흘러 그녀가 병으로 죽어 가면서 몇 번이나 연락해 왔지만 피하고 모른 체했어. 영원히 잊을 수 없는 일이지."

그녀는 듣기만 할 뿐 아무런 말이 없었다.

"젤라토 먹겠어?" 내가 물었다.

"좋아요."

우리는 아이스크림 가게로 들어갔다. 그녀는 자몽 맛을, 나는 피스타치오 맛을 주문했다. 그녀는 내가 방금 한 이야기에 대해 자세히 물어보고 싶은 기색이 역력했지만 난 그녀의 이야기가 듣고 싶었다. "이제 네 차례야."

"듣고 나서 날 싫어하지 않겠다고 약속해 줄래요?"

"그런 일은 절대로 없어."

그녀는 아이스크림 가게를 나오며 너무 좋다고 말했다. 오늘 하루가 이렇게 흐른 것, 우리의 만남과 낭독회, 저녁 식사, 술, 아버지, 지금 이 순간까지.

"열다섯 살 때 일이에요." 그녀가 이야기를 시작했다. "어느 날 오후 두 살 많은 오빠의 친구가 놀러 왔어요. 둘이 오빠 방에서 TV를 보고 있었죠. 으레 귀찮게 구는 여동생처럼 나도 침대에 같이 앉았어요. 거실에 혼자 있기 싫을 때마다 종종 그랬거든요. 평화롭게 TV를 보는데 오빠가 한쪽 팔로 내 어깨를 감쌌어요. 평상시에도 가끔 그랬죠. 그런데 오빠 친구도 그러는 거예요. 오빠 친구의 손이 내 어깨에서 점점 티셔츠 안으로 들어갔죠. 오빠는 내가 그만 하라고 말하는 순간 끝날 순진한 장난이라고 생각했는지 순전히 장난으로 내 가슴을 만졌어요. 그런 행동이 전혀 이상하거나 충격적이지 않다는 것을 강조하려고 그랬는지도 모르죠. 난 저항하지 않았고 두 사람도 멈추지 않았어요. 그러다 오빠 친구가 바지를 벗었어요. 거기까지만 해도 짓궂은 장난보다 약간

과한 정도라고 할 수 있을 텐데 오빠도 덩달아 바지를 벗었죠. 지기 싫어서 그랬는지. 난 모든 게 자연스러운 일인 척 행동했고 한술 더 떠서 두 사람에게 내 옆에 누우라고 했어요. 셋이 침대에 바짝 붙어 누워서 계속 TV를 봤죠. 난 오빠를 믿었기에 안전하다고 느꼈고, 오빠가 끝까지 가게 놔두지 않을 거라고 확신했어요. 그러다 오빠 친구가 내 청바지를 벗겼는데 그냥 놔뒀어요. 오빠 친구는 조금도 망설이지 않고 곧바로 내 위로 올라와서는 몇 초 만에 끝냈죠. 평생 씻을 수 없는 내 실수는 이거예요. 실없는 놀이처럼 느껴져서 오빠에게 이제 오빠 차례라고 한 거예요. 망설이는 오빠를 망신 주면서까지. 바로 그때 깨달았어요. 오빠 친구와 그런 짓을 벌인 게 다 내 계략이었다는 걸. 난 오빠를 원했던 거예요. 단지 섹스가 아니라 오빠와 사랑을 나누고 싶었어요. 그건 우리 사이에 너무도 자연스러운 일 같았고 사랑을 나눈다는 게 그런 것 같았거든요. 친구도 오빠를 부추겼죠. *난 안 할래. 내 동생이니까.* 난 오빠의 그 말을 영원히 잊을 수 없을 거예요. 오빠는 일어나 청바지를 입고 침대에 누워 계속 TV를 봤어요. 그날 이후 오빠는 절대로 나와 단둘이 방에 있지 않아요. 다른 사람들도 같이 있을 때 소파에 같이 앉아야 하면 나와 반대쪽 끄트머리에 앉죠. 우린 그 사건에 대해 한 번도 이야기를 나누지 않았지만 난 알아요. 키스나 포옹의 인사를 되도록 피하고 어쩌다가 할 때도 둘 다 그 일을 떠올린다는 걸. 오빠가 자신이나 나를 절대로 용서하지 못했다는 걸 알아요. 하지만 *오빠*를 용서하지 못한 건 바로 나예요. 난 오빠를 숭배했기에 내 모든 걸 주려고 한 거였는데." 그녀는 여기까지 말하고 내게 물었다.

"충격이에요? 역겨워요?"

"아니."

그녀는 남은 아이스크림을 버리며 말했다. "큰 부분은 먹기 싫어요."

호텔이 가까웠을 때 그녀가 화제를 바꾸었다. "오늘 하룻밤 관계가 아니에요."

"나도 마찬가지야."

"확인한 거예요." 그녀는 서두르듯이 말했다. "나 전화해야 해요. 당신은요?"

나는 고개를 저었다. "뭐라고 말할 거야?"

"누구, 우리 아빠요? 진작 잠들었을걸요."

"남자친구!"

"모르겠어요. 상관없어요. 정말 전화할 사람이 아무도 없어요?"

나는 그녀를 보았다. "그런 지 오래됐어."

"확인한 거예요."

"호텔로 가자."

그녀는 30초도 안 되어 통화를 끝냈다.

"급하고 형식적이네." 내가 한마디 했다.

"이 남자와는 섹스도 그랬어요. 전혀 놀랍지 않다고 하네요. 그럴 거예요. 이렇게 끝이에요. 내가 *논의 금지*, 라고 했거든요."

*논의 금지*. 마음에 들었다. 그녀는 언젠가 나에게도 *논의 금지*, 라고 말할 것이다. 호텔 방으로 들어가자마자 좁은 책상 옆 가

방 거치대에 놓인 더플백이 눈에 들어왔다. 의자는 하나뿐이었다. 그날 아침 일찍 짐을 챙긴 일이 떠올랐고 전혀 다른 생에서 일어난 일처럼 느껴졌다. 저 가방이 그녀의 아버지 집 소파 옆에 놓였던 게 떠올랐다. 사환이 오후에 가방을 가져와 저기 놓아둔 것이 틀림없었다. 늘 묵는 방인데 지금 얼른 둘러보니 평상시보다 훨씬 작아 보였다. 미란다에게 양해를 구하며 발코니 때문에 로마에 올 때마다 이 방에 묵는다고 말했다. "발코니가 방보다 문자 그대로 일곱 배나 크거든. 로마의 전망이 아주 훌륭해." 나는 덧문을 열고 발코니로 나갔다. 그녀도 따라왔다. 밖은 꽤 쌀쌀했지만 전망은 그녀의 아버지 아파트처럼 정말 아름다웠다. 환하게 빛나는 성당의 돔들이 시야에 들어왔다. 하지만 호텔 방은 여전히 내 기억보다 작게만 느껴졌고 커다란 침대 옆으로 걸어 다닐 공간이 별로 없었다. 방 안의 조명도 부족했다. 하지만 무엇도 신경 쓰이지 않았다. 이런 식이 마음에 들었다. 곁눈질로 그녀를 보았다. 그녀도 전혀 개의치 않는 듯했다.

그녀를 안고 싶었다. 그런데 퍼뜩 떠오르는 생각이 있었다. 나는 좀 이따가 옷을 벗는 거다. 영화처럼 그녀의 옷을 찢듯이 벗기지도 않을 것이다.

"네 벗은 몸을 보고 싶어. 그냥 보고 싶어. 티셔츠랑 셔츠, 청바지, 속옷, 등산화를 벗어."

"신발하고 양말까지요?" 그녀는 농담조로 반문하면서도 내 말대로 했다. 아무런 저항 없이 옷을 전부 다 벗고 적어도 20년은 되었을 법한 올이 다 드러난 카펫에 맨발로 섰다.

"마음에 들어요?" 그녀가 물었다.

창문이 안뜰 쪽으로 나서 호텔의 다른 방들에 노출된 터라 다른 손님들이 볼까 봐 걱정되었다. *볼 테면 보라지.* 그녀도 개의치 않았다. 그녀는 두 손을 목 뒤로 가져가 가슴이 돋보이는 자세를 취했다. 크지 않지만 탄탄했다.

"이제 당신 차례예요."

나는 잠시 망설였다.

"수치심도 비밀도 없으면 좋겠어요. 오늘 밤에 모든 걸 다 드러내는 거예요. 샤워도, 양치질도, 가글도, 데오도란트도 아무것도 하지 않을 거예요. 난 당신에게 가장 깊은 비밀을 말했고 당신도 그랬죠. 섹스가 끝난 후 우리 사이에, 우리와 세상 사이에 박힌 쐐기는 없을 거예요. 난 우리 둘의 모습을 있는 그대로 세상에 보여주고 싶거든요. 안 그러면 의미가 없어요. 그냥 지금 아빠한테 돌아가는 게 나아요."

"아빠한테 가지 마."

"아빠한테 가지 않을 거예요." 우리는 미소 지었고 곧 소리 내어 웃었다. 내가 왼쪽 손목을 내밀자 그녀가 커프링크스 떼는 걸 도와주기 시작했다. 말하지 않았는데도 알아차린 것이다. 다른 남자들에게도 그런 적 있다는 느낌이 들었지만 상관없었다.

완전한 알몸으로 그녀에게 다가가 처음으로 내 몸에 맞닿은 그녀의 살을, 그녀의 온몸을 느꼈다.

*내가 항상 원한 게 이거야. 이거 그리고 너.* 그녀는 망설이는 나를 보고 내 오른손을 자신의 다리 사이로 가져갔다. "당신 거예

요. 말했잖아요. 우리 사이에 그 어떤 그림자도, 진심이 아닌 그 무엇도 원하지 않는다고. 난 약속 같은 건 안 하지만 당신과 끝까지 갈 거예요. 당신도 그러겠다고 말해요. 지금 말해 줘요. 손을 떼지 말아요. 당신이 끝까지 갈 준비가 안 됐다면…….”

“아버지한테 돌아간다고. 알아, 알아.”

이런 대화가 나를 흥분시켰다.

“등대 좀 봐요.” 그녀가 은밀하게 말했다.

그녀가 내 그곳을 부르는 그 이름이 마음에 들었다.

더플백을 치우고 가방 거치대에 앉았다. 내가 앉자마자 그녀는 내 무릎에 앉았고 천천히 내가 안으로 들어갈 수 있게 해 주었다.

“좀 나아요?” 서로를 꽉 껴안고 있을 때 그녀가 물었다. “궁금한 건 뭐든 말해 줄게요. 뭐든지 다. 움직이지는 말아요.” 그러고는 거기에 힘을 꽉 주었다. 나는 그녀를 더욱 가까이 잡아당겼다. 그녀는 그렇게 장난치면서 내 머리를 잡고 커피숍에서 그런 것처럼 두 눈을 똑바로 바라보다가 말했다. “참고로 난 평생 누군가와 이렇게 가까워 본 적이 없어요. 당신은요?”

“한 번도.”

“거짓말쟁이.” 그녀가 또 거기에 힘을 꽉 주었다.

“한 번만 더 그러면 네 말에 집중하지 못할 것 같아.”

“뭐요, 이거?”

“경고했어.”

“그냥 인사만 한 거예요.”

더 참을 수 없어서 우리는 본격적으로 사랑을 나누기 시작했고 결국은 더 편한 침대로 옮겨 갔다.

"이게 내가 가진 전부이고 나라는 사람의 전부예요." 그녀가 말했다.

이후 계속 사랑을 나누면서 나는 그녀의 얼굴을 어루만지고 미소 지었다. "나 참고 있어."

"나도요." 그녀도 웃으며 말했고, 자기 몸을 만진 뒤 축축한 손을 내 얼굴과 뺨, 이마로 가져왔다. "내 냄새를 맡아 줘요." 내 입술과 혀, 눈꺼풀도 만졌다. 나는 그녀의 입 안 깊숙이 키스했다. 키스는 우리 둘 다 아는 신호였다. 그것은 태곳적부터 한 인간이 다른 인간에게 주는 선물이니까.

"세상이 어디에서 널 만든 거지?" 잠깐 쉴 때 내가 말했다. 그녀를 만나기 전에는 삶이 뭔지 몰랐다는 말을 하고 싶었다. 그래서 다시 괴테의 말을 인용했다.

"즐겁게 감상하셨기를." 잠시 후 그녀가 밖을 보고는 덧문이 열린 상태였음을 알아채며 말했다. 나는 어깨를 으쓱했다. 우리 둘 다 상관없었다.

내가 일어나려고 하던 참이었다.

"아직 가지 말아요. 계속 이러고 있고 싶어요." 그녀는 왼쪽을 보았다. 방으로 붉은색과 초록색 가로등 불빛이 비치고 있다는 사실을 둘 다 몰랐다.

"누아르 영화 같네."

"그래요. 하지만 이 영화가 갑자기 정신이 든 교수가 온순하게 예전의 삶으로 돌아가고 기차에서 만난 익명의 여자와 나눈 모든 것이 심장의 두근거림이라고조차 할 수 없는 얄팍하고 미약한 떨림에 불과해지는 할리우드 영화로 변하는 건 원치 않아요."

"절대 아니지!"

하지만 그녀는 속상해 보였고 눈물이 맺히는 것처럼 보였다. "내 모든 것은 당신 거예요. 알아요. 초라하다는 거." 나는 손바닥으로 그녀의 눈물을 닦아 주었다.

"네 모든 것은 내가 한 번도 가져 본 적 없는 거야. 뭘 더 바라겠어? 문제는 이거지. 도대체 왜 네가 날 원하는가? 훨씬 좋은 사람을 만날 수 있는데. 예를 들어 아이도 낳을 수 있고."

"대답은 간단해요. 난 아이를 원해요. 하지만 그 누구도 아닌 당신의 아이를 원해요. 우리가 이번 주말을 보낸 후에, 바닷가 집에 다녀온 후에 만나지 못한다고 해도. 빌라 알바니 밖에서 확신했어요. 그 전일 수도 있고."

"언제?"

"당신이 거의 키스할 뻔하다가 참은 직후요."

"내가 참았어?"

"그래 놓고선!"

아이 생각이 온통 나를 사로잡았다. "나도 네 아이를 원해. 지금 원해." 아차 싶었다. "하지만 내가 주제넘게 굴면 안 되겠지."

"그래도 돼요. 제발 주제넘게 굴어요!"

"난 이기적이라서 네가 줄 수 있는 걸 전부 가질 거야."

"그럼 *미친 짓*도 할 수 있어요? 난 할 수 있는데."

"미친 짓이 뭔데?"

"당신의 단조롭고 반복적이고 따분한 다른 삶에서 할 수 없는 모든 일을 나와의 이 삶에서 다 해 보는 거요? 나랑 같이 해 볼래요? 그럴 거면 단 1분도 낭비할 수 없어요. 지금 당장 시작해요."

"그래. 하지만 너 정말 모든 걸 포기할 수 있어? 아버지도 일도 전부?" 결정을 미룰 핑곗거리를 찾는 사람처럼 들린다는 걸 의식하고 던진 물음이었다.

"나에게 필요한 건 카메라 두 대가 전부예요. 나머진 어디서든 새로 사면 되는 것들이에요."

그녀가 졸리냐고 물었다. 졸리지 않다고 했다. 가볍게 산책하고 싶으냐고도 물었다. 좋다고 했다. 그녀는 줄리아거리가 텅 비면 꿈의 나라가 된다고 했다. "맨 끄트머리 오른편에 와인 바가 있어요."

"샤워할래?" 내가 물었다.

"하기만 해 봐요!"

우리는 얼른 옷을 입었다. 그녀는 기차에서 본 그대로 똑같은 옷이었다. 나는 챙겨 온 면바지로 기쁘게 갈아입었다.

호텔 밖 거리는 인적이 끊긴 듯 보였다.

"이렇게 텅 빈 유령의 도시 로마가 좋아요."

"뭐 생각나는 거라도 있어서?"

"그렇진 않아요. 당신은요?"

"없어. 그러길 바라지도 않아."

우리는 손을 잡고 있었다.

"당신의 새로운 삶이 어떻길 원해요?"

뭐라고 말해야 할지 알 수 없었다. "너와 함께였으면 좋겠어. 우릴 있는 그대로 받아 주지 않는 사람들은 그냥 정리해 버리자. 네가 읽은 책을 전부 읽고 네가 좋아하는 음악을 듣고 네가 아는 장소에 가고 싶어. 네 눈으로 세상을 바라보고 너에게 소중한 것을 전부 알고 너와 삶을 시작하고 싶어. 네가 타이에 가면 나도 따라가고 내가 강연이나 낭독회를 할 때면 너는 맨 끝줄에 앉아 있을 거야. 오늘 그런 것처럼. 절대로 다시는 사라지지 마."

"당신과 나에게 맞춘 세상이라. 우리 앞으로 세상을 등지고 사는 건가요? 우리 이렇게 바보 같을 수 있어요?"

"이 꿈에서 깨면 어떻게 될지 묻는 거야? 모르겠다. 하지만 나에 대해 바꾸고 싶은 게 많아."

"예를 들면?" 그녀가 물었다.

나는 예전부터 그녀처럼 가죽 재킷을 입고 싶었다. 일요일에 성당에서 나와 넥타이만 풀고 골프장으로 향하는 사람처럼 보이지 않는 옷을 입고 싶었다. 별명을 이름으로 바꾸고도 싶었다. 내가 머리를 완전히 밀거나 귀고리를 한다면 그녀는 어떻게 생각할까. 무엇보다 역사책은 그만두고 소설 같은 걸 쓰고 싶었다.

"전부 다!"

"우리 절대로 이 꿈에서 깨지 말아요."

우리는 줄리아거리 쪽으로 걸었다. 그녀의 말이 맞았다. 인적이 끊긴 거리의 절대적인 침묵과 어렴풋하게 빛나는 밤중의 *sampietrini*(자갈돌), 빈약한 오렌지빛을 로마에 드리우는 한두 개의 가로등이 좋았다. 언젠가 아들이 한밤의 로마를 이야기한 적이 있었다. 내가 처음 보는 로마였다.

"언제 알았어요? 나라는 거." 그녀가 물었다.

"말했잖아."

"다시 말해 줘요."

"기차에서. 처음부터 알아봤어. 하지만 보고 싶진 않았지. 처음에 팩팩거린 건 순전히 가식이었지. 넌?"

"나도 기차에서요. *인생을 아는 남자구나*, 생각했어요. 대화가 끝나지 않았으면 했죠."

"그땐 까맣게 몰랐겠지."

"까맣게 몰랐죠. 아직도 축축하게 젖은 채로 당신과 이 거리를 걷게 될지."

"기가 막히지. 내 온몸에서 네 냄새가 나."

그녀가 다가와 내 목을 핥았다. "당신하고 있으면 있는 그대로의 나를 사랑하게 돼요." 그러고는 잠시 생각에 잠겼다. "당신으로 인해 나 자신이 싫어지는 날이 오지 않았으면 좋겠어요. 우리가 이렇게 되리라는 걸 언제 알았는지 다시 말해 줘요."

"생선 가판대에서도 그런 순간이 있었어. 네가 원하는 생선을 손으로 가리키면서 앞으로 목을 쭉 뺐을 때 네 목과 뺨, 귀를 힐끔 보면서 쇄골 위로 드러난 맨살을 모조리 애무하고 싶었어. 알몸의 너와 사랑을 나누는 모습까지 떠올렸지만 곧 밀어냈어. *다 무슨 소용이야*, 했지."

"이름으로 바꾸고 싶다던 별명이 뭐예요?"

"새미는 아니야." 아직 살아 있는 늙은 친척과 먼 사촌들을 제외하고 아홉 살인가 열 살 때부터 나를 그 이름으로 부르는 사람은 아무도 없었다. 물론 지금도 그들에게 편지를 보낼 때는 그 이름으로 서명한다. 안 그러면 누가 보낸 편지인지 모를 테니까.

호텔로 돌아오자 그날 하루의 일이 파도처럼 밀려왔다. 여전히 현실이라고 믿어지지 않았다. 그 무엇으로 비교할 수도 없었기에. 사랑의 열병은 영원하지 않다는 것을 알 정도로 나이를 먹을 만큼 먹었기에 현실 같지 않았다. 내 삶과 친구, 친척, 일, 나 자신까지 내 주변의 모든 것이 쉽게 부서질 것만 같아서 현실처럼 느껴지지 않았다.

우리는 바싹 붙어서 누워 있었다.

"우린 한몸이에요." 그녀가 말했다.

"먹을 때랑 화장실 갈 때 빼고." 내가 덧붙였다.

"안 돼요!" 그녀가 웃으며 받아쳤다.

둘이 허벅지를 휘감은 상태로 잠시 눈을 감고 있는데 그녀가 그동안 만난 수많은 여자와 완전히 다르고 우리의 육체에 우리가 원하는 모든 것을 가능하게 해 주는 연성이 있다는 사실이 이해되기 시작했다. 지나온 삶을 돌아보았을 때 가장 당황스러운 것은 사람이 다른 사람과의 첫날밤에 문을 간신히 조금만 열어 두고 나중에는 엄청난 수고까지 들여서 그 문을 아예 잠그려 한다는 사실이었다. 그녀가 맞았다. 사람은 상대를 알면 알수록 그 사람과의 문을 여는 게 아니라 오히려 닫아 버린다.

"내가 무서운 건." 내가 여전히 눈을 감은 채 입을 열었다.

"당신이 무서운 거요?" 그녀는 벌써 내가 하려는 말을 놀리려는 듯이 보였다.

"우리 관계에서 말이야." 다시 말하려고 하자 그녀가 곧장 막아 버렸다.

"말하지 말아요. 하지 말아요." 그녀는 이렇게 외치며 갑자기 내 품에서 벗어나 손바닥으로 내 입술을 거칠다 싶게 틀어막았다. 처음에는 긴가민가했는데 잠시 후 그녀의 민첩한 행동이 재밌다 생각했을 때 입에서 피 맛이 났다. "미안, 미안해요. 상처 주거나 기분 나쁘게 하려는 건 아니었는데." 그녀가 소리쳤다.

"그게 아니야."

"그럼 뭐예요?"

나는 입 안에서 피가 난다고 말했다. 유치원 때 친구랑 옥신각신하다 입 안에서 이상한 맛이 느껴졌는데 난생처음으로 그게 피라는 것을 알았던 기억이 떠올랐다고 덧붙였다. "이 맛이 좋아. 너니까." 다시 어린 시절로 돌아간 것 같았다. 갑자기 이해되었다. 나는 외롭다고 생각하지 않을 때조차 너무나 오랫동안 외로웠기 때문에 피처럼 현실적인 맛이 헛되고 황량한 오랜 세월의 아무것도 아닌 맛보다 훨씬 더 좋게 느껴진다는 것을.

"그럼 날 때려요." 그녀가 불쑥 말했다.

"진심이야?"

"당신도 날 때려요."

"뭐야, 그래서 비긴 셈 치자고?"

"아뇨. 당신이 내 얼굴을 때려 줬으면 해서요."

"왜?"

"아, 그냥 좀 때려 줘요. 질문 좀 그만 하고. 따귀 때려 본 적 없어요?"

"없어." 사람은커녕 파리 한 마리도 해친 적 없는 사람이라는 사실을 사과하듯이 고백했다.

"그럼 이렇게 해 봐요!" 그녀는 말하는 동시에 손바닥으로 자기 뺨을 세게 쳤다. "이렇게 하는 거예요. 자, 해 봐요!" 나는 어설프게 흉내 내며 그녀의 얼굴을 톡 쳤다. "더 세게요. 더 세게. 손바닥하고 손등으로." 다시 그녀의 얼굴을 때렸다. 그녀는 놀라는 듯했지만 다른 쪽도 때려 달라는 의미로 나머지 뺨도 내밀었고, 나는 그렇게 했다.

"다시요."

"난 누굴 아프게 하는 게 싫어."

"그래요. 하지만 우린 300년을 같이 산 것처럼 가까운 사이예요. 맘에 들지 않을지 몰라도 이건 당신의 언어이기도 해요. 당신은 피 맛이 좋고 나도 좋아요. 이제 키스해 줘요."

그녀가 나에게 키스했고 나도 그녀에게 키스했다.

"아팠어?"

"그건 신경 쓰지 말아요. 단단해졌어요?"

"응."

"좋아요." 그녀는 숨을 거칠게 쉬면서 손을 내려 "내 등대."라고 말하며 내 그곳을 꽉 쥐었다. "우리가 밖에서 옷을 다 입고 꾸몄을 때도 지금 이게 우리 모습일 거예요. 정액과 애액이 뒤섞인 채 당신이 내 안에 들어온 모습."

"그리고 착각하지 말아요. 이건 신혼여행지의 첫날밤 섹스가 아니에요." 같이 가고 싶은 곳이 있다며 데려간 *enoteca*(와인 바)에 도착했을 때 그녀가 한 말이었다. 우리는 구석 테이블에 앉아서 레드 와인 두 잔을 주문했다. 그다음에는 염소젖으로 만든 치즈를 주문하고 다시 콜드컷(cold cuts, 익히거나 훈제한 고기나 소시지—옮긴이) 한 접시와 와인 두 잔을 추가했다. "난 우리가 항상 이랬으면 좋겠어요."

"12시간 전만 해도 우린 남남이었지. 난 꾸벅꾸벅 조는 남자, 넌 작은 반려견을 데리고 있는 여자였어."

나는 주변을 둘러보았다. 처음 와 보는 곳이었다.

"얘기 좀 해 봐요. 아무거나." 그녀가 조르듯 말했다.

"네 눈으로 로마를 보는 게 좋아. 내일 밤 너랑 여기에 다시 오고 싶어."

"나도요."

둘 다 더 말하지 않았다. 우리는 와인 바가 문을 닫기 전 맨 마지막까지 남은 손님이었다.

1년 중 호텔에 손님이 많지 않은 시기라 다음 날 아침 하얀 재킷을 입은 직원들은 저급하고 시끄러운 노래가 흘러나오는 가운데 시시덕거리며 잡담을 하느라 바빴다.

"배경 음악도 싫고 저 사람들의 시끄러운 말소리도 싫어요." 그녀는 일하는 사람들을 가리키더니 조금의 망설임도 없이 고개를 돌려 가까이 있는 웨이터에게 목소리 좀 낮춰 달라고 부탁했다. 웨이터는 그녀의 지적에 깜짝 놀랄 뿐 대답도 사과도 하지 않았다. 그저 몸을 숙이며 다른 웨이터와 웨이트리스 둘이 깔깔거리는 곳으로 돌아갔고 이내 조용해졌다.

"이 호텔이 싫어지기도 하는데 로마에 올 때마다 묵는 건 방에 딸린 발코니 때문이야. 날씨가 따뜻한 날 파라솔 아래에서 책 읽는 게 좋거든. 저녁에는 친구들이랑 발코니나 3층 위의 더 큰 테라스에서 술을 마시고. 거긴 그냥 천국이야."

우리는 이른 아침을 먹고 다리를 건넜다. 원래 아벤티노 언덕 쪽으로 가려다 마음을 바꿔 룽고테베레를 다시 걸었다. 토요일 아침이라 로마는 매우 조용했다.

"여기 영화관이 있었는데."

"문 닫은 지가 언젠데요."

"여기 어디쯤 잡동사니를 파는 가게가 있었어. 주사위 보드게임을 샀는데. 시리아에서 만든 거고 조개껍데기 진주층 모자이크가 새겨져 있었지. 친구가 빌려 갔다가 망가뜨렸는지 잃어버렸는지 다시는 보지 못했어."

캄포데피오리시장 근처를 걸을 때 그녀가 내 손을 잡았다. 장사 준비에 여념이 없는 생선 장수가 보였다. 와인 가게는 아직 열지 않았다. 그녀와 생선을 사러 온 일이 까마득한 옛날 일처럼 느껴졌다.

"우리 이번 주는 로마에 있을 거예요." 그녀가 문을 열어 준 아버지에게 말했다. 아버지를 위해 3주 치 식량을 사 온 터였다.

"잘됐구나!" 아버지는 말까지 더듬거리며 기쁨을 감추지 못했다. "그리고 일주일 동안 둘이 뭘 하려고?"

"글쎄요, 먹고 사진 찍고 돌아다니고 같이 있는 거죠."

"산책도 할 겁니다." 내가 덧붙였다. 그녀의 아버지는 우리가 연인 사이임을 아는 것이 분명했고 충격도 받지 않은 듯했다. 혹은 적어도 그렇지 않은 척했다. 그의 얼굴이 말해 주었다. *어제까지만 해도 기차에서 처음 만난 남남이고 접촉도 거의 없었는데…… 이젠 섹스하는 사이가 됐군. 잘됐네! 저 앤 절대로 안 변할 거야.*

"어디에서 지낼 거냐?" 아버지가 미란다에게 물었다.

"이 사람이랑 같이요. 여기서 5분도 안 걸리니까 나를 그 어느 때보다 더 자주 볼걸요."

"나쁜 일인 거냐?"

"좋은 일이죠. 그런데 개는 여기 두고 가도 돼요?"

"일은 어쩌고?"

"카메라만 있으면 돼요. 그리고 동아시아는 이제 질렸거든요. *이 사람*의 눈으로 로마나 북이탈리아 지역을 새로 발견할 수 있을지도 몰라요. 어제는 난생처음 빌라 알바니를 구경했어요."

"미란다를 나폴리의 고고학 박물관에도 데려가고 싶습니다. 안티오페의 두 아들에 의해 황소에 묶인 디르케의 조각상은 전문가의 카메라가 필요하거든요."

"우리 나폴리 언제 가요?"

"네가 원하면 내일이라도."

"또 기차를 타겠네요. 완벽해." 그녀는 진심으로 기쁨이 넘쳐 보였다.

미란다가 자리를 비우자 그녀의 아버지가 나를 따로 불렀다. "저 앤 겉보기와 달라. 충동적이고 머릿속은 항상 폭풍 전야지. 하지만 실상은 유리그릇보다도 여리다네. 부디 잘해 주게. 인내심을 잃지 말고."

뭐라 할 말이 없었다. 나는 그를 그저 바라보다가 미소 지었고 그의 손에 내 손을 얹었다. 그를 안심시키고 싶었다. 따뜻함과 침묵, 우정의 몸짓이었다. 건방지게 보이지 않기를 바랐다.

점심을 먹는 내내 셋 다 별말이 없었다. 아침 식탁도 그랬다. 미란다는 커다란 오믈렛을 만들면서 아버지에게 어떤 스타일이 좋은지 물었다.

"기본으로."

"향신료 좀 넣을까요?"

아버지는 좋다고 했다. "이번에는 너무 푸석하지 않았으면 좋겠구나. 제나리나가 만드는 오믈렛은 형편없어."

날씨가 따뜻해져서 우리는 또 테라스에 점심을 차렸다.

"호두는?" 아버지가 식사를 끝내고 물었다.

"호두 당연히 먹어야죠."

그녀는 안으로 들어가서 커다란 호두 그릇을 내왔다. 그리고 서재에 가서 책을 찾아오더니 20분 동안 읽어 주겠다고 말했다.

나는 샤토브리앙의 글을 읽어 본 적이 없었지만 그녀가 읽어 주는 내용을 듣고 있자니 평생을 이렇게 살고 싶다는 생각이 들었다. 매일 점심 후에 지금처럼 커피를 마시고 그녀가 바쁘지 않을 때마다 위대한 프랑스 작가의 산문집을 읽어 준다면 너무도 행복한 하루가 되리라.

우리는 커피를 다 마시고 일어났다. 그녀의 아버지는 문까지 배웅하지 않고 테라스의 테이블에 그대로 앉은 채 우리가 나가는 모습을 지켜보았다.

"아버님이 힘들 거야." 미란다가 문을 닫을 때 내가 말했다.

"사실은 끔찍해요. 이 문을 닫을 때마다 정말 괴로워요."

산코시마토광장으로 가는 길에 그녀가 어두워지는 하늘을 보고 말했다. "비가 올 것 같아요. 호텔로 가요."

호텔로 돌아가기에는 너무 이른 시간이라 우리는 대형 잡화점으로 들어갔다.

"우리 똑같은 머그잔 두 개 사요. 당신 머리글자와 내 머리글자가 들어간 걸로." 그녀가 제안했다.

그녀는 나를 위해 *M* 자가, 자신을 위해 커다란 *S* 자가 들어간 머그잔을 샀지만 그걸로 만족하지 못했다. "문신은 어때요? 난 당신이 영원히 내 몸에 새겨졌으면 좋겠어요. 워터마크처럼. 작은 등대를 새기고 싶어요. 당신은?"

나는 잠시 생각했다.

"무화과."

"그럼 문신할래요? 아는 데가 있는데."

그녀를 보았다. *나는 왜 망설이지도 않는 걸까?*

"어디에 하지?"

"거기…… 옆에요."

"오른쪽, 왼쪽?"

"오른쪽."

"오른쪽으로 하지."

그녀는 잠시 말이 없었다.

"너무 진도가 빠른가요?"

"난 이대로가 좋아. 문신 아플까?"

"모르겠어요. 해 본 적 없거든요. 귀도 안 뚫었고. 우리 몸이 지금까지와는 달랐으면 좋겠어요."

"옆에 앉아서 서로 문신 새기는 모습을 지켜보자. 죽어서 창조주를 만나 명령대로 옷을 다 벗으면 창조주가 내 생식기 오른쪽의 무화과 문신을 보고 뭐라고 할까? '교수, 당신 달랑이 옆에 그게 뭐야?' 그럼 난 '문신입니다.'라고 하겠지. '무화과 문신인가?' '그렇습니다.' '9개월이나 걸려 만들어진 몸뚱이를 훼손한 이유는?' '열정이 그 이유입니다.' '그래. 그리고?' '제 몸부터 시작하여 모든 게 전부 다 바뀌었으면 하는 바람을 담은 표시를 몸에 새기고 싶었습니다. 살면서 이번만큼은 절대 후회가 없을 거라는 확신이 있었거든요. 제 인생에 스르르 들어와서 스르르 사라져 버릴까 봐 두려운 것을 제 몸에 표시한 것인지도 모르지요. 그래서 기억하기 위해 그녀의 상징을 제 몸에 새겼습니다. 그녀의 이름을 제 영혼에 새겨 주실 수 있다면 당장 해 주십시오. 신이시여, 아, 당신을 신이라고 불러도 될까요? 아시다시피 저는 포기하기 직전이었지요. 자신의 형벌을 받아들이고 하찮은 운명 앞에서 웅크린 채 으슬으슬 추운 끝없는 대기실과도 같은 삶을 살아가려는 찰나였지요. 바로 그때 갑자기 아름다운 감형이 이루어졌습니다. 제가 거창한 단어를 쓰고 있지만 신이시여, 당신은 이해하시겠지요. 어둡고 적막하고 진흙투성이의 비좁고 초라한 길이던 제 인생이 탁 트인 들판을 마주 보는 커다란 집이 되었습니다. 사방에 바다가 보이고 바닷바람이 들어와도 절대로 흔들리거나 쾅 닫히지 않는 활짝 열어젖힌 커다란 창문이 딸린 커다란 방이 있는 집. 당신이 처음 빛을 밝히고 당신이 보시기에 빛이 좋았던 그날부터 단 한 번도 어둠이 내린 적 없는 집이지요.'"

"희극배우 같아요! 그다음에는 신이 어떻게 하죠?"

"물론 날 들여보내 주지. '들어와라, 선한 인간아.' 하지만 내가 묻지. '죄송합니다만 신이시여, 지금 저에게 천국이 뭐가 그리 좋겠습니까?' '천국은 천국이다. 이보다 더 좋을 수는 없지. 사람들이 여기에서 살려고 무엇을 포기하는지 아느냐? 대안을 보고 싶으냐? 보여 주마. 아니, 난 널 지옥으로 데려가 그런 말도 안 되는 그림을 몸뚱이에 새긴 대가로 당장 꼬치에 꿰어 구워질 수 있다는 걸 보여 줄 수 있다. 왜 그렇게 뿌루퉁한 것이냐?' '왜 그러냐고요, 신이시여? 저는 여기 있고 그녀는 저기 있기 때문입니다.' '뭐라? 그럼 내 왕국에서 물고 빨고 할 수 있게 그녀도 죽었으면 좋겠단 말이냐?' '그녀가 죽기를 바라지 않습니다.' '그녀가 다른 사람을 만날까 봐 질투가 나서 그러느냐?

그녀는 정말로 다른 사람을 만날 것이다.' '그것도 상관없습니다.' '내 선한 인간아, 그럼 왜 그러느냐?' '딱 한 시간만 더, 영겁의 시간 속에서 고작 단 한 시간만 더 그녀와 함께 하고 싶어서 그럽니다. 영원히 끝나지 않는 시간 속에서 아무것도 아닌 작은 점에 불과한 딱 한 시간만 더요. 당신은 손해 볼 것이 없으시지요. 저는 그 금요일 저녁 우리의 *enoteca*로 돌아가고 싶을 뿐입니다. 와인과 치즈가 계속 나오고 연인과 친한 친구들만 빼고 손님들이 전부 빠져나갈 때 테이블 위로 손을 잡고 있던 그때로. 저는 그녀에게 말할 기회를 원할 뿐입니다. 설령 24시간밖에 함께 하지 못한다고 해도 우리의 관계는 진화가 시작되기 전의 아무도 모르는 오랜 시간을 기다릴 가치가 있다고, 우리의 먼지가 더는 먼지가 아니게 된 후에도, 1000조 년이 흘러 머나먼 다른 은하계의 다른 별에서라도 새미와 미란다는 이루어질 수밖에 없을 거라고 말입니다. 두 사람이 잘됐으면 좋겠습니다. 하지만 신이시여, 지금은 그저 딱 한 시간만 바랄 뿐입니다.' 그러면 신이 말씀하시겠지. '모르겠느냐?' '무엇을 말입니까?' '넌 이미 그 한 시간을 가졌다는 걸 모르느냐? 난 너에게 한 시간만 준 것이 아니다. 그 한 시간을 스물네 개나 주었다. 네 나이에는 제대로 작동하지 않는 신체 기관을 움직이게 만드느라, 그것도 두 번이나, 내가 얼마나 힘들었는지 아느냐?' '정정합니다. 신이시여, 세 번이었습니다. 세 번이었지요.' 신은 잠깐 생각에 잠기지. '그리고 내가 지금 너에게 한 시간을 주면 넌 하루를 원할 것이다. 하루를 주면 1년을 바랄 것이고. 너 같은 부류는 뻔하지.' 지금은 신이 너에게 더 많은 시간을 준 것 같아. 내게만 몰래 준 거라 내가 너 아닌 다른 사람에게 말한다면 신이 부인하겠지. 넌 내 바닷가 집을 좋아할 거야. 우리 매일 시골길을 실컷 걷고 수영을 하고 과일을 잔뜩 먹자. 옛날 영화를 보고 음악을 듣자. 난 작은 응접실에서 너에게 피아노도 연주해 줄 거야. 베토벤 소나타의 멋진 부분을 계속 들려줄 거야. 제1악장에서 갑자기 태풍이 가라앉고 아주 느린 음이 졸졸 흐르는 소리만 들리다가 침묵이 흐르고 다시 폭풍이 터지지. 우린 뮈라와 키니라스 같을 거야. 키니라스가 자신과 동침한 딸 뮈라를 죽이려고 해서 뮈라가 나무로 변하는 일은 없겠지만. 우리가 정말 운이 좋다면 아홉 달 뒤 넌 뮈라처럼 아도니스를 낳겠지."

"*나는 내 사랑하는 사람의 것, 내 사랑하는 사람은 나의 것.* 이 평화로운 생활이 언제까지 이어지죠?"

"그걸 꼭 알아야 할까? 무제한으로."

그날 문신사는 다른 예약이 잡혀 있었다. 우리는 문신 계획을 취소하고 느긋하게 돌아다니다 호텔에 돌아가기로 했다.

"넌 믿을 수 없을 정도로 아름다워. 내 어디가 좋은지 말해 봐……. 뭐가 있기는 해?" 호텔에서 그녀에게 물었다.

"모르겠어요. 당신의 몸을 열어 그 안으로 들어간 다음 안에서 다시 꿰맬 수 있다면 그렇게 할 거예요. 내가 당신의 고요한 꿈을 고이 안고 당신이 내 꿈을 꿀 수 있게. 난 아직 내가 되지 않은 갈비뼈가 되어 당신의 말처럼 내 눈이 아닌 당신의 눈으로 세상을 보고 당신이 내 생각을 자기 생각인 줄 알면서 따라 하는 걸 들으며 행복하게 있을 거예요." 그녀는 침대에 앉아 내 벨트를 풀기 시작했다. "나 이런 거 오랜만이에요." 이어서 내 지퍼를 내린 뒤 자기 옷을 벗고는 내 눈을 깊이 응시했다. 이 지구별에 사랑이 존재한 적 없다면 좁은 거리 쪽으로 난 이 호텔 방, 모두가 실컷 보라고 창문이 잔뜩 달린 이 코딱지만 한 싸구려 부티크 호텔 방에서 처음 탄생했다고 말하는 듯한 눈빛이었다. "키스해 줘요." 그녀의 말은 살면서 갑자기 이렇게 있는 그대로, 거침없이, 충동적이고, 열정적인 순간을 맞이한 내가 얼마나 행운아인지 일깨워 주었다. 긴 키스 후에 그녀는 반항에 가까운 표정으로 나를 바라보았다. "이제 알겠죠. 날 믿어요?" 그녀가 마침내 입을 열었다. "난 당신에게 내 전부를 줬어요. 내가 주지 않은 건 아무것도 아닌 하찮은 것들뿐이에요. 문제는 이거예요. 내가 다음 주에 더 줄 것이 남아 있을까요? 당신은 그걸 원하기나 할까요?"

"그럼 조금만 줘. 난 덜 받을 거야. 2분의 1, 4분의 1, 8분의 1, 계속 말할까?"

잠시 후 그녀가 입을 열었다. "난 내 인생으로 돌아갈 수 없어요. 당신도 당신 인생으로 돌아가지 않았으면 좋겠어요. 아빠 집에서 좋은 기억은 당신이 거기 있었던 것뿐이에요. 내가 당신의 옷깃을 만져 줄 때 당신이 내 두 손을 잡은 순간으로 돌아가고 싶어요. 난 계속 생각했죠. *이 남자는 날 좋아해. 날 좋아하는 게 분명한데 왜 키스하지 않는 걸까?* 당신이 계속 고민하다가 결국 내 이마를 만질 때 생각했어요. *내가 너무 어리다고 생각하는구나.*"

"아니, 내가 너무 늙었다고 생각했어."

"당신은 정말 바보예요." 그녀는 일어나 하나씩 포장한 머그잔을 풀기 시작했다. "정말 사랑스러워요."

"나한테 집이 있고 너한테 머그잔이 있으니 나머지는 간단하지. 우린 매일 소박한 점심을 먹을 거야. 네 등분한 토마토와 내가 즐겨 굽는 컨트리 브레드, 바질, 신선한 올리브 오일, 네가 구운 생선이나 정어리 통조림 그리고 텃밭에서 기른 가지를 먹는 거야. 디저트는 늦여름엔 신선한 무화과, 가을엔 감, 겨울에는 베리류와 복숭아, 자두, 살구 등 집에 있는 나무에서 딴 과일을 먹으면 돼. 난 베토벤의 소나타에 나오는 짧은 피아니시모를 꼭 연주해 주고 싶어. 우리 그렇게 살자. 네가 나에게 질릴 때까지. 그 전에 네가 아이를 가지면 우린 훨씬 더 오래, 내 생명이 다할 때까지 함께 하겠지. 그럼 우린 둘 다 알게 될 거야. 나에게도 너에게도 아무런 슬픔이 없겠지. 네가 얼마나 나와 함께 하든 어린 시절과 초중고, 대학 시절, 교수와 작가로 보낸 시간과 나머지 모든 시간에 이르기까지 내 평생은 너에게로 향하기 위한 시간이었다는 걸 나도 알고 너도 알 테니까. 나는 그것만으로 충분해."

"왜죠?"

"너 때문에 지금 이대로가 좋아졌으니까. 세상에 별 애정도 없고 이 세상을 귀하게 여기지도 않았어. 하지만 너와 알몸으로 발코니에서 이른 한낮의 햇살을 받고 바다를 바라보며 점심으로 소금과 오일을 뿌린 토마토에 차가운 화이트 와인을 먹는 모습을 상상하는 것만으로 지금 이 순간 전율을 느끼거든." 문득 스치는 생각이 있었다. "내가 서른 살이라면 이 모든 게 더 유혹적이었을까?"

"당신이 서른 살이라면 우린 이루어지지도 않았어요."

"질문의 답이 아니잖아."

"당신이 나와 비슷한 나이였다면 아마 난 행복한 척했을 거예요. 내 일과 당신의 일, 우리의 삶을 사랑하는 척, 과거의 사람들에게 그랬던 것처럼 거짓으로 연기하겠죠. 연기가 아닌 게 뭔지 안다는 것이 내 문제예요. 나한테는 어렵고 무서운 일이죠. 내 위치는 있는 그대로의 내가 아니라 그래야만 하는 나, 내가 갖고 싶은 것이 아니라 남들이 가져야만 한다고 하는 것, 꿈이라고 생각하는 삶이 아닌 우연히 찾은 삶에 맞춰지거든요. 그동안 메탄가스 속에서 살아온 나에게 당신은 산소 같은 존재예요."

우리는 그녀가 한 번도 세탁한 적이 없는 것 같다고 말한 침대 시트에 누웠다.

"지금의 우리처럼 알몸에 땀투성이로 이 위에 누운 사람이 몇 명이나 될까요?"

그녀의 말에 우리는 웃음을 터뜨렸다. 우리는 아무 말 없이 기차에서 만난 이후 처음으로 샤워를 하고 엘리오를 만나러 나가기 위해 옷을 입었다.

엘리오는 호텔 입구에 서 있었다. 포옹을 풀자마자 내 옆에 서 있는 사람이 우연히 나와 동시에 호텔에서 나온 낯선 이가 아니라는 사실을 알아차렸다. 미란다가 곧바로 손을 내밀었고 두 사람은 악수했다.

"미란다라고 해요."

"엘리오입니다."

두 사람은 서로 미소 지었다.

"얘기 많이 들었어요. 이 사람은 온통 당신 얘기뿐이거든요."

그녀의 말에 엘리오가 웃음을 터뜨렸다. "아버지가 과장이 좀 심하죠. 사실은 별것 없는데."

자갈을 깔아 놓은 안뜰을 벗어나며 엘리오가 *누구예요?* 라고 묻는 듯한 혼란스러운 표정을 은밀하게 보냈다. 그 의문 섞인 표정을 미란다가 알아채고 곧장 말했다. "어제 기차에서 처음 만나 같이 잔 사이예요." 약간 불편한 기색은 묻어났지만 엘리오는 조용히 웃었다. 그러자 미란다가 덧붙였다. "당신이 어제 테르미니 역으로 마중 나왔으면 난 지금 여기에서 이런 말을 하지 못했을 거예요." 그녀는 곧바로 카메라를 꺼내더니 우리더러 문 옆에 서라고 부탁했다. "사진을 찍고 싶어서요."

"미란다는 사진작가야." 내가 미안하다는 어투로 말했다.

"그럼 뭘 해야 할까요?" 사진 촬영 방식을 모르는 아들이 내게 물었다.

미란다는 곧장 상황을 파악했다. "두 사람이 치러야 할 성야가 있죠. 방해하고 싶지 않아요." 그녀는 *성야*를 강조해 우리 부자만의 언어에 익숙하다는 사실을 보여 주었다. "그냥 조용히 따라가기만 할게요. 단 한 마디도 하지 않는다고 약속해요."

"우릴 비웃지 않겠다고 약속해 준다면요. 우린 *정말이지* 우스

꽝스럽거든요." 엘리오가 부탁했다.

함께 있지만 함께가 아닌 나와 아들의 산책 방식 덕분에 약간 어색한 분위기가 들어와도 괜찮았다. 나는 미란다의 존재 때문에 아들이 내 인생에서 차지하는 자리가 바뀌거나 줄어들었다는 느낌을 풍기지 않으면서 미란다와 보조를 맞추어 걸으려고 애썼다. 하지만 몇 걸음 걷다가 미란다를 방치하다시피 하고 엘리오와 훨씬 가까이에서 걷는 나를 발견했다. 엘리오가 중요한 이야기를 하고 싶은데 그녀가 있어서 분통 터질까 봐 걱정되기도 했다. 아들에게 그녀를 소개하기엔 아직 이른지도 모른다. 이렇게 갑자기는 더더욱. 엘리오는 내 불편한 기색을 알아차렸는지 요령 있게 우리보다 앞서서 걷기 시작했다. 그녀에게 주도권을 넘기는 듯한 의도적인 행동이었다. 평상시 우리는 나란히 걸었으니까. 엘리오의 행동이 세 사람 사이에 있을지 모르는 긴장감을 가라앉혀 주었고 함께 다리를 건너는 동안 우리의 동지애도 회복되었다.

우리는 신교도 묘지까지 걷기로 했는데 날이 흐린 데다 벌써 어둑해지기 시작했다. 나는 신교도 묘지는 부산한 토요일 오후가 아니라 화창하고 조용한 평일 아침이 잘 어울린다고 말했다. 우리는 줄리아거리를 다시 걸어 셋 다 아는 카페에 가기로 했다.

가는 동안 지난밤에 무슨 곡을 연주했는지 묻자 엘리오는 슬로베니아 류블랴나에서 온 오케스트라하고 모차르트의 내림 마장조와 라단조 협주곡을 연주했다고 말해 주었다. 연주회 전날 밤새도록 연습하고 연주회 당일 낮까지도 연습해야 했지만 다행히 무사히 마쳤으며, 일요일 오후 나폴리에서 열리는 다른 연주회에도 참가해야 한다고 덧붙였다.

"오늘은 무슨 성야부터 시작할까요? 혹시 깜짝 비밀인가요?" 미란다가 물었다.

제삼자 없이 우리 둘만 기념하는 성야였다는 생각이 다시 들면서 마음이 불편해졌다. 분위기를 가볍게 만들기 위해서 몰래 미란다와 이미 한 차례 성야를 치렀다고 털어놓았다. 젊은 선생 시절에 살던 로마 리베라의 3층 아파트 성야.

"오렌지를 가져온 어린 여자애 얘기요?" 엘리오가 장난스럽게 받아쳤다.

그 말에 우리 셋 다 웃음을 터뜨렸다.

"마르구타거리 성야도 있지 않아요?" 미란다가 물었다.

"그래. 하지만 오늘은 생략하지."

"지금 우리가 가는 카페도 성야 비슷해요." 엘리오가 친절하게 알려 주었다.

"누구의 성야죠? 엘리오, 아니면 새미?"

"확실하진 않아." 내가 설명했다. "처음에는 엘리오의 성야로 시작했지만 둘이 만나면 그 카페에 꼭 가다 보니 내 성야도 되었고 결국 우리 둘의 성야가 되었지. 서로의 기억을 덮어썼다고 할 수 있겠네. 그 카페로 돌아가는 일이 내 안의 교수 본능으로도 형용할 수 없는 특별한 의미가 있는 이유지. 이제는 미란다도 그 성야에 함께 있는 거야."

"난 저 사람이 저래서 좋다니까요." 미란다가 엘리오를 보며 말했다. "모든 것을 틀어 버리는 마음을 가졌거든요. 인생을 이루는 무의미한 종잇조각들도 그가 손대어 접는 순간 작은 종이접기가 되는 것처럼. 엘리오도 그런가요?"

"그 아버지에 그 아들이죠." 엘리오가 의식하면서 고개를 끄덕였다.

산 에우스타키오 카페에 빈자리가 없을 만큼 사람이 많아서 우리는 바에 앉기로 했다. 엘리오는 벌써 수년째 이 카페를 찾지만 자리에 앉아 본 적은 한 번도 없다고 말했다. 관광객들이 자리를 전부 차지하고 앉아서 지도와 여행 책자를 보고 있었다. 엘리오가 커피를 사겠다고 우기며 주문한 커피를 기다리거나 계산하는 사람들 사이로 스르르 비집고 들어갔을 때 미란다가 옆걸음으로 다가와서 물었다.

"나 때문에 충격받았을까요?"

"전혀."

"내가 끼어서 싫어하는 것 같아요?"

"그럴 리 없어. 이혼한 뒤 나더러 제발 누구 좀 만나라고 닦달하던 애니까."

"그래서 만났어요?"

"그런 것 같아. 그녀는 나랑 같이 있겠다고 했지."

"누가 아버지랑 같이 있어요?" 엘리오가 영수증을 든 채 에스프레소 기계 뒤쪽의 남자들과 눈을 마주치려고 애쓰면서 물었다.

"미란다."

"아버지가 어떤 사람인지 제대로 말해 준 거예요?"

"아니. 조만간 경악할 거야."

잠시 후 우리 앞에 커피잔 세 개가 놓였다.

"3년 전에 여자랑 와서 나 혼자만의 성야를 즐기려고 했는데 대참사였어요." 엘리오가 솔직하게 털어놓았다.

"어째서요?" 미란다가 물었다.

엘리오는 이 카페가 자기 인생의 흔적들이 새겨진 장소이니만큼 이곳에서 그녀와 함께 하는 시간을 특별한 의미로 생각하려 애썼지만 결국 말다툼을 하게 되었다고 설명했다. 이곳 커피가 전혀 특별할 것 없다고 계속 말하는 그녀에게 엘리오는 커피 자체가 아니라 이곳에서 커피를 마신다는 사실이 중요하다고 반박했다. 그 말다툼은 성야를 망쳤을 뿐만 아니라 엘리오는 그녀가 싫어졌다. 최대한 빨리 커피를 마신 뒤 각자 갈 길로 가고는 두 번 다시 만나지 않았다.

"오래전 예술가들 틈에 섞여 살아가는 예술가의 삶이 어떨지 처음 느낀 장소가 바로 여기예요. 아버지가 로마에 올 때마다 같이 오죠."

"예술가의 삶이 생각한 그대로였나요?"

"미신을 믿는 편이라 섣불리 말하면 안 되지만 무척 안심되긴 했죠. 피아니스트로 사는 삶 말이에요. 그 나머지 삶은, 흠, 우린 나머지 얘기는 안 해요."

"하지만 내가 궁금한 건 그 나머지야." 내가 입을 열었다. 미란다의 아버지와 똑같은 말을 하는 것처럼 느껴졌다. 미란다는 대화가 사적인 영역으로 흐른다는 걸 알아차리고 화장실에 다녀오겠다며 자리를 피해 주었다.

"나머지는요, 아버지." 엘리오가 이어서 말했다. "요즘은 잘 모르겠어요. 하지만 내가 처음 여기 왔을 땐 열일곱 살이었고 책을 많이 읽고 시를 사랑하고 영화에도 깊이 관여하고 클래식 음악에 대해 모르는 게 없는 사람들과 함께였죠. 그들은 나를 모임에 끼워 주었고, 고등학교 때는 물론 대학에 가서도 방학 때마다 로마에 와서 그 사람들과 함께 하며 배웠어요."

나는 아무 말도 하지 않았다. 하지만 엘리오는 내 눈빛을 알아차렸다.

"하지만 그 사람들과의 우정보다, 세상 그 누구보다도 아버지가 지금의 나를 만들었어요. 아버지와 나는 비밀이 없었죠. 아버지는 나에 대해 다 알고 나는 아버지에 대해 다 알고. 그런 점에서 나는 세상에서 가장 운 좋은 아들이에요. 아버지는 내게 사랑하는 법을 알려 줬어요. 책, 음악, 아름다운 사상, 사람, 쾌락 그리고 자신을 사랑하는 법까지. 무엇보다도 인생은 오직 한 번뿐이고 시간은 늘 우리를 비껴간다는 걸 알려 주었죠. 아직 젊어도 이만큼이나 알아요. 가끔 가르침을 까먹어서 탈이지만."

"왜 그런 말을 하는 거니?"

"지금은 아버지가 내 아버지가 아니라 사랑에 빠진 남자로 보여서요. 이런 모습은 처음 봐요. 나도 정말 행복하고 아버지가 부러울 정도예요. 갑자기 되게 젊어졌어요. 사랑 때문이겠죠."

그때 문득 내가 세상에서 가장 운 좋은 아버지라는 것을 이제야 알겠다는 생각이 들었다. 주변에서 사람들이 서성거리는 데다 몇몇은 계산대로 비집고 들어가려 했지만 그 무엇도 우리 부자의 친밀한 시간을 방해하지 못했다. 우리는 로마에서 가장 북적거리는 카페에 앉아 조용한 난롯가 대화를 나누고 있었다.

"사랑은 쉽다." 내가 말을 꺼냈다. "중요한 건 사랑하고 신뢰하는 용기야. 누구나 둘 다 가진 건 아니거든. 넌 모르겠지만 네가 나에게 가르쳐 준 게 훨씬 더 많아! 이 성야만 해도 사실은 네 발걸음을 따라가며 뭐든 공유하고 네가 항상 내 삶에 있기를 바라는 만큼 나도 네 삶에 있고 싶은 바람인지도 모르지. 난 네게 시간이 멈추는 순간을 표시해 두는 법을 가르쳤지만 그 시간들은 네가 사랑하는 사람에게도 메아리쳐야만 의미가 있어. 안 그러면 네 안에 머물러 평생 곪아 터지거나, 드물긴 하지만 운이 좋을 경우 예술로 승화시킬 수 있지. 네 경우는 음악이 되겠지. 하지만 무엇보다 내가 항상 부러워한 건 네 용기였다. 음악을 향한 사랑, 나중에는 올리버를 향한 사랑을 믿은 네 용기."

그때 미란다가 돌아와 나에게 한쪽 팔을 둘렀다.

"나한텐 한 번도 그런 믿음이 없었다. 사랑에도, 믿을지 모르지만 일에도." 나는 말을 계속했다. "하지만 이 아가씨가 어제 나를 점심에 초대해 준 순간 우연히 찾았다. *고맙지만 됐어요, 그렇게 못 해요*, 계속 거절했지. 하지만 미란다는 그게 내 진심이라고 믿지 않았어. 내가 소라고둥으로 들어가 웅크리게 내버려 두지도 않았고." 아들과 이런 이야기를 하는 게 기뻤다. "네 말처럼 너와 나는 비밀이 없었지. 앞으로도 그랬으면 좋겠구나."

우리는 세 모금 만에 커피를 얼른 마시고 산 에우스타키오 카페를 나와 코르소거리 쪽으로 향했다.

"다음은 어디죠?" 미란다가 물었다.

"벨시아나거리로 갈까." 나는 항상 벨시아나거리로 가서 엘리오가 10년 전에 출판된 시집을 추억하며 서점까지 걷는 *'사랑이라면'*이라고 이름 붙인 산책을 떠올리며 말했다.

"아뇨. 벨시아나는 생략해요. 오늘은 한 번도 같이 간 적 없는 곳에 가고 싶어요."

"그럼 최근 일이니?" 나는 엘리오가 가장 최근의 연애사를 들려주었으면 하는 마음으로 물었다.

"최근이랑은 거리가 멀어요. 하지만 짧은 시간 내가 내 손으로 삶을 붙잡았고 그 후로 모든 것이 바뀐 순간을 의미하는 장소예요. 가끔은 내 삶이 거기에서 멈추었고 오직 거기에서만 다시 시작할 수 있다는 생각이 들어요."

엘리오는 깊은 생각에 잠긴 듯 보였다. "미란다가 함께 할지, 아버지도 어떨지 모르겠네요. 하지만 지금 멈추기에는 서로 너무 많은 걸 털어놨잖아요. 그러니 같이 가요. 2분만 걸어가면 돼요."

델라파체거리에 이르렀을 때 엘리오가 근방에 있는 내가 가장 좋아하는 성당으로 데려가는 줄 알았다. 하지만 엘리오는 성당이 보이자마자 오른쪽으로 돌아서 산타마리아델아니마거리로 우리를 데려갔다. 그리고 몇 걸음 걷더니 어제 내가 미란다와 그런 것처럼 벽에 매우 오래된 램프가 붙박이로 들어간 모퉁이에서 멈춰 섰다.

"아버지, 한 번도 말한 적 없는데, 어느 날 밤 완전히 취했어요.

파스콰노 석상 옆에서 토하고 난 직후였어요. 살면서 그렇게 정신을 놓은 건 처음이지만 올리버가 나를 잡고 있었고 바로 이 벽에 기댄 순간 취중에도 알았어요. 이게 바로 내 삶이고 그 전에 다른 사람들과 있었던 모든 일은 지금 나에게 일어나는 일의 대략적인 스케치도 아니라는 것을. 10년이 지났지만 이 오래된 가로등 아래 벽을 볼 때마다 난 그와 함께 있어요. 단언컨대 아무것도 바뀌지 않았어요. 30년, 40년, 50년 후에도 내 감정은 똑같을 거예요. 여자도 많이 만나 보고 남자는 더 많이 만나 봤지만 이 벽에 투명하게 새겨진 흔적은 그 모든 사람을 하찮게 만들어요. 이곳에 혼자 오든 아버지나 누구랑 함께 오든 난 항상 그와 함께 있어요. 이 벽 앞에 한 시간 동안 서 있으면 그와 한 시간 동안 함께 있는 거예요. 내가 벽을 향해 말하면 벽도 대답할 거예요."

"벽이 뭐라고 말할까요?" 미란다가 엘리오와 벽에 완전히 심취해서 물었다.

"뭐라고 하느냐고요? 간단해요. '나를 찾아. 나를 찾아 줘.'"

"엘리오는 뭐라고 말하죠?"

"나도 같은 말을 해요. '나를 찾아요. 나를 찾아 줘요.' 그럼 우린 둘 다 행복해하죠. 여기까지예요."

"넌 자존심은 조금만 적게, 용기는 더 많이 필요한지도 모르겠구나. 자존심은 우리가 두려움에 붙이는 별명이지. 넌 한때 아무것도 두려워하지 않았잖니. 어떻게 된 거냐?"

"아버지가 잘못 아는 거예요. 난 그에게 전화하거나 편지 쓸 용기를 한 번도 내지 못했어요. 찾아갈 용기는 더더욱. 내가 할 수 있는 건 혼자 있을 때 어둠 속에서 그의 이름을 나지막이 부르는 것뿐. 하지만 그다음엔 나 자신을 비웃죠. 다른 사람하고 있을 때 그의 이름을 속삭이지 않기를 기도할 뿐이에요."

미란다와 나는 아무 말도 하지 않았다. 미란다가 엘리오에게 다가가 뺨에 키스했다. 할 수 있는 말이 없었다.

"난 누군가의 이름을 속삭인 적이 딱 한 번뿐인데 평생의 흔적이 남은 것 같구나." 나는 미란다 쪽을 보았고 그녀도 곧바로 알아들었다.

"이 사람의 경우는……. 말해도 될까요?" 그녀가 나에게 물었고, 나는 고개를 끄덕였다. "이 사람의 경우는 여자랑 자면서 다른 여자의 이름을 부른 거였어요." 잠깐 있다가 말을 이었다. "우리 정말 이상한 가족이네요."

뭐라고 더 할 말이 없었다.

잠시 후 우리는 와인을 마시러 세르게토에 가기로 했다.

우리가 도착했을 때 *enoteca*가 막 문을 여는 중이어서 테이블을 골라 앉을 수 있었다. 어제 앉은 자리에 앉았다.

"봐요, 나도 성야병에 걸렸어요." 미란다가 즐겁게 말했다. 조명을 다 켜지 않아 실내가 어둑한 탓에 한결 더 늦은 시간처럼 느껴져서 좋았다. 바에 있던 남자가 우리를 한눈에 알아보고 똑같은 레드 와인을 마시겠는지 물었다. 나는 엘리오에게 바르바레스코로 해도 괜찮은지 물었다. 엘리오는 고개를 끄덕였고 저녁에 친구와 차를 몰아서 나폴리로 돌아가야 한다는 사실을 일깨워 주었다. 나를 만나러 로마까지 온 것이다.

"어떤 친구니?" 내가 물었다.

"차 있는 친구요." 엘리오는 딱딱한 표정으로 고개를 흔들었다. 내가 완전히 잘못 짚었다는 의미였다.

웨이터는 와인을 가져다주고 계산대로 돌아가 가벼운 안줏거리를 내왔다. "서비스입니다."

"어제 팁을 후하게 줘서 그런가 보네. 어제 우리가 맨 마지막에 나간 손님이었을 거야."

우리는 서로의 행복을 위하여 건배했다.

"내일 고고학 박물관에 들렀다가 네 연주회에 갈지도 모르겠다. 박물관에 정말로 간다면 말이지."

"꼭 오세요. 매표소에 티켓 두 장 맡겨 둘게요." 엘리오는 스웨터를 걸치고 일어났다. "하나만 말할게요. 오래전에 아버지가 나한테 해 준 말인데 이젠 내 차례네요. 두 분이 부러워요. 제발 망치지 말아요."

나는 세상에서 가장 소중한 두 사람과 함께였다.

작별의 키스를 한 뒤 다시 미란다를 마주 보고 앉았다. "나 정말 엄청나게 행복한 것 같아."

"나도요. 평생 이럴 수 있을 거예요."

"그래."

"다음 주 바닷가 집에 가서 날씨가 좋으면 가장 먼저 뭘 하고 싶어요?"

"기차역에서 택시를 타고 집에 가자마자 수영복을 입고 바위 쪽으로 내려가 너랑 다이빙하고 싶어."

"수영복을 피렌체에 두고 왔는데."

"집에 많아. 같이 알몸으로 수영하면 더 좋고."

"11월에요?"

"11월이라도 물이 따뜻해."

# 카덴차

# CADENZA

"얼굴이 빨개졌네요." 그가 말했다.

"아뇨, 아닌데요."

그가 테이블 맞은편에서 신기하고 믿기지 않는다는 표정으로 힐끔 쳐다보았다. "확실해요?"

몇 초 동안 생각하다가 마지못해 동의했다. "빨개진 것 같아요, 그렇죠?"

나는 속마음을 쉽게 읽히는 것이 싫다는 점에서 아직 어렸다. 나보다 두 배 가까이 나이 든 사람과 침묵이 감도는 어색한 상황에서는 더더욱. 하지만 붉어진 얼굴이 드러내고 싶지 않은 걸 말해 준다는 사실을 인정할 만큼은 충분히 어른이었다. 나는 그를 쳐다보았다.

"당신도 얼굴이 빨개졌네요."

"알아요."

만난 지 두 시간쯤 되었을 때였다.

그를 만난 건 라이트뱅크(Right Bank, 파리 센강의 오른쪽 강둑 부분—옮긴이)의 생트U성당에서 열린 실내악 연주회 중간 휴식 시간이었다. 11월 초 일요일이었다. 춥지 않지만 그렇다고 따뜻하지도 않은, 기나긴 겨울이 얼마 남지 않았음을 알리며 너무 일찍 시작되는 흐린 가을 저녁이었다. 대부분의 관객이 벌써 자리를 잡고 앉았는데, 장갑까지 끼고서 아직 외투를 벗지 않은 사람들도 있었다. 쌀쌀한 공기에도 불구하고 실내에는 포근한 기운이 감돌았다. 조용히 좌석을 찾아가는 사람들의 몸짓에 음악에 대한 기대감이 묻어나서 그런지도 모른다. 나는 처음 들어와 보는 성당인데다 음악이 마음에 안 들면 남들에게 방해되지 않도록 재빨리 나가려고 맨 뒤쪽 좌석을 골라 놓은 터였다.

마지막일 수도 있는 플로리안사중창단의 공연이 어떨지 궁금했다. 가장 어린 단원이 70대 후반이었다. 그 성당에서 정기적으로 공연하지만 나는 그들의 연주를 라이브로 들어 본 적이 없었다. 절판된 희귀 음반과 온라인의 공연 영상으로 접했을 뿐이었다. 하이든의 사중주가 막 끝났고 중간 휴식 시간 후에 베토벤의 올림 다단조를 연주할 예정이었다. 그 일요일에 성당을 찾은 사람은 40명 정도였고, 다른 사람들과 달리 나는 늦게 도착해서 입구 옆 작은 테이블에 앉아 있는 수녀에게 티켓을 샀다. 나 말고는 다들 우편으로 미리 받은 초대권을 들고 있었다. 등이 굽은 나이 지긋한 수녀는 사람들에게 초대권을 접지 말라고 부탁하며 낡은 초록색 만년필로 모두의 이름을 정성스레 옮겨 썼다. 수녀는 적어도 여든은 되어 보였는데 오랜 세월 그 일을 해 온 게 분명했다. 어쩌면 똑같은 만년필과 똑같이 흔들리는 예스러운 글씨체로. 초대권의 작은 바코드 번호는 성당이 교구 주민들에게 젊은 이미지를 보여 주고 싶어서 넣은 것이겠지만, 늙은 수녀는 그것을 힘들게 옮겨 쓰고 초대권마다 도장을 찍어 주느라 쩔쩔맸다. 속도가 느리다며 뭐라고 하는 사람은 없었다. 초대권을 아직 확인받지 못한 몇몇이 사람 좋은 미소를 주고받았다.

나는 중간 휴식 시간에 향신료와 과일을 넣고 끓인 따뜻한 애플 사이다를 사려고 입구 옆에 줄을 섰다. 아까 그 수녀가 국자로 꼼꼼하게 가득 떠서 플라스틱 컵에 담아 주는 모습은 보기에도 힘에 겨운 듯했다. 커다란 음료통 옆쪽 게시판에 1유로라는 가격이 붙어 있었지만 모두가 더 많은 금액을 기부했다. 나는 애플 사이다를 좋아하지 않지만 다들 좋아하는 모양이었다. 그래서 나도 줄을 섰다. 내 차례가 되어 기부함에 5유로를 넣자 수녀가 매우 고마워했다. 늙은 수녀는 예리했다. 내가 이곳이 처음이라는 사실을 간파하고 하이든의 음악을 잘 감상했는지 물었다. 나는 열성적으로 그렇다고 대답했다.

그는 내 앞줄에 서 있었다. 내가 애플 사이다 값을 내자 그가 뒤돌아서 물었다. "어째서 젊은 사람이 플로리안사중창단에 관심이 있나요? 엄청나게 늙었잖아요." 너무 갑작스러운 질문이라는 생각이 들었는지 덧붙여 말했다. "세컨드 바이올린이 80대죠. 나머지도 뭐 비슷비슷하고."

파란색 블레이저 옷깃의 가장자리까지 희끗희끗한 머리카락이 늘어진 그는 훤칠한 키에 세련되고 차분한 느낌이었다.

"원래 첼리스트에게 관심이 있었는데 올 하반기 투어 이후에 해체할지도 모른다는 소문을 듣고 이번이 아니면 기회가 없겠다 싶어서 왔습니다."

“그 나이 때는 더 좋은 관심사가 있지 않나요?”

“이 나이 때요?” 내가 되물었다. 놀라움과 날카롭게 비꼬는 기색이 담긴 어조였다.

순간 어색한 침묵이 감돌았다. 그는 어쩌면 말없이 사과하는 의미에서 어깨를 으쓱하고는 사람들이 담배도 피우고 담소도 나누고 다리 스트레칭도 하는 정문 옆쪽으로 가려는 듯 돌아서서 문 쪽으로 향하며 말했다. “성당에 들어오면 항상 발이 시리단 말이야.” 대화를 마무리 지으려고 툭 던지는 말이었다.

내 태도가 지나쳤는지도 모른다는 생각이 들어 그에게 물었다. “플로리안 팬인가요?”

“그렇진 않아요. 사실 실내악도 안 좋아해요. 아버지가 클래식 음악을 좋아했고 이 성당의 실내악 연주회를 후원해서 좀 아는 것뿐이죠. 근데 지금은 내가 아버지랑 똑같이 하고 있네요. 솔직히 재즈를 더 좋아하는데. 어릴 때 일요일 저녁마다 아버지를 따라온 곳이라 지금도 옵니다. 몇 주에 한 번씩 와서 음악을 들으며 잠깐 아버지와 함께 하는 상상을 하려는 것일 수도 있고. 그런 이유로 저 음악을 들으러 온다니 좀 바보 같죠.”

나는 그의 아버지가 어떤 악기를 연주했는지 물었다.

피아노라고 했다.

“아버지는 집에서 절대로 피아노를 치지 않았어요. 하지만 주말에 시골집에 묵을 때는 밤마다 끄트머리에 있는 방으로 갔죠. 나는 위층 내 방에서 피아노 소리를 들을 수 있었는데 마룻바닥에서 삐거덕거리는 소리가 들릴 때마다 연주가 멈췄죠. 마치 몰래 들어온 부랑자가 연주하는 것 같았어요. 아버지는 피아노 연주에 대해 아무 말도 하지 않았어요. 어머니도 이야기를 꺼내지 않았고요. 그래서 깨우쳤죠. 간밤에 또 피아노가 저절로 연주되는 꿈을 꿨다고 말하는 게 가장 좋은 방법이란 걸. 아버지는 피아니스트의 길을 계속 걷고 싶어 한 것 같아요. 내가 클래식 음악을 좋아하길 바랐겠죠. 아버지는 절대 강요하는 성격이 아니었거든요. 아들과 달리 모르는 사람한테 말을 거는 성격도 아니었고. 분명 그쪽도 눈치챘겠지만." 그는 이렇게 말하고 껄껄 웃었다. "아버지는 눈치가 빨라서 나더러 일요일에 이 연주회를 보러 가자고 하지 않았어요. 그냥 포기하고 혼자 갈 생각이었겠죠. 그런데 아버지가 저녁에 혼자 외출하는 게 마음에 걸린 어머니가 나더러 같이 가라고 부탁했죠. 결국 습관이 됐습니다. 연주회가 끝나면 항상 페이스트리를 사 줬어요. 근처에서 같이 앉아 먹었죠. 내가 좀 더 컸을 때는 저녁을 먹으러 갔고요. 하지만 아버지는 피아니스트 시절 이야기는 한마디도 하지 않았어요. 그땐 나도 다른 데 관심이 팔려 있었고. 일요일 저녁은 원래 막바지 숙제를 하는 시간인데 아버지랑 연주회를 오면서 밀린 숙제를 하느라 밤을 새워야 했죠. 그래도 음악보다 아버지와 함께 한다는 게 좋았죠. 지금도 그 습관을 버리지 못했네요. 이런, 내가 말이 너무 많았군요."

"당신은 악기를 연주하나요?" 나는 그가 이야기를 계속해도 상관없다는 것을 보여 주고 싶어서 일부러 물었다.

"아뇨. 아버지와 똑같은 길을 선택했어요. 아버지도 할아버지도 변호사였고 나도 변호사가 됐네요. 아버지도 나도 변호사가 되고 싶지 않았는데……. *인생이란!*" 그는 씁쓸한 미소를 지었다. 두 번째 미소였다. 그러고는 어깨를 으쓱했다. 환하고 사랑스럽고 상대의 허를 찌르는 갑작스러운 미소였지만 *인생이란*, 이라는 말을 강조하는 모순에서 약간의 즐거움이 느껴졌다. "그쪽은 무슨 악기를 연주하나요?" 그가 갑자기 내 쪽을 보며 물었다. 나는 그와의 대화가 끝나지 않기를 바랐는데 그도 마찬가지라는 것이 느껴져 놀랐다.

"피아노요."

"직업 아니면 취미?"

"직업으로요. 바라건대 말이죠."

그는 잠시 생각하는 듯했다.

"포기하지 말아요, 젊은 친구. 포기하지 말아요."

그는 연장자로서 부드럽게 지혜의 말을 건네듯 응원하면서 내 어깨에 한쪽 팔을 올렸다. 나는 어깨에 올려진 그 손에 나도 모르게 손을 가져갔다. 너무나 자연스럽게도 그를 바라보며 함께 미소 지었다. 덕분에 그의 손이 내 어깨에 좀 더 오래 머무를 수 있었다. 그는 돌아서서 한 번 더 나를 보았다. 순간 그에게 달려가서 재킷 안으로 그의 허리를 안고 싶은 충동이 일었다. 그도 방금의 대화를 통해 뭔가 느꼈는지 마지막 말 이후에 이어진 어색한 침묵 속에서 나를 빤히 바라보았다. 나도 당황하지 않고 그를 응시했지만 신호를 완전히 잘못 읽었을 수도 있다는 생각이 들어 시선을 돌리고 싶어졌다. 나에게 머무르는 그의 시선이 좋았다. 잘생기고 성적 매력이 있는 사람이 된 느낌이었다. 부드럽게 어루만지는 듯한 그 느낌을 가만히 잡아 두고 싶었다. 그 느낌을 놓아야 한다면 오로지 그의 가슴에 얼굴을 파묻는 것으로 놓고 싶었다. 그의 시선에서 전해지는 지극히 친절하고 솔직한 사람일 것 같은 느낌이 좋았다.

그때 그가 다시 말을 건넸다. 우리의 미소를 서둘러 합리화해야겠다는 생각이었는지도. "그쪽은 음악을 들으러 왔고 난 아버지 때문에 왔네요. 아버지가 돌아가신 지 30년이 넘었는데 여긴 어째 변한 게 하나도 없어." 그리고 껄껄 웃었다. "애플 사이다도 똑같고 냄새도 똑같고 노수녀들도 똑같고 숨 막히는 11월 밤도 그대로군. 11월 좋아해요?"

"좋을 때도 있어요. 항상 그렇진 않고요."

"나도 그래요. 난 성당도 안 좋아해요. 오늘 같은 밤에는 오고 싶어지기도 하지만……. 그래서 *me voici,* 이렇게 왔네요."

그가 할 말이 점점 사라져서 겨우겨우 대화를 이어 가는 게 느껴졌다. 침묵이 흘렀다. 따뜻하고 매력적인 미소, 지혜와 반어법이 섞이고 슬픔이 약간 뿌려진 그 미소는 저 점잖고 어쩌면 불행할지도 모를 남자가 절대로 가볍지 않은 사람이라는 걸 상기시켰다.

사중창단이 서둘러 무대로 돌아가고 베토벤을 연주할 시간이 되었을 때 그가 내 자리를 물었다. 왜 물어보는지 알 수 없었지만 백팩과 재킷을 놓아둔 뒤쪽 신도석의 구석 자리를 가리켰다.

"현명한 선택이네요." 그는 내가 그 자리를 선택한 이유를 알았다. "그래도 몰래 빠져나가진 말아요." 급하게 가 버리지 말고 사중창단의 연주를 한 번 더 들어 보라는 부탁인 것 같았다.

사실 나는 하이든 연주를 듣고 중간에 나가지 않기로 결심한 터였다. 그 순간 뭔가 확실하게 해 두고 싶은 마음에 직설적으로 물었다. "끝나고 내가 당신을 기다리길 원하나요?" 내 어조가 완전한 오해일 수도 있었다. 보행보조기를 끌고 힘겹게 걷는 노인에게 문을 잡아 줄 사람이 필요한지 묻는 말투처럼 들렸으니까. 그래서 다시 말했다. "끝나고 밖에서 기다릴게요."

그는 아무 말도 하지 않고 그냥 고개를 끄덕였다. 하지만 동의를 뜻하는 확인의 의미로 끄덕인 게 아니었다. 분명히 들었지만 믿지 않는 쪽을 선택하는 사람이 딴생각에 잠겨서 애석한 듯 끄덕이는 고갯짓이었다.

"그래요. 안 될 것 없죠. 기다려요. 그리고 나는 미셸입니다." 마침내 그가 말했다. 나도 이름을 말했고, 우리는 악수를 나누었다.

나는 그가 제1악장이 끝나고 가 버릴 줄 알았는데 우리는 30분 후 성당 계단에서 만났다. 약속한 일이지만 왠지 그가 약속을 잊어버린 느낌이 풍겼다. 그는 어느 부부와 이야기하는 중이었고 세 사람이 함께 어디론가 가려는 것처럼 보였다. 하지만 그는 나를 보자마자 돌아섰으며 그들과 급하게 이야기를 끝내고 작별의 악수를 했다. 그는 나에게 소개해 주지 못해서 미안하다고 사과했다. 나는 목도리를 두르느라 바빴는데 그의 사과에 집중하지 않으려는 나만의 방식이었다. 나는 그가 나를 기다려서, 만나기로 한 약속을 잊지 않아서 놀라는 척했다. 아니면 각자 갈 길을 가기 전에 작별 인사를 하기 위하여 기다린 거냐고 묻는 듯이.

그는 다리 건너 그리 멀지 않은 작은 식당으로 가서 간단히 요기를 하자고 제안했다. 나는 접이식 자전거에 자물쇠를 채워 근처에 놔두었다고 말하며 자전거를 끌고 걸어가도 괜찮은지 물었다. 그는 당연히 괜찮다고 했다. 일요일 밤 10시경이라 거리는 텅 비어 있었다.

"그리고 그쪽이 내 손님입니다." 그가 돈 걱정은 하지 않아도 된다는 사실을 알려 주려고 덧붙였다. 나는 흔쾌히 받아들였다. 걷는 게 좋았다. 연주회가 펼쳐지는 동안 내린 비에 가로등 아래 자갈돌이 반짝거려서 더욱 좋았다.

"브라사이의 사진 같네요." 내가 감탄하며 말했다.

"그러네요. 그리고 피아노 연주 말고 또 뭘 해요?"

나는 그가 말할 때 *그리고*로 시작하는 버릇이 있다는 것을 알아차렸다. 화제를 바꾸느라 이야기의 흐름이 어색하거나 누락된 부분을 부드럽게 만들기 위해서였을 것이다. 특히 좀 더 캐묻거나 개인적인 질문을 꺼낼 때 그랬다. 나는 음악학교에서 학생들을 가르친다고 말했다. 가르치는 일이 좋은지 물어서 아주 좋다고 대답했다. 일주일에 한 번 재미 삼아 고급 호텔의 피아노 바에서 무료로 연주한다는 말도 덧붙였다. 그는 어느 호텔이냐고 묻지 않았다. 요령이 있다는 생각이 들었다. 아니면 굳이 캐묻거나 신경 쓰는 성격이 아님을 보여 주려는 것인지도.

다리에 이르자 브라질 남자와 여자가 주변에 몰려든 사람들 앞에서 노래하는 모습이 보였다. 남자는 고음이고 여자는 걸걸한 목소리인데 둘의 목소리가 아름답게 어우러졌다. 끌고 가던 자전거를 세우고 한 손으로 핸들을 잡고서 잠시 멈춰 섰다. 그도 자전거 세우는 걸 도와주려는 듯이 나머지 핸들을 잡고 섰다. 그가 약간 어색해하는 것이 느껴졌다. 노래가 끝나자 다리에 있는 사람들이 손뼉을 치며 환호했고, 젊은 가수들은 곧바로 새로운 듀엣곡을 부르기 시작했다. 나는 두 번째 노래도 듣고 싶어서 그대로 서 있었지만 노래가 시작되자마자 우리는 그만 돌아가기로 했다. 반대편 강둑에 이르렀을 때 노래가 끝나고 사람들이 박수 치는 소리가 들렸다. 그는 나를 따라 돌아서서 남자 가수가 기타를 내려놓고 여자 가수는 모자를 든 채 구경꾼들 사이를 지나는 모습을 바라보았다. 그가 조금 전의 그 노래를 아느냐고 물었다. 안다고 대답하며 그도 아는지 되물었다. "아는 것 같군요." 하지만 표정을 보아하니 모르는 듯했다. 다른 곳도 아니고 다리에서 브라질 음악 듣는 걸 영 어색하고 불편해하는 것처럼 보였으니까.

"일을 끝내고 집으로 돌아온 남자가 사랑하는 여자에게 옷을 차려입고 춤추러 나가자고 하는 내용이에요. 두 사람의 거리에 기쁨이 넘쳐나고 나중에는 도시 전체가 기쁨에 휩싸이죠."

"좋은 노래네요."

나는 그의 불편함이 덜어지기를 바라는 마음에 그의 어깨를 잠깐 움켜잡았다.

하지만 식당 문을 여는 순간 그는 물 만난 물고기가 되었다. 그의 말대로 식당은 작았지만 무척 비싼 곳처럼 보였다. 왜 진작 눈치채지 못했을까. 짙은 감색 포레스티에 재킷, 패턴이 들어간 큼직한 실크 스카프, 코르테 맞춤 구두가 큰 소리로 말해 주었는데.

간단한 요기나 하자는 것이 사실은 스리 코스 저녁 식사였다. 그는 싱글 몰트를 주문하고 쿨 일라를 가장 좋아한다며 나도 마실 건지 물었다. 싱글 몰트가 무엇인지도 모르면서 그러겠다고 대답했다. 그도 눈치챈 것 같았다. 여러 번 겪어 본 일일 수도 있었다. 그의 태도는 마음에 들었지만 왠지 편하지는 않았다.

그가 메뉴를 설명해 주었다. "여긴 고기 요리가 별로 없어요. 그래도 와인이 훌륭하고 난 채소 요리가 마음에 들어요. 생선도 훌륭하고." 그렇게 말하면서 메뉴판을 펼치기 무섭게 바로 닫았다. "항상 똑같은 걸 주문해서 굳이 볼 필요도 없거든요." 그러고는 내가 메뉴를 정하길 기다렸다.

하지만 나는 좀처럼 결정할 수가 없었고 지극히 충동적으로 다음의 말이 튀어나왔다. "대신 주문해 주세요." 내가 느끼기에도 훌륭한 생각이었고 그도 그런 듯했다.

"그거야 문제없죠. 내가 항상 먹는 걸로 주문해 줄게요."

그는 웨이터를 불러 주문했다. 위스키 한 모금을 마신 뒤 이 식당을 처음 소개해 준 아버지도 항상 똑같은 메뉴를 주문했다고 말해 주었다. "당뇨가 있거든요. 나도 당뇨 환자들이 먹으면 안 되는 음식을 피하게 됐네요. 설탕, 쌀, 파스타, 빵을 안 먹고 버터도 잘 안 먹어요." 이렇게 말하면서 조그만 *팽 푸알랑* 롤빵에 버터를 바르고 끄트머리에 소금을 뿌려 입가로 가져가며 킥킥거렸다. "모든 면에서 아버지를 따라가는 건 아니지만 그래도 아버지 그림자를 피하기가 어렵네요. 난 모순 덩어리예요."

잠시 침묵이 흐른 뒤 그가 아버지의 식이요법에 대해 들려주었다. 하지만 나는 그의 모순이 더 궁금했다. 그가 어떤 사람이고 자신을 어떻게 생각하는지 알려 줄 테니까. 그는 좀 더 속마음을 드러낼지, 음식과 식이요법 이야기를 계속할지 망설이는 듯했다. 그냥 이런저런 이야기만 하다 보니 대화가 시시한 잡담으로 빠지기 쉽다는 사실을 둘 다 알아차리기라도 한 것처럼 약간 긴장감이 맴도는 순간도 있었다. 나는 어색함을 없애려고 한 번도 만나본 적 없는 두 분의 외종조부 이야기를 꺼냈다. 뛰어난 제빵사로 유명했고 밀라노에 빵집을 세 군데나 열었지만 전쟁 중에 사회주의자로 잡혀간 분들이었다. "결국 두 분은 아우슈비츠로 끌려갔대요. 어린 시절 어머니한테 그분들 이야기를 많이 들었어요. 그쪽 아버지처럼 우리 외가에서 긴 그림자로 남은 분들이죠."

"어떤 그림자요?" 그가 내 말뜻을 알아차리지 못하고 물었다.

"어머니도 케이크를 정말 잘 굽거든요."

그가 진심 어린 웃음을 터뜨렸다. 농담이 통해서 기뻤다.

"하지만 알다시피 몇몇 그림자는 절대로 지워지지 않죠." 내가 덧붙였다.

"맞아요. 아버지의 그림자는 절대 나를 떠나지 않았어요. 법률사무소를 물려주고 2년 후에 돌아가셨죠. 그때 난 그쪽 또래였어요."

그는 또 갑자기 말을 멈추고 잠깐 생각에 잠겼다. 문득 자신이 방금 한 말과 나로서는 알 길이 없지만 그동안 쭉 머릿속을 떠나지 않은 생각의 연관성을 발견한 것처럼. "내가 그쪽보다 나이가 두 배 정도 많겠네."

내가 얼굴을 붉힌 게 바로 이때였다. 긴장감이 흐르는 어색한 순간이었다. 우리가 조심스럽게 피하는 대화와 너무 가깝고 전적으로 너무 이른 주제를 꺼냈기 때문이기도 했다. 적어도 조금은 더 침묵을 지켜야 하는데 시작도 하지 않은 일을 선불리 마무리 지으려는 듯. 나는 할 말도 없어졌다. 어울리는 말을 찾는 동안 붉어진 얼굴에 불편함이 드러났을 것이다. 어쩌면 그는 문제를 드러내서 내가 자신의 불안감을 가라앉혀 주는 말을 하게 만들려는 것인지도 모른다. 나는 침묵을 없애려고 애썼지만 불가능했다. 결국 얼버무리듯 "그렇게 안 보이는데요."라고 말했다.

"그런 뜻으로 한 말이 아니에요." 그가 곧바로 받아쳤다.

"무슨 뜻으로 한 말인지 알아요." 우리 사이에 오해가 전혀 없다는 뜻으로 덧붙였다. "안 그러면 내가 이렇게 같이 앉지도 않았겠죠?" 또 얼굴이 붉어졌을까? 아니기를 바랐다.

그는 갑자기 내려앉은 침묵을 불쾌해하지 않았다. 아까와 똑같이 생각에 잠긴 듯 애석하게 다시 고개를 끄덕였다. 그리고 살짝 고개를 흔들었는데 부정의 의미가 아니라 삶이 가끔 예기치 못한 방향으로 흘러간다는 사실이 믿기지 않고 경이로워서 할 말을 잃은 듯했다. "어색하게 만들려는 건 아니었어요."

그가 사과했다.

어쩌면 사과가 아닐 수도 있다.

이번에는 내가 고개를 저을 차례였다.

"전혀 어색하지 않아요." 잠시 있다가 다시 말했다. "이제는 그쪽 얼굴이 붉어졌어요."

그가 뾰로통하게 입술을 내밀었다. 나는 테이블 위로 잠깐 그의 손을 잡았다. 그가 불편해하지 않기를 바라는 배려였다. 그는 손을 떼지 않았다.

"운명을 믿지 않는군요, 그렇죠?" 그가 물었다.

"모르겠어요. 별로 생각해 본 적도 없어요."

내가 원하는 간접 대화가 아니었다. 하지만 그의 속마음을 알 수 있었다. 그 솔직함이 싫지 않지만 그래도 너무 직설적으로 말해 줄 필요는 없는데. 어쩌면 그는 약간 어려운 문제를 굳이 이야기하려는 세대이고, 나는 누가 봐도 확실하면 굳이 입 밖으로 꺼내지 않는 세대여서일까. 나는 굳이 말이 필요하지 않거나 짧은 시선 혹은 문자만 있으면 되는 직접적인 접근법이 익숙했다. 그런데 여운이 남는 모호한 말들이 나를 닻줄 풀린 배로 만들었다.

"운명이 아니라면 오늘 당신은 왜 연주회에 왔을까요?"

그는 내 질문을 받고 잠시 생각에 잠기더니 시선을 나에게서 아래로 내려 아직 사용하지 않은 포크로 테이블보에 산등성이를 그리기 시작했다. 가벼운 고랑처럼 보이는 구불구불한 선이 갑자기 빵 접시를 빙 돌았다. 그는 갑자기 떠오른 생각에 몰입한 나머지 내 질문에 집중하지 않는 게 확실했지만, 그가 조심스럽게 왔다 갔다 하는 대화에서 벗어나기를 바라는 마음이라 오히려 다행이었다. 하지만 그 순간 그가 얼굴을 들어 나를 보더니 질문의 답은 너무도 간단하다고 말했다.

"뭔데요?" 그의 아버지에 관한 이야기를 할 거라고 생각하며 물었다.

하지만 그는 이렇게 말했다. "당신."

"저요?"

그가 고개를 끄덕였다. "그래요, 당신."

"하지만 날 만날 줄 몰랐잖아요."

"그런 사소한 부분은 의미가 없어요. 운명은 앞, 뒤, 옆으로 움직여요. 우리가 전과 후로 운명의 목적을 엉성하게 훑건 말건 전혀 신경 쓰지 않죠."

나는 그 말을 새겨들었다. "나에겐 너무, 너무 심오하네요."

다시 침묵이 흘렀다.

"아버지는 운명을 믿었어요." 그가 다시 말을 이었다.

참 사려 깊은 사람이었구나. 내가 조금 전의 주제를 피해 가고 싶어 하는 걸 눈치채고 교묘하게 아버지 이야기로 돌아간 것이다. 하지만 나는 제대로 듣지 않았다. 그도 알았을 것이다. 그가 말을 멈추었다. 우리 사이에 아직 오가지 않은 말을 어떻게 꺼낼지 계속 고민하는 걸 수도 있었다. 그래서 내게 시선을 멈췄다가 거두었으리라. 하지만 내가 정말로 놀란 건 자리에서 일어나 나가기 전에 그가 한 말이었다.

"또 볼 수 있을까요? 그러고 싶은데."

나는 그의 질문에 깜짝 놀란 나머지 축 처진 목소리로, 하지만 무척 서둘러 투덜거리듯 말했다. "네, 물론이죠." 대답하는 속도가 너무 빨라서 그에게는 솔직하지 못하게 들렸을 것이다. 나는 그가 작별 인사 대신 훨씬 대담한 행동을 하리라고 예상했는데.

"그쪽이 그러고 싶다면 말이죠." 그가 덧붙였다.

그를 쳐다보았다. "그러고 싶습니다." 싱글 몰트나 와인의 힘을 빌려서 하는 말이 아니었다.

그는 또 특유의 고갯짓을 했다. 내 말을 믿는 것 같지 않았지만 불쾌한 기색은 아니었다.

"그럼 다음 일요일에 같은 성당에서 같은 시간에 만납시다."

나는 더 이상 다른 말을 보탤 엄두를 내지 못했다. *그럼 오늘 밤은 아닌 거군요.*

우리는 가장 마지막까지 남은 손님이었다. 서성거리던 웨이터들이 우리가 나가자마자 문을 닫으려고 분주히 움직이는 걸 보고 알 수 있었다.

우리는 식당을 나와 인도에서 본능적으로 포옹했다. 하지만 연주회 중간 휴식 시간에 상상한 것처럼 오래 껴안은 게 아니라 망설임에 가까운 어설프고 엉성한 포옹이었다. 그는 벌써 포옹을 풀기 시작했다. 그에게 뛰어들어 꽉 껴안고 싶은 충동이 또 밀려왔다. 망설이기는 했지만 허둥지둥하는 사이 나도 모르게 그의 뺨이 아니라 양쪽 귀 아래에 키스하고 말았다. 이번에는 확실히 싱글 몰트와 와인 탓이었다. 그도 분명히 알아차렸을 것이다. 하지만 나는 내가 그렇게 했다는 것이 오히려 좋았다. 그런데 다시 생각해 보니 아니었다. 정말이지 *어색했다.* 투명한 모슬린 커튼 사이로 웨이터 셋이 창밖을 쳐다보는 게 보여서 더욱 어색해졌다. 웨이터들은 그를 잘 알고 이런 광경을 전에도 여러 번 본 것이다.

그는 자전거를 세워 둔 곳까지 같이 가 주었다. 내가 자물쇠 푸는 모습을 지켜보며 자전거가 작다는 말에 이어 자신도 이런 자전거를 살까 생각했다며 잡담을 하기 시작했다. 그런데 갑자기 내 빰에 손바닥을 올려놓더니 한동안 그대로 있었다. 나는 완전히 얼떨떨한 상태가 되었다. 감정이 나를 흔들고 압도했다. 깜짝 놀랐다. 키스하고 싶었다. *그냥 키스해 줘요. 그래 줄 수 있어요? 내가 눈에 다 보일 정도로 허둥지둥하지 않도록 도와줘요.*

나는 그가 뒤돌아 걸어가는 모습을 바라보았다.

*방금 그렇게 해놓고 그냥 가 버리지 말아요. 그렇게 쌀쌀맞게 굴지 말아요.* 나는 그가 다른 손바닥도 빰으로 가져와 내 얼굴을 잡고 진하게 키스해 주기를 바랐다. 둘 중 더 어린 사람이 그러듯 나는 그냥 가만히 있어도 되도록. 조금 전까지 한침대에 누워 있다가 그가 갑자기 말을 끊고 사라져 버린 느낌이었다.

그 느낌이 밤새도록 가시지 않아 자다가도 몇 번이나 깜짝 놀라서 깼다. 아직 밤이 깊지 않았기에 우리는 얼마든지 한잔 더 하러 갈 수도 있었다. 내가 서둘러 따라가서 근처 카페에 가자고 할 수도 있었다. 그렇게 일찍 헤어지지 않고 그저 조금만 더 같이 있게. 하지만 무언가가 나를 붙잡았고 끝내는 내 안의 다른 목소리가 일깨워 주었다. 오늘 저녁에 펼쳐진 일은 전혀 아쉬울 게 없다고. 길고 지루한 일요일 저녁에 계획에도 없던 일이 생긴 거라고. 어쩌면 그는 무리하게 밀어붙여서 틀어지느니 완벽할 때 멈추는 것이 최선일 때도 있다는 사실을 알았는지도 모른다.

나는 아름다운 11월 밤에 자전거를 끌고 걸었다. 그에게 이야기했듯이 브라사이의 사진처럼 텅 빈 채 반짝거리는 자갈길, 그의 귀 아래 해 버린 내 어설픈 키스, 내 나이가 그의 반밖에 안 된다는 사실……. 그 모든 것에 기분이 들뜨고 꽤 행복했다. 어쩌면 그는 내가 이해할 수 있는 수준보다 더 많은 것을 꿰고 있을지도 모른다. 그렇다면 내가 겨우 깨닫기 시작한 사실도 그는 알고 있으리라. 그보다 내가 더 준비되지 않았다는 것을. 오늘 밤도 내일 밤도 다음 주에도. 그러자 마침내 알 수 있었다. 그는 다음 주 일요일 연주회에 오지 않을지도 모른다. 오고 싶지 않은 게 아니라 다음 주 일요일 저녁 막판에 가지 않기로 결심할 사람이 바로 나라는 걸 알아차렸기 때문에.

두 밤이 지나고 내가 베토벤의 D단조 소나타 마지막 악장에만 집중하는 마스터 클래스를 막 끝냈을 때 그가 문가에 서 있었다. 파란색 블레이저 주머니에 양손을 찔러 넣은 모습이 그렇게나 우아한 남자치곤 약간 흐느적거리는 듯했지만 조금도 불편해 보이지 않았다. 그는 강의실을 나가는 예닐곱 명을 위해 문을 잡아 주었다. 그들이 문을 대신 잡지도 않고, 고맙다는 말을 하지도 않고 줄지어 나가자 그들에게 활짝 웃으면서 유용한 가르침을 주어 고맙다고 말했다. 나는 분명 환하게 웃었을 것이다. 저토록 사랑스러운 방법으로 누군가를 깜짝 놀라게 할 수 있다니.

"기분 나쁘지 않은 거죠?"

나는 고개를 저었다. *그걸 꼭 물어봐야 아나요.*

"수업 끝나고 뭐 할 거였어요?"

"보통은 커피나 주스를 마시러 가요."

"같이 가도 됩니까?"

"*같이 가도 됩니까?*" 내가 그의 말을 흉내 냈다.

가장 좋아하는 카페로 그를 데려갔다. 수업이 끝나고 나 혼자 가거나 가끔은 동료나 학생들과 함께 앉아서 이 시간에 인도를 바쁘게 오가는 사람들을 바라보는 곳이었다. 다급하게 볼일을 보러 가는 사람들, 집에 가서 세상과 단절하는 시간을 어떻게든 늦춰 보려는 사람들, 삶의 이 모퉁이에서 저 모퉁이로 바쁘게 뛰어다니는 사람들. 주위에 빈 테이블이 없었다. 이유는 모르겠지만 나는 모르는 사람들끼리 팔꿈치가 맞닿을 정도로 가까이 모여 있는 걸 좋아한다.

"갑자기 찾아와서 기분 나쁘지 않은 거죠?" 그가 다시 물었다.

나는 웃으며 고개를 저었다. 아직 놀라움이 가시지 않았다고 말했다.

"좋은 의미로 놀란 거지요?"

"아주 좋은 의미로요."

"음악학교에서 못 찾으면 피아노 바가 있는 고급 호텔을 전부 뒤지려고 했는데. 간단하죠."

"오래 걸렸을 거예요."

"마흔 번의 낮과 마흔 번의 밤 동안 찾아보기로 했거든요. 그다음에 음악학교를 찾아볼 생각이었는데 결국 음악학교를 먼저 찾아봤네요."

"이번 주 일요일에 만나기로 하지 않았나요?"

"올 것 같지 않았거든요."

나는 그 말에 반박하지 않았다. 그의 추측이 결국 사실로 확인되었으리라는 걸 부정하는 그 어떤 말도 하지 않았다. 이번 주 일요일 연주회 이야기가 나오면서 감도는 침묵에 우리는 어색한 미소를 지었다.

"지난 일요일은 정말 좋은 추억이었어요." 내가 먼저 말했다.

"나도 그래요." 그는 화제를 돌리듯 가볍게 물었다. "같이 연주한 사랑스러운 피아니스트는 누구인가요?"

"타이에서 온 3학년 학생인데 재능이 아주 뛰어나요."

"같이 연주할 때 보니까 서로를 쳐다보는 눈길에서 스승과 제자 이상의 친밀감이 확 느껴지던데."

"맞아요. 나한테 배우려고 타이에서 여기까지 왔거든요." 그의 의도가 훤히 보여서 말도 안 되는 추측이라고 나무라듯 고개를 저었다.

"이따가 뭐 하는지 물어봐도 되나요?"

대담하다는 생각이 들었다.

"오늘 밤이요? 아무것도요."

"당신 같은 사람은 친구나 파트너 혹은 특별한 사람이 있지 않아요?"

"나 같은 사람요?" 지난 일요일의 대화가 또 반복되려는 건가?

"젊고 반짝거리고 흥미로운 사람, 잘생긴 건 말할 것도 없고."

"아무도 없어요." 나는 이렇게 말하고 고개를 돌렸다. 그의 말을 자르려는 것일까, 아니면 표나지 않게 즐기는 것일까?

"칭찬을 잘 받아들이지 못하는군요, 그렇죠?"

그를 보며 다시 고개를 저었다. 이번에는 유머가 빠졌다.

"정말 아무도 없어요?" 그가 다시 물었다.

"없어요."

"그냥 가볍게 만나는 사람도?"

"난 그런 만남은 안 해요."

"한 번도?" 그가 완전히 당황한 표정으로 물었다.

"한 번도요."

내 어조가 딱딱해진 것을 알 수 있었다. 살짝 찔러 보고 추파를 던지는 듯 마는 듯 하는 유쾌한 그에게 나는 웃음기 없고 딱딱한 태도를 보였다. 무엇보다 최악은 고결한 척한다는 거였다.

"그래도 전에 특별한 사람이 있었겠죠?"

"있었어요."

"왜 헤어졌어요?"

"친구에서 연인이 됐고 그녀가 떠났어요. 그 후에도 친구로 지냈고요."

"그녀 말고 그도 있었나요?"

"네."

"어떻게 끝났어요?"

"그가 결혼했어요."

"아, 그 결혼한다는 거짓말!"

"나도 그땐 그렇게 생각했어요. 하지만 결혼해서 지금까지 오래도록 잘살고 있어요. 그가 나랑 시작하기도 전에 사귄 연인이었죠."

그는 아무 말도 하지 않았지만 모든 상황에 의문을 던지는 것처럼 보였다.

"두 사람은 친구로 지냈나요?"

그의 질문이 과연 내키는지 확신은 없었지만 질문받는 것은 좋았다.

"연락 안 한 지 오래됐어요. 친구인지 모르겠지만 분명 앞으로 언제까지나 친구일 거예요. 그 사람은 항상 날 너무 잘 읽었거든요. 내가 편지를 보내지 않는 건 관심이 없어서가 아니라 지금도 여전히 그를 생각하고 언제까지나 그럴 것이기 때문임을 알 거예요. 그가 여전히 날 생각하고 그래서 편지를 보내지 않는다는 걸 내가 아는 것처럼. 나는 그것만으로 충분해요."

"그가 결혼했는데도?"

"그가 결혼했는데도." 나는 그의 말을 따라 했다. "그리고……." 나는 모호함을 떨쳐 주기라도 할 것처럼 덧붙였다. "어차피 그는 미국에서 학생들을 가르치고 나는 여기 파리에 있으니 어쩔 수도 없는 거잖아요? 눈앞에는 없지만 마음속에는 항상 있어요."

"전혀 어쩔 수 없지 않지요. 그가 결혼은 했지만 왜 그를 따라가지 않았어요? 왜 그렇게 쉽게 포기해요?"

비난이 역력한 목소리였다. 그는 왜 나를 추궁하는 것일까? 나한테 관심 있는 게 아니었나?

"언제 적 일이죠?" 그가 물었다.

내 대답에 그가 분명히 당황할 터였다. "15년 됐어요."

그는 질문을 멈추고 조용해졌다. 역시나 그만큼 오랜 세월이 지났는데 내가 눈앞에도 없는 사람에게 그토록 애착을 느낄 거라고 전혀 예측하지 못한 것이다.

"다 지난 일이에요." 내가 분위기를 살리려고 말했다.

"지난 일이란 건 없어요." 그가 거침없이 물었다. "아직도 그를 생각하죠?"

그렇다고 말하고 싶지 않아서 고개를 끄덕였다.

"그가 그리워요?"

"혼자 있을 때는 가끔. 그렇다고 방해가 되거나 슬프지는 않아요. 몇 주 동안 그를 전혀 생각하지 않을 때도 있어요. 그에게 말하고 싶을 때도 있지만 미뤄요. 미룬다고 생각하는 것조차 즐겁죠. 결국은 절대 연락하지 않을지라도. 그는 나에게 모든 걸 가르쳐 줬어요. 아버지는 침대에선 금기가 없다고 했죠. 내 연인은 내가 금기에서 벗어나게 해 줬고요. 그가 나의 첫 사람이에요."

미셸은 상대를 안심시키는 신뢰가 담긴 미소로 고개를 끄덕였다. "그 사람 다음에 몇 명이나 만났어요?"

"많진 않아요. 전부 오래 못 갔죠. 남자도 있고 여자도 있고."

"왜요?"

"다른 사람들하고 있을 때 나 자신을 완전하게 놓아 버리지 않아서일지도 몰라요. 열정의 순간이 지나면 자율적인 나로 돌아가거든요."

그가 마지막 남은 커피를 마셨다. "언젠가는 그에게 전화해야 할 겁니다. 그런 순간이 올 거예요. 그런 법이니까. 그런데 내가 이런 말을 하면 안 될 것 같군요."

"왜죠?" 내가 물었다.

"알잖아요."

그 말이 좋았다. 하지만 둘 다 말이 없어졌다.

"그 자율적인 당신이라는 거……." 그가 조금 전의 대화를 무시하고 물었다. "까다롭죠?"

"아버지가 그렇게 말하곤 했죠. 나는 뭐든 결정을 못 했거든요. 무슨 일을 할지, 어디에 살지, 뭘 공부할지, 누굴 사랑할지. 아버지는 음악을 계속 붙들고 있으라고, 그럼 나머지는 언젠가 알아서 올 거라고 했죠. 아버지는 서른둘에 일을 시작했거든요. 그러니까 아버지의 시계로 재면 나도 아직 시간이 있죠. 많지는 않지만. 아버지하곤 아기 때부터 유독 가까웠어요. 언어학자였는데 집에서 논문을 쓰는 틈틈이 병원에서 치료사로 일하는 어머니 대신 기저귀도 갈아 주며 육아를 도맡았거든요. 따로 도와주는 분이 있었지만 난 항상 아버지와 함께였죠. 음악을 사랑하라고 가르쳐 준 것도 아버지였어요. 아이러니하지만 아까 당신이 들어왔을 때 내가 가르친 곡도요. 그 곡을 들을 때마다 아버지의 목소리가 들리죠."

"우리 아버지도 나한테 음악을 가르쳐 줬어요. 내가 형편없는 학생이어서 그렇지."

갑자기 우연이 한 점으로 모이는 게 좋았다. 하지만 너무 대단하게 여기는 건 망설여졌다.

그는 말없이 나를 응시하다 전혀 예상치 못한 말로 또다시 나를 놀라게 했다. "정말 잘생겼네요."

너무도 갑자기 튀어나온 말이라 나는 뭐라고 대답하기보다 화제를 바꾸려고 했다. 하지만 더욱 갑작스러운 말을 내뱉고 말았다. "당신은 날 초조하게 만드네요."

"왜 그런 말을 하죠?"

"글쎄요, 당신이 뭘 원하는지, 내가 어디에서 멈추길 바라는지 알 수 없어서인지도 모르겠네요."

"지금쯤은 분명할 텐데. 오히려 초조해야 할 사람은 나죠."

"왜요?"

"당신이 날 일시적인 충동으로 만나는 걸 수도 있으니까. 아니면 가벼운 만남보다는 몇 단계 위일 수도 있고요."

나는 코웃음을 쳤다. "참, 그리고……." 망설여졌지만 꼭 말해야 한다는 생각이 들었다. "난 처음에는 아주 서툴러요."

그가 껄껄 웃었다. "날 위해서 해 주는 말인가요?"

"아마도요."

"아까 하던 말로 돌아가자면 당신은 정말 믿기지 않을 정도로 잘생겼어요. 문제는 당신도 그걸 알고 남들에게 끼치는 영향력을 의식하거나 모르는 척해야만 한다는 거죠. 그렇다면 당신은 해독하기 어려울 뿐만 아니라 나 같은 사람에겐 위험해요."

나는 가만히 고개를 끄덕였다. 방금 그 말이 번지수를 잘못 찾은 것처럼 보이게 하고 싶지는 않았다. 그래서 그를 보고 미소 지었다. 다른 장소였다면 그의 눈꺼풀을 만지고 양쪽 모두에 키스했을 것이다.

날이 어두워지면서 우리가 있는 카페와 인접한 카페에 조명이 켜졌다. 그의 이목구비가 조명에 떨리듯 밝게 빛났고 나는 처음으로 그의 입술과 이마, 눈을 의식했다. 잘생긴 건 *저 사람*이라고 생각했다. 타이밍도 알맞게 무르익었고 그에게 말해야 했다. 하지만 말하지 않았다. 그가 조금 전에 한 말을 그대로 따라 하고 싶지는 않았다. 둘 사이를 동등하게 만들려는 껄끄럽고 부자연스러운 시도처럼 보일 테니까. 그의 눈이 마음에 드는 건 사실이었다. 게다가 그가 계속 나를 바라보고 있었다.

"아들이 생각나네요." 마침내 그가 입을 열었다.

"나랑 닮았나요?"

"아뇨. 하지만 나이도 똑같고 클래식 음악을 좋아하는 것도 똑같아요. 일요일 저녁 연주회에 아들을 데려가곤 했는데. 아버지가 그런 것처럼."

"지금도 가나요?"

"아뇨. 아들은 주로 스웨덴에서 지내요."

"하지만 두 분이 가깝죠?"

"그랬으면 좋겠네요. 그 애 엄마랑 이혼하고 아들과의 관계도 망가졌어요. 물론 그 애 엄마가 우리 관계를 망치려고 뭘 한 건 아니겠지만. 어쨌든 아들도 내 진실을 알았고 끝까지 용서하지 못한 것 같아요. 아니면 20대 초반부터 나한테 등을 돌리고 싶었는데 그걸 핑계 삼아 그랬을 수도. 이유는 신만이 알겠죠."

"어떻게 알았죠?"

"아내가 먼저 알았어요. 어느 날 아내가 초저녁에 돌아와서 소파에 앉아 흐느적거리는 재즈를 들으며 술 한잔 하는 나를 보았죠. 나 혼자였지만 아내는 내 표정만 보고도 사랑에 빠졌다는 걸 단번에 눈치채더군요. 전형적인 여자의 직감이죠! 커피 테이블에 핸드백을 내려놓고 내 옆에 앉더군요. 내 술잔을 들어 한 모금 마시기까지 했죠. '내가 아는 여자야?' 오랜 침묵 후에 묻더군요. 난 무슨 말인지 알아들었고 부인해 봤자 소용이 없었죠. '여자가 아니야.'라고 하자 그녀가 '아!'라고 했어요. 카펫과 가구에 비친 하루 끝자락의 햇살, 진한 위스키 향, 내 옆에 누운 고양이가 아직도 기억나네요. 지금도 거실에 비친 햇살을 볼 때마다 그날의 대화가 떠오릅니다. '그럼 내 생각보다 더 나쁜 상황이네.' 그녀가 말을 시작했죠. '어째서?' '상대가 여자라면 아직 나에게 기회가 있겠지만 당신의 정체성과 맞붙으면 할 수 있는 게 없으니까. 내가 당신을 바꿀 순 없잖아.' 그렇게 20여 년의 결혼생활이 끝났습니다. 아들도 곧 알게 될 수밖에 없었고 결국 알았죠."

"어떻게요?"

"*내가* 얘기했어요. 아들이 이해해 줄 거라는 착각에 사로잡혀서. 이해하지 못했죠."

"안타깝네요." 달리 할 말이 없었다.

그는 어깨를 으쓱했다. "내 인생의 방향이 바뀐 건 애석하지 않아요. 하지만 아들을 잃은 건 애석하네요. 아들은 파리에 와도 전화하지 않고 편지도 거의 안 쓰고 내 전화도 받지 않아요."

그는 손목시계를 보았다. 벌써 가야 할 시간인가?

"그럼 내가 당신을 찾은 게 실수는 아니죠?" 벌써 세 번째 묻는 거였나. 어쩌면 절대로 그렇지 않다는 대답이 듣기 좋아서 그러는지도 모른다. 나도 대답해 주는 게 좋았다.

"실수 아니에요."

"지난번에 내가 기분 상하게 한 것도 아니고?" 그가 또 물었다.

무슨 의미인지 나는 정확하게 알았다.

"그땐 좀…… 속상했어요."

그가 미소 지었다. 그가 빨리 카페를 나가고 싶어 하는 게 보여서 나도 그에게 가까이 움직이느라 어깨가 닿았다. 바로 그때 그가 한쪽 팔을 나에게 두르고 잡아당겼다. 자기 어깨에 얼굴을 기대라는 듯이. 안심시키기 위한 건지, 나이 많은 남자에게 속마음을 열고 감동적인 몇 마디를 털어놓은 젊은 남자를 어르는 행동인지 알 수 없었다. 어쩌면 작별 포옹의 전주곡인지도. 그가 작별을 고할까 두려워져 나도 모르게 말해 버렸다.

"나 오늘 밤에 시간 있어요."

"알아요. 아까 말했잖아요."

그는 내가 초조해하거나 자신의 어조가 퉁명스러웠다는 걸 알아차린 모양이었다.

"당신은 너무 멋지고……." 하지만 그는 끝까지 말하지 않았다.

계산하려는 그의 손을 막았다. 그의 손을 잡고 그 손을 쳐다보았다.

"뭐 하는 거예요?" 그가 꾸짖듯이 물었다.

"계산하려고요."

"그거 말고. 내 손을 보고 있었잖아요."

"아닌데요." 아니라고 우겼지만 그의 손을 본 게 맞았다.

"세월이라는 겁니다." 그는 잠시 후 다시 말했다. "마음 바뀐 거 아니죠?" 아랫입술을 깨물었다가 곧 놓았다. 내 대답을 기다리고 있었다.

할 말이 전혀 떠오르지 않았지만 무슨 말이라도 좋으니 해야 했다. "헤어지지 말아요. 아직은요." 하지만 카페에서 조금이라도 더 있자는 부탁처럼 들릴 수 있다는 사실을 깨닫고 좀 더 대담하게 말하기로 했다.

"오늘 나 집에 보내지 말아요, 미셸."

얼굴이 붉어지면서 벌써 허둥지둥하며 미안하다 사과하고 취소할 방법을 찾고 있을 때 그가 나를 구해 주었다.

"나도 똑같은 말을 하려고 고민 중이었는데 또 내가 졌네요. 사실 난 이런 거 자주 하지 않아요. 아니, 이런 거 해 본 지 정말 오래됐네요."

"이런 거?" 약간의 야유가 담긴 목소리로 물었다.

"이런 거."

우리는 곧 카페를 나갔다. 자전거를 끌고 그의 집까지 20~30분을 걸었다. 그가 택시를 타자고 했지만 걷는 게 더 좋다고 거절했다. 쉽게 접히지 않는 자전거 때문에 택시기사들에게 볼멘소리를 듣는 게 싫은 이유도 있었다.

"자전거가 마음에 들어요. 당신이 그런 자전거를 가지고 있다는 게." 그는 잠시 멈춰 서서 다시 말했다. "내가 너무 두서없는 말을 하죠?"

우리가 바짝 붙다시피 나란히 걷고 있어서 계속 손이 스쳤다.

내가 그의 손을 잡고 잠깐 그대로 있었다. 분위기가 좀 누그러질 것 같아서. 하지만 그는 계속 말이 없었다. 자갈길을 몇 걸음 더 걷고 나서 그의 손을 놓았다.

"이게 참 좋아요." 내가 입을 열었다.

"이거요?" 그가 놀리듯 물었다. "브라사이 사진 효과 말인가요?"

"아뇨. 나하고 당신. 이틀 전에 이랬어야 해요."

그는 웃으며 바닥으로 시선을 향했다. 내가 너무 서두르는 건 아닐까? 지난 일요일을 되풀이하듯 오늘 밤도 이렇게 걷는 것이 좋았다. 다리에 모여 있는 사람들과 노랫소리, 반짝거리는 자갈 점판암, 끈으로 가방을 고정해 놓았고 나중에 내가 기둥에 자물쇠로 묶어 둘 자전거, 똑같은 자전거를 사고 싶다고 지나치듯 말하는 그.

처음 만났을 때부터 둘 다 똑같은 생각을 했다는 사실이 우리가 함께 하는 밤에 후광을 비추고 계속 나를 놀라게 했다. 서로 생각이 다르거나 상대를 곤란하게 만들까 봐 걱정한 것은 단순히 우리가 자신과 똑같이 생각하고 행동하는 사람이 있을 수 있다는 걸 더는 믿지 않기 때문이었다. 그에게 너무도 조심스러웠고 내 안의 모든 충동을 불신한 이유였다. 우리가 너무도 쉽게 서로의 장벽을 거둘 수 있다는 사실이 기뻤다. 일요일 이후 마침내 내 속마음을 있는 그대로 말하니 얼마나 좋은지. 오늘 *나 집에 보내지 말아요.* 그가 일요일에 내 붉어진 얼굴을 알아차려서 얼굴을 붉혔다는 사실을 인정하게 만들고는 나중에 자신도 얼굴을 붉히고 인정했다는 것이 얼마나 좋은지. 같이 보낸 시간이 네 시간도 채 되지 않은 두 사람이 서로에게 비밀이 별로 없을 수 있을까? 비겁한 거짓말의 지하실에 내가 무슨 부끄러운 비밀을 넣어 두었을까 의아했다.

“가벼운 만남은 안 한다는 거 거짓말이에요.” 내가 진지하게 말했다.

“그럴 줄 알았어.” 사실대로 털어놓기까지의 고민을 무시하는 듯한 대답이었다.

마침내 둘 사이의 공간이 전혀 없는 작고 비좁은 파리의 엘리베이터에 탔을 때 내가 물었다. “이제 날 안아 줄래요?”

그는 엘리베이터 문을 닫고 내릴 층을 눌렀다. 엘리베이터가 올라가면서 엔진이 철커덩거리고 압력이 가해지는 소리가 들렸다. 그 순간 그가 갑자기 나를 껴안았고 양손으로 내 얼굴을 감싸며 진한 키스를 해 왔다. 나도 눈을 감고 키스했다. 너무도 오랫동안 기다려 온 순간이었다. 그가 사는 층으로 올라가는 낡은 엘리베이터의 삐걱거리고 휘청거리는 소리를 들으며 저 소리가 영원히 멈추지 않기를, 엘리베이터가 영원히 멈추지 않기를 바랐다.

그가 아파트 문을 닫는 순간 조금 전에 그가 그런 것처럼 내가 기습 키스를 했다. 그는 나보다 키가 컸는데 힘도 나보다 센 것 같았다. 내가 지금 모든 망설임을 버렸고 앞으로도 그럴 생각임을 알아주길 바랐다.

“좋은 술이 필요할 것 같군.” 그가 천천히 말했다. “집에 괜찮은 싱글 몰트가 있어. 싱글 몰트 좋아하는 거 맞지?”

너무 급작스러운 질문이라 적이 놀랐다. 백팩을 내려놓고 코트를 벗고 한 번 더 안아 달라고 말하려던 참이라 더욱 그랬다. 심장이 빠르게 뛰었지만 갑자기 어색한 기분이 들었다. 전혀 낯선 상황이 아닌데도. 그가 그만 부산스럽게 움직였으면 하는 마음이 자꾸 들었다. 하지만 아무 말도 하지 않고 천천히 백팩을 안락의자에 올려놓았다.

"코트 벗을래?" 그가 물었다.

"조금 이따가요."

"백팩이 마음에 들어." 그가 뒤돌아보며 말했다.

"선물 받은 거예요. 친구한테……." 그의 얼굴에 망설임이 보였다. "그냥 친구예요."

그는 소파를 가리키며 앉으라고 한 뒤 잔을 가져오겠다고 했다. 그의 말대로 앉았는데 왜 그런지 갑자기 한기가 느껴져 그가 입구 쪽 복도에 있는 동안 일어나서 라디에이터에 기댔다. 온기가 부족해서 라디에이터에 팔도 갖다 댔다.

"괜찮아?"

"네. 그냥 좀 추워서요." 갑자기 꽁꽁 얼어붙기 직전이라는 말은 하지 않을 참이었다.

"그럼 창문 닫을게."

그가 창문을 닫고 위스키에 얼음을 넣을 건지 물었다. 고개를 저으며 라디에이터에 양손과 가슴 쪽을 바짝 붙였다. 그가 커피 테이블에 잔을 내려놓고 뒤에서 다가와 어깨를 마사지하기 시작했다. 목과 날개뼈를 주물러 주는 게 좋았다.

"좀 나아?"

"더해요." 왜 그런지 말해 주었다. "나 초조해진다고 했잖아요."

"나 때문에?"

나는 어깨를 웅크렸다. *모르겠어요, 당신 때문일 수도 있고, 오늘 밤 때문일 수도 있고, 도무지 모르겠으니 멈추지만 말아요,* 라는 뜻임을 그가 알아차릴 거라고 생각하면서.

그는 손힘이 좋았다. 그는 머리 아래쪽을 누를 때마다 떨림이 등줄기를 타고 내려가 내가 조금씩 굴복한다는 것을 알아차렸다. 나도 그가 알기를 바랐다. 그가 마사지를 끝낸 뒤 두 팔로 나를 안아 가슴을 내 등에 붙이고 배를 움켜잡았다. 좀 더 아래쪽으로 내려가도 괜찮을 텐데 그러지 않았다. 하지만 분명 그도 생각은 했다. 찰나의 망설임이 느껴졌으니까. 그는 다정하게 나를 소파로 이끌었다.

먼저 잔 두 개에 위스키를 따랐다. 불현듯 뭔가 생각났는지 급하게 주방으로 가서 그릇 두 개를 가져왔다. 하나에는 견과류가, 또 하나에는 짭짤한 미니 비스킷이 들어 있었다. 그가 소파 맞은편에 앉았다. 우리는 축배와 함께 잔을 부딪치고 첫 모금을 마셨다. 그가 맛이 어떠냐고 물었지만 내 생각을 나도 알 수가 없었다. 싱글 몰트를 안 지 얼마 안 되었지만 마음에 든다고 대답했다. 그가 견과류를 권했다. 내가 몇 알 집어 가자 자신은 먹지 않고 그릇을 다시 커피 테이블에 놓았다. 나는 술을 한 모금 더 마셨고 아직도 춥다고 했다.

"대신 차를 마시면 안 될까요?"

그는 종류가 많다면서 무슨 차를 마시겠냐고 물었다. 아무거나, 따뜻하다면 된다고 했다. 그는 주방으로 가면서 내 뺨과 옆 목을 만졌다. 아플 때면 어머니가 다가와 열이 있는지 확인하던 모습이 떠올랐다. 하지만 열을 확인하느라 만진 게 아니었다. 나는 미소 지었다. 잠시 후 전자레인지에서 삐 소리가 울리자마자 그가 돌아왔다.

나는 양손으로 따뜻한 머그잔을 쥐었다. "훨씬 좋아요." 차 한 잔에 이렇게 행복해질 수 있다니 웃음이 나올 뻔했다.

그가 또 일어나서 음악을 틀었다.

나는 잠시 들어 보고 질문했다. "브라질 음악인가요?"

"바로 맞혔어." 그는 스스로 매우 만족스러워하는 눈치였다. "어제 산 CD지."

그 CD를 산 이유를 내가 짐작한다는 것을 내 얼굴에 떠오른 미소를 보고 알았으리라.

그가 포르투갈어를 아느냐고 물었다.

조금 안다고, 그는 아는지 물었다.

전혀 모른다고 했다.

둘 다 웃음을 터뜨렸다. 둘 다 긴장한 상태였다.

우리는 옛 파트너의 이야기를 나누었다. 그의 파트너는 건축가였는데 수년 전 몬트리올로 이민을 떠났다.

"네 파트너는?" 그가 물었다. "결혼한다고 떠난 그 거짓말쟁이 말고."

그는 내 인생을 흔들고 떠나 버린 남자를 기억하고 있었다. 가장 오래 만난 사람은 초등학교 동창이라고 말해 주었다. 15년 만에 지저분한 밀라노 외곽의 게이 바에서 마주쳤다. 놀랍게도 동창은 여덟 살 때 나를 좋아했다고 고백했다. 나는 아홉 살 때 완전히 그에게 빠져 있었다고 말했고. 왜 그는 말하지 않았을까? 나는 왜? 왜 우리는 서로의 진실을 알지 못했을까? 우리는 잃어버린 시간을 만회하고 싶은 마음뿐이었다. 그렇게 우연히 다시 만나다니 너무도 행운이라고 생각했다.

"얼마나 사귀었어?"

"2년 좀 안 되게요."

"왜 헤어졌어?"

"난 우리 관계가 망가진 게 전통적인 가정생활 때문이라고 생각했어요. 하지만 그것만은 아니었죠. 그는 아이를 입양하고 싶어 했고 심지어 내가 아이 아버지가 되어 주기를 바랐죠. 가족을 원한 거였어요."

"넌 아니었고?"

"잘 모르겠어요. 준비가 안 됐다는 건 확실했죠. 그때는 오로지 음악에만 집중했거든요. 지금도 그렇고. 진실은 다시 혼자 살고 싶어서 견딜 수 없었다는 거예요."

그가 어리둥절한 표정으로 물었다. "혹시 나한테 던지는 경고인가?"

"모르겠어요." 당혹감을 감추려고 미소를 지어 보였다. 너무 앞서가는 질문이었다. 하지만 내가 그라도 같은 질문을 했을 것이다.

"괜한 말을 했나 보네. 내 관점은 너와 완전히 정반대 쪽 끄트머리야. 나이 때문이지. 분명 너도 여러 번 스친 생각일걸."

"나이는 전혀 문제가 안 돼요."

"그런가?"

"일요일에 말했잖아요. 빨리도 잊어버리네요."

"기억나지 않아."

"기억력이 나빠지나 봐요."

"그때 당황해서 그래."

"나는 아니었고요?"

"식당 밖에서 헤어진 뒤로 계속 널 생각했어. 잘 때도 일어날 때도 생각났고 월요일은 온종일 멍한 상태로 지냈지. 나한테 너무 화가 나서. 네가 지금 이렇게 우리 집에 앉아 있다니 믿어지지 않네."

그는 말을 멈추고 나를 바라보았다. "그리고 너에게 키스하고 싶어."

엘리베이터를 타자마자 키스했을 때보다 더 놀랐다. 우리가 한 번도 키스한 적 없는 사이이고 손조차 잡지 못하고 집까지 함께 걸어오면서 느낀 불편함의 그림자가 아직 채 사라지지 않은 기분이었다. 그는 잔을 내려놓고 다가와 조심스러울 정도로 가볍게 키스했다. 희미하게 울려 퍼지는 브라질 가수의 노래 뒤로 아까 나눈 키스의 친절한 사운드트랙처럼 엘리베이터 내려가는 소리가 들려왔다. 계단을 오르내리는 낡은 엘리베이터 소리에 맞춰서 하는 키스는 시골집 지붕에 후두두 떨어지는 빗소리를 들으면서 하는 키스 같다는 생각이 들었다. 그 소리가 좋았고 끝나지 않기를 바랐다. 마법의 주문처럼 보호받는 듯 포근하고 안전한 느낌이 들었으니까. 우리를 침범하지 않으면서도 그의 집 거실 밖 세상에 목소리를 내고 이 모든 것이 내 상상이 아님을 일깨워 주었으니까. 어쩌면 그는 서두르지 말고 천천히 가자고, 둘 중 한 명이 원하는 속도보다 빠르면 되돌아가자고 부탁하는 것인지도 모른다. 내가 한 번도 해 본 적 없는 일이었다. 그때 그가 다시 키스했다. 역시 가볍게.

"기분이 좀 나아졌어?"

"훨씬 좋아요. 그냥 안아 주세요. 부탁이에요." 나는 그에게 안기고 나도 두 팔로 그를 안고 싶었다. 얼굴에 닿는 그의 스웨터 감촉과 울 냄새, 겨드랑이 근처에서 느껴지는 그의 체취라고밖에 생각할 수 없는 냄새가 좋았다. 그래서 포르투갈어 노랫말을 읊조렸다.

*De que serve ter o mapa se o fim está traçado*
*De que serve a terra à vista se o barco está parado*
*De que serve ter a chave se a porta está aberta*

"해석해 줘." 그가 말했다.

*끝을 이미 아는데 지도가 무슨 소용일까?*
*배가 멈추었는데 육지가 무슨 소용일까?*
*문이 활짝 열려 있는데 열쇠가 무슨 소용일까?*

그가 마음에 든다며 다시 말해 달라고 해서 그렇게 했다.

곧이어 그가 "눕자."라고 하더니 나를 침실로 데려갔다. 내가 셔츠의 단추를 풀려고 하자 "하지 마. 내가 하게 해 줘."라고 했다. 나는 그 앞에서 알몸이 되고 싶었지만 어떻게 표현해야 할지 알 수 없었다. 그의 옷을 만지지 않은 채 그가 내 셔츠 단추를 풀게 놔두었다. 그는 개의치 않는 것 같았다. "왜냐하면……." 그가 망설이다 말을 맺었다. "특별하길 바라거든."

우리는 침대에 누우며 서로를 껴안고 서로의 입술을 찾았다. 하지만 아직 불안정하고 균형이 흐트러진 느낌이었다. 무언가 빠져 있었다. 우리에게 열정이 부족한 것은 아니었다. 부족한 건 확신이었다. 우리가 속도를 늦추다 못해 아예 멈춰 버린 걸까? 내가 그를 실망시킨 걸까? 둘 다 마음이 바뀐 걸까? 그도 눈치챈 것이 틀림없었다. 누구라도 감추거나 알아차리지 못할 수 없을 테니까. 그는 나를 빤히 바라보았고 이렇게 말할 뿐이었다.

"내가 널 행복하게 해 줄 수 있게 해 줄래? 그냥 그렇게 해 줘. 꼭 그러고 싶어."

"하고 싶은 대로 하세요. 원래 당신은 날 행복하게 하니까."

이 말을 듣는 순간 그는 더 기다리지 않고 다시 키스했다. 그리고 셔츠 단추를 마저 풀기 시작했다.

"셔츠 벗겨도 될까?"

*질문하고는!* 생각하면서 고개를 끄덕였다.

그러자 그는 내가 셔츠 벗는 걸 도와주면서 말했다. "네 피부가 마음에 들어. 네 가슴, 어깨, 체취도 좋아." 그리고 내 가슴을 부드럽게 어루만지며 물었다. "아직도 추워?"

"아뇨. 이제 안 추워요."

그가 또 한번 놀라게 했다. "같이 뜨거운 물로 샤워했으면 좋겠어."

나는 분명히 멍한 표정으로 그를 바라보았을 것이다. "그래요. 당신이 그러고 싶다면요."

우리는 침대에서 일어나 욕실로 들어갔다. 내가 사는 집 거실보다도 넓었다. 커다란 유리 샤워부스 바닥에 병들이 나란히 세워져 있었다.

"두 장은 네 것, 두 장은 내 것." 그가 남색 수건 네 장을 꺼내며 말했다.

둘 다 옷을 벗으며 서로를 애무하는 중에 내가 분위기를 살리려고 아침 식사가 제공되는지 물었다.

"모든 호텔 손님에게는 공짜로 아침 식사가 제공되지."

우리는 발기된 알몸 상태로 다시 키스했다.

"눈을 감고 날 믿어 봐. 난 널 행복하게 해 주고 싶어."

무슨 생각인지 알 수 없었지만 시키는 대로 했다. 그가 수건을 집는 소리가 났고 이어서 익숙한 샤워 젤 향이 풍겼다. 캐모마일 향이었다. 그 향기는 부모님 집을 떠올리게 했고, 마음은 차가운 바깥 날씨에도 불구하고 이탈리아에서 보낸 여름으로 되돌아가 낯선 이곳이 내 집처럼 편안하게 느껴졌다. 그가 내 몸을 문지르기 시작했다. 나는 그 느낌에 기꺼이 몸을 맡겼다.

"눈 뜨지 마." 그는 경고하며 비누로 내 얼굴을 부드럽게 문질렸고 머리를 감겨 줘도 되는지 물었다. 당연히 그래도 된다고 했다. 그는 내 머리를 샴푸하고 나서 자신의 몸을 씻는가 싶더니 다시 내 두피를 문질렀다가 꾹 눌렀다 하기를 반복했다. "눈 뜨면 반칙이야." 목소리로 미소 짓고 있음을 알 수 있었다. 우리가 샤워하는 모습에 웃음을 터뜨리듯.

샤워를 끝내고 그가 유리문을 열어 아직 눈을 감고 있는 나를 천천히 데리고 나갔다. 그러고는 내 몸과 머리, 등, 겨드랑이의 물기를 닦아 준 다음 침실로 데려가 침대에 누워 달라고 했다. 그가 내 알몸을 보고 있다는 것도, 이렇듯 귀하게 다뤄 주는 것도, 로션을 발라 주는 것도 좋았다. 손바닥에 로션을 더 짜서 내 온몸을 만질 때마다 정말 기분이 좋았다. 부모님이 씻겨 주고 말려 주는 아기가 된 기분이었다. 실제로 아버지가 나를 안고 목욕시켜 주던 아기 때 기억이 났다. 기껏해야 한 살 정도였을 것이다. 왜 지금 그때가 떠올라 공기와 빛, 소리, 여름날의 꽃과 허브 향기를 막아 버린 상자에서 갑자기 나를 꺼내 주는 것일까? 왜 지금 나는 그동안 간수가 누구도 아닌 나, 오로지 나 혼자인 감옥에 갇혀 있던 것처럼 나 자신에게서 해방되는 것일까? 그리고 처음 내 살갗에 닿은 이 로션은 도대체 어디 제품이지? 나는 이 남자에게 무엇을 원하고 답례로 무엇을 줄 것인가? 이 남자는 내가 초조하다고 해서, 처음을 어려워한다고 경고해서 이러는 것일까?

나는 그가 하고 싶은 대로 하도록 내버려 두었다. 너무 기분이 좋고 야릇한 느낌이 들어서 나도 그를 더욱 원하고 있었다. 성당에서 처음 본 날 가슴에 안기고 싶은 것을 참았을 때보다 더. 그가 다음에 뭘 할지 짐작되었지만 그는 또 전혀 예상하지 못한 행동으로 나를 놀라게 했다. 눈을 뜨고 자신의 눈을 바라보라고 했다. 그 순간 나는 온전히 그의 것이었다. 그가 계속 키스해 올 때 나는 말도 생각도 할 필요가 없었다. 나를 잘 알고 내 몸이 무엇을 갈망하는지 나보다 훨씬 잘 아는 것 같은 사람에게 그저 나를 맡기면 됐다. 그는 성당에서 나에게 말을 걸었을 때, 내가 그의 손을 만졌을 때부터 알았을 테니까. 나에게 성당 밖에서 기다리라고 한 뒤 저녁을 사 주었을 때, 그날 밤 진전이 있는 듯하다가 갑자기 멈춰 버리고 작별 인사를 했을 때, 쉽게 얼굴 붉히는 것을 보고 내 반응을 살피기 위해 살짝 밀어붙였을 때부터 전부 다 알았을 것이다. 내가 너무 오랫동안 영혼을 잃어버렸고 이제야 그 영혼이 줄곧 내 안에 숨어 있었음을 깨달았다는 사실을, 그 없이는 어디에서 어떻게 찾아야 할지 모른다는 사실을 그는 알았으리라. *난 영혼을 잃었어요.* 영혼을 *잃었어요.* 그러다 진짜로 중얼거리고 있었다. 영혼을 *잃었어요. 지금껏 오랫동안.*

"그러지 마." 그는 내가 울까 봐 두려운 것처럼 말했다. "내가 널 아프게 하는 게 아니라고 말해 줘." 나는 고개를 끄덕였다. "아니, 말로 해. '당신은 날 아프게 하지 않아요.'라고 진심으로 말해 줘."

"당신은 날 아프게 하지 않아요."

"다시 말해 줘. 여러 번 말해 줘."

"당신은 날 아프게 하지 않아요." 진심이었다. "당신은 날 아프게 하지 않아요. 아니에요, 당신은 날 아프게 하지 않아요."

그가 부탁한 것보다 더 많이 말하면서 깨달았다. 그는 내가 그날 나와 함께 가져온 모든 것을 뒤로하도록 도와주었음을. 내 생각, 음악, 꿈, 이름, 사랑, 망설임, 자전거…… 그 모든 것을 거실에 둔 재킷에 버리거나 엘리베이터를 타기 전에 저 아래층 표지판에 잠가 둔 자전거에 묶어 놓은 가방에 쑤셔 넣었다. 사랑을 나누는 지금 또 엘리베이터가 끽끽거렸다. 같은 건물에 사는 누군가가 아래층에서 버튼을 눌렀고 이내 엘리베이터에 올라 얇은 문을 닫고 휘청거리며 올라오는 것이다. 그게 몇 층인지는 상관없었다. 내가 온통 뒤죽박죽으로 생각하는 이유는 통제력을 잃는 게 아니라고 생각할 때마다 실패했기 때문이었다. 그저 현실의 작은 조각들을 필사적으로 붙잡으면서도 그것이 내 손아귀에서 벗어나고 있음을 너무도 잘 알았고 그때마다 황홀감에 젖었으니까. 그런 일을 겪는 나를 그가 보는 게 좋았으니까. 그의 부탁대로 그가 나를 아프게 하지 않는다고, 아프게 하지 않는다고 계속 말하는 동안 기다리고 계속 기다려 주는, 세상에서 가장 너그러운 일을 해 주는 그가 내 얼굴을 봐 주길 바랐으니까. 그러다 더 기다리지 말라고 애원할 때까지. 이것은 정중한 부탁이었고 그것도 그가 대신 결정해 주기를 바랐다. 이제 그의 몸은 나보다 내 몸을 더 잘 알기에.

서로의 알몸을 처음 본 두 남자의 완벽하게 친밀한 순간에 어색한 잡음은 아주 잠깐 있었을 뿐이었다. 샤워부스에서 그가 내 성기를 쥐고 나는 비누 때문에 눈을 감고 있을 때 일어난 일이었다.

"이걸 어떻게 물어봐야 할지 모르겠지만 혹시……." 그가 말하기를 망설였다.

"네?" 그가 나를 초조하게 만드는데 눈을 뜰 수도 없었다.

"유대인이야?" 마침내 그가 물었다.

"진심으로 묻는 거예요?" 나는 웃음을 터뜨릴 뻔했다. "모르겠어요?"

"그 명백한 것 말고도 다른 사실들로 추측해 보는 중이었지."

"그 명백한 게 너무 확실하잖아요. 유대인이나 이슬람교도의 알몸을 얼마나 봤어요?"

"한 번도 없어. 네가 처음이야."

갑작스러운 솔직함에 더욱 흥분되어 그의 몸을 내 몸에 밀착시켰다.

"파비올라야." 서비스 도어가 쾅 하는 소리에 놀라 둘 다 잠에서 깨었을 때 그가 설명했다. "항상 문이 바람에 쾅 닫히게 두거든."

시계를 보니 벌써 아침 8시가 넘었다. 11시에 수업이 있었다. 귀찮은 기분이 들었다. 하지만 그는 벌써 포옹을 풀고 몸을 일으켰다. 두 발로 슬리퍼를 찾는 듯했다.

"침대로 와요."

"뭐, 또?" 그가 충격을 받은 척했다.

뒤에서 나를 안은 그의 숨결이 목에 닿는 것이 좋았고, 그 마음을 숨길 수가 없었다.

밤에 사랑을 나눈 직후 이제 옷을 입고 가야 할 것 같아 잠깐 망설인 순간이 있었다.

"벌써 일어나는 거야?" 그가 물었다.

"화장실 가요." 거짓말이었다.

"가려는 건 아니겠지."

"가려는 건 아니에요." 이것도 거짓말이었다.

비록 습관 때문이긴 했지만 나는 가려고 했다. 섹스가 끝나면 항상 집으로 돌아간다고 설명할 생각이었다. 내가 가고 싶어서, 집주인이 빨리 돌아가기를 바라는 기색이 느껴져서, 나 역시 가벼운 만남의 상대들이 빨리 돌아가 주기를 바라서였다. *양말 좀 빨리 신어. 주머니에 쑤셔 넣어도 좋으니까 그냥 빨리 좀 나가 줘.* 나는 다급하게 떠나는 것처럼 보이지 않도록 지극히 형식적이지만 예의 바른 기술까지 터득했다. 집주인의 공간에서, 그의 물건들, 머리 냄새, 이불, 수건에서 서둘러 도망치려는 손님이 물 한 잔이나 음식 권유를 거절할 때 아쉬운 척하는 집주인처럼. 그런데 지금은 상황이 약간 이상했고 나는 아무 말도 하지 않았다. 침대에서 일어나고 싶지 않은 것은 확실했지만 그의 놀란 표정을 어떻게 읽어야 할지, 과연 믿어야 할지는 더더욱 몰랐다. 그리고 손이 닿을 듯 말 듯 하는 것을 즐기면서 그의 아파트까지 걸어올 때부터 짐작했지만 속전속결로 이루어진 섹스도 아니었다.

그날 밤 사랑을 나눈 뒤 그가 나가서 뭘 좀 먹자고 했다. "배고파 죽겠어."

"나도요."

"그런데 서둘러야 해." 어느새 자정이 지났다는 사실을 우리 둘

다 모르고 있었다.

"우리 섹스하고 나온 것처럼 보일까?"

"네."

"사람들이 알지도 몰라."

"사람들이 알았으면 좋겠어요."

"나도 그래."

우리는 늦게까지 문을 여는 좁지만 시끄러운 곳에서 저녁을 먹었다. 그 집 웨이터들도 그를 알고 있었다. 몇몇 단골손님도 마찬가지였다. 불과 15분 전까지 무엇을 했는지 그들이 추측할 수 있다는 사실에 우리는 흥분을 감추지 못했다.

"한 번 더 포옹해 줘요." 그날 아침에 내가 말했다.

"그냥 포옹만?"

나도 모르게 두 다리로 그의 허리를 꽉 휘감았다.

"나도 뭐 하나 부탁해도 될까?" 그는 바로 가까이에서 한 손으로 내 눈을 가린 머리카락을 쓸어 주었다.

무슨 부탁인지 감이 잡히지 않았다. 서로의 몸으로 해 보고 싶은 일, 아니면 테크닉에 대한 약간 어색한 이야기일 것 같았다. 아니면 콘돔 이야기일까?

"오늘 저녁에 바빠?"

그 질문에 웃음이 터질 뻔했다. "완전히 한가해요."

"그럼 지난번 그 레스토랑 갈까?"

"몇 시에요?"

"9시?"

고개를 끄덕였다.

그는 레스토랑 주소를 기억하지 못하는 나에게 거리 이름을 알려 주었다. 그러고는 거만하게 들리지 않도록 애쓰며 그 식당에서 자신에게 가끔 공짜 식사를 제공한다고 말했다. "내가 고객을 데려가서 점심이나 저녁 대접을 자주 하거든."

"고객만요?"

그가 미소 지었다.

"넌 모를 거야."

내가 샤워하는 동안 그가 가사도우미에게 손님이 있다고 말한 모양이었다. 그를 따라 다이닝룸으로 가 보니 2인분의 아침이 차려져 있었다. 커피는 물론 빵과 치즈, 다양한 수제 잼 등 맛있어 보이는 것들이 가득했다. 그는 마르멜로 잼과 무화과 잼을 좋아한다고 말했다. 사람들은 대개 베리류와 마멀레이드를 좋아한다고도 했다. "하지만 좋을 대로 골라."

그는 얼른 사무실에 나가 봐야 했다. "그럼 9시에 보는 거지?"

우리는 함께 집을 나섰다. 나는 자전거를 타고 돌아가서 옷을 갈아입은 뒤 음악학교로 출근할 것이며 동료와 점심 약속이 있다고 말했다. 내 하루를 왜 그렇게 자세히 설명했는지 모르겠다. 그는 내 말에 귀를 기울였고 내가 자전거 자물쇠 푸는 걸 보며 또 한번 자전거에 감탄하더니 다음에는 접어서 집 안에 들여놓으라고 했다. 그리고 첫날과 달리 내가 자전거 타고 떠나는 모습을 지켜보았다.

아직 너무 이른 시간이었다. 목적지 신경 쓰지 않고 빵집이 나오면 들어가 커피를 마시며 그를 떠올려야지 하는 생각으로 이 거리 저 거리 돌다가 다리를 건넜다. 아침 일과 때문에 지난밤의 감정과 기억이 씻겨 사라지는 걸 바라지 않았다. 우리가 나눈 격정적인 키스, 그러는 중에 들려온 낡은 엘리베이터가 삐걱대며 오르내리는 소리, 우리 다음에도 누군가 계속 엘리베이터를 타고 오르내리고 있구나, 하는 생각까지도.

보통은 밤에 있었던 일을 그냥 잊어버리거나 밀어내려고 한다. 한두 시간 지나서까지 남는 일은 거의 없어서 어려운 일도 아니다. 아예 없었던 일처럼 느껴지거나 기억하지 않는 게 행복했다.

맑은 아침에 연장된 크리스마스를 보내는 기분으로 출근하는 사람들을 바라보며 앉아 있으니 좋았다. 섹스 자체는 특별할 게 없었지만 그가 하나부터 열까지 전부 세심한 주의를 기울여 줘서 좋았다. 수건을 건네준 순간부터 내 몸과 내 쾌락까지 모든 것에 관심을 기울이고 자기 나이의 절반밖에 안 되는 젊은 육체에 경의의 태도를 보였으며 요령 있고 친절했다. 눈을 감은 나의 손과 손목을 계속 문지르고 애무하면서 그저 나의 믿음만 바랄 뿐이었다. 침대에서는 내 손목을 부드럽게 잡고 눌렀다. 인간이 아는 가장 친절한 행위였다. 왜 지금까지 내 손목을 그렇게 잡는 너무도 사소하고 대단치 않은 손길로 그토록 커다란 즐거움을 가져다준 사람이 아무도 없었을까. 만약 그가 잊어버리면 또 그렇게 손목을 문질러 달라고 할 것이다.

신문을 내려놓은 뒤 나도 모르게 플리스 재킷의 옷깃을 올리고 얼굴을 문지르며 옷감의 감촉을 느꼈다. 오늘 아침 다시 사랑을 나눌 때의 면도하지 않은 그의 뺨이 떠올랐다. 내 코트에 그의 향기가 배었으면 했다. 그는 어떤 애프터셰이브 로션을 사용할까? 향이 너무 희미했지만 알고 싶었다. 내일 아침에는 내 뺨으로 그의 뺨을 문지를 것이다.

몇 주 후 크리스마스에 파리를 찾기로 한 아버지가 떠올랐다. 그때까지 미셸과 내가 함께일지 궁금했다. 아버지에게 그를 소개해 주고 의견을 듣고 싶었다. 아버지와 미란다는 아이도 데려오겠다고 약속했다. 그러면 남동생은 두 번째 보는 거였다. 그들을 여기 내 카페로 데려와야지. 그때까지 미셸이 내 인생에 있다면 미란다와 나는 편안하게 뒤로 물러나 앉아 서로 누가 더 젊은지 가늠해 보는 두 남자의 모습을 지켜볼 것이다.

나는 약간 멍한 상태로 하루를 보냈다. 학생 셋 정도와 함께 하는 수업 준비를 겨우 수업 시작 15분 전에 했다. 점심에는 그날 약속된 저녁 식사와 싱글 몰트, 견과류와 짭짤한 비스킷, 그가 수건을 두 장씩 준비해 줄 순간만을 떠올렸다. 그는 오늘 밤에도 친절할까, 아니면 내가 모르는 사람으로 변할까? 내 옷장에서 가장 좋은 셔츠가 다림질되어 있었으면 했다. 다행히 잘 다려져 있었다. 넥타이를 할까 생각하다가 하지 않기로 했다. 머리를 빗었지만 그가 손으로 이마를 덮은 내 머리를 빗겨 줄 순간만이 기다려졌다. 나가는 길에 구두수선점에 들러 구두를 광나게 닦았다.

*나 행복한 것 같아요.* 그에게 말할 생각이었다. *나 행복한 것 같아요.* 세 번째 만남에서 하면 안 되는 말인 걸 알지만 상관없었다.

말하고 싶었다.

레스토랑에 도착했는데 그가 보이지 않았다. 그의 성을 모른다는 사실을 깨닫는 순간 엄청난 당혹감이 밀려왔다. 미셸을 혹은 무슈 미셸을 만나러 왔다고 말할 수는 없는 노릇이었다. 엄청난 굴욕감이 밀려들 말을 입 밖으로 내기 전에 나를 알아본 웨이터가 사흘 전 우리가 앉았던 테이블로 안내해 주었다. 그때 깨달았다. 미셸은 부정했지만, 웨이터가 약간 당황한 듯한 표정으로 레스토랑에 들어온 젊은 남자가 그의 손님인 걸 단번에 알아보고 도와준 적이 나 말고도 한두 번이 아니라는 것을. 약간 짜증이 났지만 뒤끝을 남기거나 감정이 곪아 터지게 두지 않기로 했다. 어쩌면 나만의 착각일 수도 있었다. 정말 그런지도 모른다. 문가에서 다섯 걸음도 떨어지지 않은 테이블로 안내되어 보니 그가 이미 자리에 앉아 식전주를 마시고 있었으니까. 당황한 나머지 그가 줄곧 나를 쳐다보고 있었다는 사실을 알아차리지 못한 것이다.

우리는 포옹을 했다. 나는 참지 못하고 불쑥 말했다. "1년 중 가장 멋진 하루를 보냈어요."

"어째서?" 그가 물었다.

"아직도 이유를 알아내지 못했지만 어젯밤과 관계가 있는 것 같아요."

"난 어젯밤 *그리고* 오늘 아침도." 그가 미소 지었다.

아침에 급하게 나눈 두 번째 섹스가 좋았다는 표현을 망설이지 않는 게 좋았다. 그의 분위기와 미소, 모든 것이 좋았다.

잠깐의 침묵이 흐르고 나는 또 참지 못했다. "당신은 멋져요. 전부터 말하려고 했는데 당신은 정말 멋져요."

냅킨을 펼치는 순간 깨달았다. 식욕이 사라졌다. "배가 전혀 안 고파요."

"이제 멋진 사람은 너야."

"왜요?"

"나도 배가 안 고픈데 말하지 않으려고 했거든. 그냥 집에 가자. 간식을 먹든가 하지. 싱글 몰트?"

"싱글 몰트 좋아요. 견과류랑 짭짤한 것도?"

"물론 견과류랑 짭짤한 것도."

그가 수석웨이터를 불렀다. "셰프에게 미안하지만 생각이 바뀌었어요. *À demain*(내일 봐요)."

우리는 집에 도착했고 술이나 간식은 잊어버리기로 했다. 옷을 바닥에 벗어 던지고 샤워도 생략하고 곧장 침대로 갔다.

그 주 목요일에도 같은 레스토랑에서 9시에 만났다.

금요일에는 점심을 먹었다.

저녁 식사도 같이 했다.

토요일 아침 식사 후 그는 시골로 드라이브하러 갈 거라면서 나도 얼마든지 환영이라고 했다. *한가하다면 말이야,* 라고 덧붙였다. 나에게 자신과의 만남 외에 다른 삶이 있음을 받아들일 준비가 되었고, 누구랑 언제 어디에서 무엇을 왜 하는지 묻지 않겠다는 걸 보여 주려는 듯 신중하고 거들먹거리지 않으면서도 약간 반어적인 느낌이 묻어나는 어조였다. 하지만 이왕 말이 나왔으니 끝까지 가 보자는 생각이 든 모양이었다.

"우리 일주일 기념 연주회에 맞춰서 일요일 저녁에 돌아와도 되겠다."

그가 약간 불편해하는 이유가 뭔지 알 수 없었다. 주말을 같이 보내자는 제안을 하고 있어서인지, 우리에게 벌써 축하해야 할 기념일이 생겼다는 사실을 대놓고 인정해서인지. 그는 평상시의 신중한 태도로 상황을 정리하며 덧붙였다. 함께 간다고 하면 내 아파트까지 데려다주겠다고, 밤에는 추우니까 차에서 기다리는 동안 따뜻한 옷가지를 챙겨 나오면 바로 출발하자고.

"어디예요?" *당연히 가죠*, 라고 말하는 내 성급한 방식이었다.

"시내에서 한 시간 정도 걸리는 곳에 집이 있어."

나는 농담으로 신데렐라가 된 기분이라고 했다.

"어째서?"

"자정을 알리는 시계는 언제 울리죠? 신혼여행은 언제 끝나죠?"

"끝날 때까지 끝나지 않아."

"유통 기간이 있나요?"

"제조업자들이 아직 유통 기간을 안 정했어. 그러니까 우리 마음이지. 그리고 우린 다르니까."

"누구한테나 그렇게 말하는 거 아니에요?"

"그렇지. 실제로 그랬고. 하지만 너와 나는 아주 특별한 관계이고 나한테는 정말로 흔한 일이 아니야. 네가 허락한다면 주말에 증명해 보이고 싶어."

"그럴듯한 이야기네요." 둘 다 웃음을 터뜨렸다.

"역설은 이거야. 내가 성공적으로 증명하고 난 뒤에 우린 어떻게 될까 하는 거지." 그가 나를 바라보았다. "네가 관심 없을지도 모르지만 난 그게 너무 무서워."

좀 더 자세히 설명해 달라고 할 수도 있었지만, 서로가 들어가고 싶지 않은 영역으로 이어질 수도 있다는 생각이 들었다.

한 시간이 더 걸려서 도착한 그의 집은 거대한 브라이즈헤드 성이 아니었지만 담쟁이넝쿨로 뒤덮인 시골집 하워즈 엔드도 아니었다.

"내가 자란 집이야." 그가 시골집을 소개했다. "크고 낡았고 항상, 항상 춥지. 자전거들도 네 것과 달리 곧 부서질 것처럼 낡았어. 숲을 지나서 호수가 있는데 난 그 호수를 좋아해. 거기서 재충전을 하지. 좀 이따가 주변을 구경시켜 줄게. 참, 오래된 스타인웨이 피아노도 있어."

"잘됐네요. 조율된 거예요?"

그는 약간 당황한 표정을 지었다. "내가 직접 했어."

"언제요?"

"어제."

"물론 아무 이유 없이 그냥 한 거겠죠."

"응, 아무 이유 없이."

둘 다 미소 지었다. 이렇듯 문득문득 가깝다고 느껴지는 눈부신 순간마다 외치고 싶어졌다. *누군가와 이런 적 정말 오랜만이야.*

한쪽 팔로 그의 어깨를 감쌌다. "내가 올 걸 알았던 거예요."

"안 게 아니야. 바란 거지."

그는 집 주변을 보여 준 다음 커다란 응접실로 데려갔다.

우리는 안으로 들어가지 않고 마치 벨라스케스가 두 명의 군주를 그리는 모습을 구경하는 두 사람처럼 문가에 서 있었다. 커다란 페르시안 러그를 깔아 놓은 나무 바닥이 수년 동안 광을 낸 덕분인지 금색으로 빛났다. 왁스광택제 냄새가 났다.

"평생 못 잊을 거야. 가을에 새 학년이 시작되고 주말을 보내러 오면 이 집이 얼마나 외로웠는지. 그땐 일요일만 되면 비가 내리는 것 같았어. 오전 9시부터 시작하여 겨울이 올 때까지 절대 멈추지 않는 비. 우린 오후 4시에 축 처진 상태로 차 안에서 아무 말도 하지 않은 채 파리로 돌아갔지. 부모님은 서로를 싫어했는데 절대 입 밖으로 말하진 않았어. 그나마 기뻤을 때는, 아니 기쁨보다 안도감이었지만, 일요일 저녁 파리 아파트에 도착해 문을 열고 들어가서 불을 하나씩 켜고, 콘서트에 갈 시간이 다가오고, 삶이 다시 제자리를 찾을 때였지. 그러면 내 온 세상은 학교 숙제와 저녁 식사라는 이름, 어머니라는 이름, 침묵과 외로움이라는 이름 그리고 최악의 끝없는 유년기라는 이름의 혼수상태에서 깨어났지. 이 집에서 내가 보낸 유년기나 사춘기 같은 건 아무도 겪지 않았으면 좋겠다 싶었지. 사는 게 병원 진료 대기실에서 아무리 기다려도 내 차례가 오지 않는 것처럼 느껴졌거든." 그가 내 미소를 보았다. "내가 여기서 한 거라곤 숙제와 자위밖에 없어. 이 커다란 저택에서 내가 숙제를 해 보지 않은 방은 없을걸."

"그리고 자위도요."

둘 다 웃음을 터뜨렸다.

우리는 다이닝룸에서 간단하게 아주 소박한 점심을 먹었다. 추측하건대 그는 토요일 오전 느지막이 이 집에 와서 일요일 오후에 떠나는 듯했다. "습관이야." 그가 설명했다.

커다란 집은 L자 모양이고 정면은 18세기 후반의 팔라디오풍이었다. 굉장히 꾸밈없고 간소해서 예측 가능한 대칭이 단조롭게 느껴질 정도인데, 그래서 절제되었지만 따뜻한 우아함이 느껴졌다. 건물에 붙은 불가사의한 직각 별채의 은밀한 공간에는 사방이 에워싸인 잘 가꾼 이탈리아식 정원이 들어 있었다. 돌출 창문이 달린 맨사드 지붕(mansard roof, 2단으로 경사진 지붕—옮긴이)을 보자마자 훗날 내 연인이 되는 외로운 소년이 책상에 앉아 열심히 숙제하면서 온갖 야한 생각을 떠올리는 모습이 그려졌다. 소년이 안쓰러웠다. 그는 어머니가 항상 숙제 거리를 가져가라고 했으며 이곳에서는 달리 할 일도 없고 즐거운 일은 더더욱 없었다고 말했다.

나는 그의 학창 시절을 물었다. 그는 리세 J(Lycée J, 프랑스의 고등학교 과정—옮긴이)를 나왔다고 했다. "정말 싫었지. 그래도 아버지가 가끔 학교에 들러서 몇 시간 동안 데리고 나갔어. 둘만의 비밀로 하고서 말이야. 아버지도 거기 출신이었지. 평일에 그 동네를 돌아다니고 상점을 들락거리면 나에겐 허락되지 않은 활기 넘치는 어른의 세계로 슬쩍 들어가는 느낌이었어. 아버지한테는 내 작은 세계에 슬쩍 들어와 고교 시절로 돌아갈 수 있는 시간이었겠지. 결국 그 시절이 영원히 지나갔다는 사실에 아버진 감사했겠지만. 내가 학교를 싫어하는 것도 무리는 아니라고 했어. 어느 날 오후에 빈 교실을 보여 주었더니 전쟁 이전하고 조금도 변하지 않았다며 당황하더군. 코끝을 찌르는 듯한 오래된 나무 책상 냄새도 여전하고, 소년의 야한 생각을 모조리 질식시킬 것만 같은 오후의 탁한 빛줄기가 냄새나는 갈색 교실의 갈색 책상에 쌓인 먼지에 비스듬히 내려앉은 것도 똑같다고."

"아버지가 그리워요?"

"그립냐고? 그렇진 않아. 8년 전에 돌아가신 어머니와 달리 아버지는 내 안에서 돌아가시지 않았거든. 그냥 옆에 없는 거지. 어느 날 갑자기 마음이 변해서 어딘가의 뒷문으로 슬쩍 돌아올 것 같은 느낌이 들 정도야. 그래서 난 아버지의 죽음을 애도하지 않았어. 아직 살아 있으니까. 다른 곳에." 그는 잠시 생각에 잠겼다가 말을 이었다. "아버지 물건도 거의 그대로 보관하고 있어. 넥타이, 라이플, 골프채, 오래된 나무 테니스 라켓까지. 기념품처럼 보관하는 거라고 생각했지. 아버지의 스웨터 두 벌을 아버지의 체취가 사라지지 않도록 비닐봉지에 넣어 묶어 놓았으니까. 죽음을 거부하는 게 아니라 소멸을 거부하는 거야. 옛날식 장선으로 만든 틀어진 나무 테니스 라켓을 내가 사용할 일은 없겠지. 이제는 자식까지 있는 아들과 사이가 좋지 못한 게 애통한 가장 큰 이유는 내가 훌륭한 할아버지가 될 자신이 있어서가 아니야. 아들이 우리 아버지를 만났고 나처럼 사랑했다면 오늘 같은 11월 어느 날에 아들과 함께 앉아 아버지를 추억할 수 있을 텐데, 아버지를 함께 추억할 사람이 없어."

"그 역할을 내가 할 수 있을까요?" 내가 너무도 순진하게 물었다.

그는 대답하지 않았다.

“하지만 이건 말하고 싶어. 30년 가까이 지난 지금 유감스러운 일이 하나 있다면 아버지가 너를 만나지 못했다는 거야. 오늘은 그 사실이 나를 무겁게 짓누르는군. 내 인생의 연결고리 하나가 빠진 것처럼. 왜 그런지 모르겠어. 그래서 이번 주말에 널 여기 데려오고 싶었나 보다.”

그의 부모님을 만나기에는 너무 이른 것 아니냐고 말하려 했다. 생각만으로 미소가 지어졌지만 아무 말도 하지 않기로 했다. 이 순간에 어울리지 않는 모순된 말이라서가 아니었다. 그의 부모님을 만나기에, 아니 부모님에 대한 이야기를 듣기에 너무 적절한 때라고 내 마음의 목소리가 말했기 때문이다.

“좀 겁나네요. 아버지가 허락하지 않으면 탈락이라는 뜻이잖아요. 당신 아버지를 절대로 만날 수 없을 테니 난 탈락인가요?”

“틀렸어. 아버진 허락할 거야. 내가 이번 주 내내 행복했다는 걸 알면 아버지는 기뻐했을 거야.” 그가 잠깐 말을 멈췄다가 조심스레 물었다. “네 또래한테는 너무 큰 부담인가?”

나는 고개를 저으며 미소 지었다. *나와 내 또래를 완전히 잘못 짚었어요*, 라는 뜻이었다.

“내가 아버지 이야기를 너무 주절거렸네. 아버지에게 집착한다고 생각하겠지. 하지만 난 아버지 생각을 거의 안 해. 꿈은 꾸지. 보통은 위안이 되는 기분 좋은 꿈이야. 웃긴 건 아버지가 이미 널 안다는 거야. 피아노 바를 찾아다니지 말고 곧장 음악학교로 가라고 인도해 준 게 아버지였거든. 내 무의식이 아버지를 통해 이야기하나 봐."

"아버지가 아니었어도 나를 끝까지 찾았을 건가요?"

"아닐 거야."

"그랬다면 정말 아까웠을 거예요."

"이번 주 일요일 연주회에 오려고 했어?"

"그건 이미 물어봤잖아요."

"대답하지 않았잖아."

"알아요."

그는 *내 말이 그거야*, 라는 듯 고개를 끄덕였다.

점심을 먹고 나서 그가 피아노를 쳐 보겠는지 물었다. 피아노에 앉아 짧은 화음 몇 개를 치면서 시험해 보았다. 분위기가 너무 무거운 것 같아 〈젓가락행진곡(Chopsticks)〉을 치기 시작했다. 그가 웃었다. 뭐에 씐 것처럼 〈젓가락행진곡〉을 즉흥적으로 연주하다가 최근 리날도 알레산드리니가 작곡한 샤콘(chaconne, 16세기 에스파냐에서 생겨난 느린 템포의 4분의 3박자의 춤곡으로, 바로크 시대의 대표적인 기악 변주곡—옮긴이)을 옛날식으로 연주하기 시작했다. 훌륭한 연주였다. 그를 위한 연주니까. 가을에 어울리는 곡이니까. 이 오래된 집, 미셸 안에 자리한 소년 그리고 내가 지우고 싶은 우리 사이의 세월에 울림을 주었으니까.

연주를 멈추고 내 나이 때 정확히 무엇을 했는지 물었다.

"아버지의 법률사무소에서 일했을 거야. 정말 불행했지. 일이 싫어서였기도 하지만 내 인생에 아무도 없어서. 특별한 사람이 아무도 없어서. 가벼운 만남……밖에."

그가 갑자기 마지막 섹스가 언제인지 물었다.

"웃지 않겠다고 약속할래요?"

"그래."

"작년 11월."

"1년 전이잖아."

"하지만 그것도……." 나는 말을 끝맺지 않았다.

"내가 이 집에 마지막으로 누굴 데려온 게 네 나이쯤이었을 거야. 여기서 하루를 보내고 다시는 못 만났어." 그는 하려던 말을 멈추었다. 내가 무슨 생각을 할지 곧바로 알아차린 모양이었다. 그가 이곳에 연인을 데려왔을 때 나는 아직 태어나지도 않았다고. 그는 주제를 바꾸려고 덧붙였다. "방금 한 연주는 아버지도 좋아했을 거야."

"아버지가 왜 피아노를 그만둔 거죠?"

"영영 알 수 없겠지. 나에게 딱 한 번 연주해 주신 적이 있어. 내가 열다섯인가 열여섯이었을 거야. 몹시 어려운 곡이라고 했지. 아버지는 이미 내가 음악에 소질이 없다고 완전히 포기한 상태였어. 그때 어머니는 파리에 있었는데 바로 이 피아노에 앉아 짧은 곡을 연주해 주었지. 리스트의 〈*빌헬름 텔 성당*(La Chapelle de Guillaume Tell)〉이었고 정말 훌륭했어. 아버지가 훌륭한 피아니스트라는 걸 단번에 알 수 있었어. 연미복 차림으로 피아노에 앉아 있거나 관객들에게 서서 인사하는 아버지는 사진으로 많이 봤지만 피아니스트 아버지의 삶을 정면으로 마주한 적은 한 번도 없어. 닫힌 문이었어. 아버지가 왜 피아노를 그만두었는지, 왜 말조차 꺼내지 않았는지 절대로 답을 알 수 없겠지. 지난밤에 아버지가 피아노 치는 소리를 들은 것 같다고, 집 끄트머리 쪽에서 내 방까지 피아노 소리가 흘러 들어왔다고 말한 적도 있는데 부정했거든. "레코드 소리였을 거다."라고. 그런데 그날 딱 한 번 리스트의 곡을 연주하곤 '마음에 드니?'라고만 물었지. 뭐라고 말해야 좋을지 알 수 없었어. '아버지가 정말 자랑스러워요.'라고 중얼거렸을 뿐이야. 내 입에서 그런 말이 나올 줄은 예상도 못 했겠지. 몇 번 고개를 끄덕였을 뿐이지만 감동한 게 보였어. 그렇게 아버지는 피아노를 닫았고 다시는 내게 연주해 주지 않았어."

"아리송하네요."

"하지만 아버지는 폐쇄적인 사람이 아니었어. 여자 이야기도 자주 했지. 특히 내가 10대 중후반일 때 성당 연주회가 끝나고. 음악 이야기를 하다가 사랑 이야기나 젊은 시절에 알았던 여자들 이야기로 샜거든. 그리고 쾌락이라는 무형의 개념에 대해 이야기했지. 쾌락은 누구든 쉽게 꺼낼 수 없는 주제잖아. 연주회가 끝나고 집으로 돌아가는 길에 아버지와 나눈 대화가 쾌락과 욕망에 대해 많은 걸 가르쳐 주었지. 그런 주제를 제대로 가르쳐 줘야 하는 책임이 있는 사람들보다 더. 아버지는 쾌락을 추구하는 남자였어. 하지만 어머니하고 쾌락을 추구하진 않았을 거야. 언젠가 직접 들려준 말이거든. 다리 사이로 들어가 몇 분간 흔들어 댄 후에 전보다 더 외롭게 만드는 여자보다 돈을 주고 다시는 볼 일 없는 여자와 30분을 보내는 게 훨씬 낫다는 거야. 원래 말을 그런 식으로 했어. 유머 감각이 있었지. 한번은 연주회가 끝나고 성당을 나와서 어른들끼리 하는 일을 쉽게 가르쳐 주는 여자가 있는 곳을 아는데 원하면 알려 주겠다고 하는 거야. 호기심도 생겼지만 겁이 났어. 아버지는 어디로 가서 누굴 찾으라고 말해 준 뒤 돈까지 넉넉히 줬지. 일주일 후 다시 돌아온 일요일 밤에 우린 또 함께 웃었어. 아버지는 '그래서 했니?'라고 물은 게 전부였어. 난 '했어요.'라고 대답했지. 그 일로 우린 더 가까워졌고. 몇 주 후 아버지가 전혀 알지 못할 종류의 다른 쾌락을 찾았어. 지금 생각해 보면 아버지한테 말하지 않은 게 후회스러워. 하지만 그 시절에는……." 그는 말을 끝내지 못했다.

그가 산책하러 가겠는지 물었다.

좋다고 했다.

미셸은 예전에 개를 키웠고 함께 기나긴 산책을 하다가 어둑해지면 돌아왔다고 했다. 하지만 그 개가 죽은 후로 다른 개를 키우고 싶은 마음이 들지 않았다고 말했다. "죽기 전에 많이 고통스러워해서 안락사를 선택했어. 다시는 그런 상실감을 겪고 싶지 않아."

나는 묻지 않았다. 하지만 내 묻지 않는 모습이 그에게는 질문을 떠올렸다는 경고가 되었을 것이다.

우리는 곧 숲에 이르렀다. 그가 호수를 보여 주겠다고 했다. "코로가 생각나는 호수야. 여긴 항상 초저녁이고 영원히 해가 들지 않거든. 코로는 그림에서 뱃사공의 보닛에 항상 붉은색을 살짝 넣었지. 절대로 눈이 내리지 않는 우울한 11월 들판의 잔가지 같은 웃음소리처럼. 어머니가 생각나. 항상 울 것 같으면서도 절대로 우는 법이 없었어. 하지만 이 풍경을 보면 행복해져. 나보다 너 우울해 보여서 그런가 봐."

호수에 도착했을 때 내가 물었다. "여기가 당신이 재충전하는 곳인가요?"

"바로 그곳이지!" 그는 내가 놀리는 걸 알았다.

풀밭에 앉으려고 했지만 축축해서 호숫가를 어정거리다가 돌아섰다.

"어떻게 말해야 할지 모르겠네. 여기 오자고 한 이유가 있어."

"내 외모와 젊음, 빛나는 지성, 하물며 근육질 몸매 때문이 아니란 말인가요?"

그는 나를 껴안고 갈망하듯 키스했다.

"당연히 너하고 관계있지. 하지만 정말 놀라운 일이 기다리고 있어. 장담해."

날이 흐려지기 시작했다.

"정말 코로의 세상에 온 거 같지 않아? 항상 구슬프지. 하지만 기분은 좋아져. 어쩌면 너하고 같이 있어서인지도 모르고."

"당연히 나하고 같이 있어서죠." 그는 또 내 짓궂은 장난을 알아차렸다. "아니면 나도 행복해서 그럴지도 몰라요."

"정말 행복해?"

"숨기려고 하는 중인데 모르겠어요?"

그는 한쪽 팔로 나를 감싸고 뺨에 키스했다.

"그만 돌아가야겠다. 칼바도스 한잔도 나쁘지 않겠어."

돌아가는 길에 그가 이제 내 가족 이야기를 할 차례라고 말했다. 자기만 부모 이야기를 잔뜩 늘어놓았으니 이제 나에게도 똑같은 시간을 주기 위해서일까. 나는 할 말이 별로 없다고 했다. 아버지와 어머니 모두 아마추어 음악가여서 나는 두 분 꿈의 정점에 이른 셈이라고. 대학 교수인 아버지는 첫 번째 피아노 교사였는데 여덟 살 때 내 재능이 자신을 넘어선다는 사실을 깨달았다. 우리 셋은 유난히 사이가 좋았다. 부모님은 나에게 반대하거나 내가 틀렸다고 말한 적이 한 번도 없었다. 나는 조용한 아이였고 열여덟 살쯤 내 성향을 종잡을 수 없다는 사실이 분명해졌다. 처음에는 알리지 않았지만 다른 부모들은 암시조차 꺼리는 문제를 편안하게 꺼낼 수 있도록 해 준 아버지한테 언제까지나 감사한 마음이다. 부모님은 내가 대학에 들어가고 헤어졌다. 두 분은 몰랐겠지만 나는 관심사도 살아온 삶도 어울리는 친구도 다른 두 분을 묶어 준 연결고리였다. 어머니는 아버지를 만나기 훨씬 전에 알았던 사람과 우연히 재회하여 그와 함께 밀라노로 떠났다. 아버지는 새로운 만남을 아예 포기하고 살다가 몇 년 후 누군가를, 그것도 기차에서 만났고 아이도 낳았다. 나는 이복 남동생인 그 아이의 대부이기도 하다. 한마디로 모두가 행복하다고 할 수 있다.

"내 이야기를 했어?" 그가 물었다.

"네. 목요일날 아버지가 전화했을 때 말했어요. 미란다도 알아요."

"내가 너보다 훨씬 연상이라는 것도?"

"네. 아버지도 우연찮게 미란다보다 나이가 두 배 많거든요."

그는 잠깐 아무 말이 없었다.

"내 얘길 왜 했어?"

"중요하니까요. 그게 정말 중요하냐고 묻지는 말아요."

우리는 걸음을 멈추었다. 그는 떨어진 나뭇가지에 신발을 문질러서 떼어 낸 새순으로 신발을 닦고서 나를 바라보았다.

"넌 내가 지금까지 만난 사람 중에서 가장 아끼는 사람으로 자리할 거야. 나를 상처 입히고 비탄에 빠뜨릴 수도 있다는 얘기지. 네 또래도 이런 식으로 얘기해?"

"내 또래 타령은 그만 해요! 이런 얘기도 그만 하고요. 우린 서로 상처 주지 않을 거예요. 이런 얘기는 나를 화나게 만들 뿐이에요."

"이제부턴 말하지 않을게. 네가 아는 사람들은 전부 어려운 말을 써?"

또 시작이라는 예감이 들었다. "제발 날 안아 줘요. 그냥 날 안아 줘요."

그가 두 팔로 나를 꽉 껴안았다.

우리는 팔짱을 끼고 침묵 속에서 다시 걸었다. 내가 신발에 들러붙은 진흙을 긁어내기 전까지. "역시 코로의 세상답군요!" 내 말에 우리 둘 다 웃음을 터뜨렸다.

집에 도착해 그가 말했다. "주방을 보여 주고 싶어. 옛날 그대로야."

우리는 넓은 주방으로 들어갔는데 집주인들이 앉아서 커피나 달걀을 먹을 만한 곳은 분명히 아니었다. 벽에 갖가지 냄비와 프라이팬이 걸려 있었지만 최신 잡지와 인테리어 카탈로그에서 보듯 세련되게 널브러진 프랑스 시골풍은 아니었다. 구석구석 굉장히 오래되어 제 기능을 못했으며 이를 고스란히 드러내고 있었다. 주방을 둘러보다가 전기 배선과 수도 파이프가 수십 년 혹은 그 이상 된 터라 다 뜯어내 교체해야 할지도 모른다는 생각이 들었다.

우리는 주방에서 응접실로 갔다. 그가 작은 앤티크 보관장을 열어 술을 꺼냈다. 브랜디 잔도 두 개 꺼내서 손잡이에 손가락을 끼워 한 손으로 들었다. 그 동작이 마음에 들었다.

"아무도 본 적이 없는 걸 보여 줄게. 독일군이 이 집을 떠나고 얼마 후 우리 아버지 손에 들어온 물건이야. 나는 20대 후반이고 아버지가 혼수상태에 빠지기 며칠 전이었어. 남은 시간이 없다는 걸 아버지도 알았지. 다들 바보처럼 아니라고 설득하려 하지 않았어. 둘만 있을 때 아버지가 이 작은 나무 보관장을 열어 커다란 가죽 폴더를 꺼내라고 하는 거야. 폴더에 든 물건은 나보다도 젊었을 때 손에 넣은 거라고 하더군."

"뭐가 들었는데요?" 내가 봉투를 든 채 물었다.

"열어 봐."

나는 소유 증서나 유언장, 증명서, 낯뜨거운 사진 같은 게 들어 있을 줄 알았다. 하지만 2절 크기의 가죽 폴더에서 나온 건 반투명 양면 용지에 그린 악보 여덟 장이었다. 자가 없었는지 손으로 불안정하게 그린 오선이었다. 앞에는 *레옹이 아드리앵에게, 1944년 1월 18일,* 이라고 적혀 있었다.

"아드리앵은 아버지 이름이야. 아버진 내게 이것에 대해 아무런 설명도 하지 않았지. 이렇게만 말했어. '비리지 말고 기록보관소나 도서관에도 주지 말고 어떻게 써야 하는지 제대로 아는 사람에게 주렴.' 마음이 아팠지. 그렇게 말하는 아버지의 표정에서 아버지 삶에도 내 삶에도 이걸 줄 만한 사람이 없다는 걸 알 수 있었거든. 아버지는 내가 그쪽이라는 것도 알았던 것 같아. 그냥 알았던 것 같아. 이상하지. 아버지가 죽음을 앞둔 사람 특유의 뭔가를 찾는 듯한 깊은 눈으로 나를 바라보는데 사랑과 실망, 오해, 곁눈질로 힐끗 쳐다보던 순간 등 우리 사이의 모든 것이 녹아 버리는 거야. 아버지는 '누군가를 찾아라.'라고 했어. 물론 난 악보를 보는 순간 어쩔 줄 몰랐지. 피아노를 몇 년 쳤을 뿐 클래식 음악을 전혀 모르니까. 아버지도 강요하지 않았고. 그래서 굳이 이 악보에 신경 쓰지 않았어. 그런데 내가 악보를 보고 정말로 당황한 이유가 또 있었어. 나는 악보에 적힌 날짜보다 20년 늦게 태어났는데 내가 만나 보지도, 들어 보지도 못한 사람이 내 중간 이름과 같은 레옹이라니. 아버지한테 이 남자가 누구냐고 물었지만 멍한 표정으로 손사래를 치며 너무 긴 이야기라고 하는 거야. 피곤하니까 말하지도 생각하지도 않는 게 낫겠다고. '네가 기억하게 만드는구나. 난 기억하고 싶지 않다.' 모르핀 때문에 정신이 흐려졌는지, 평상시 민감한 문제를 피할 때마다 *말하지 않는 게 낫겠구나,* 라고 하던 습관이 또 나온 건지 알 수 없었어. 한마디만 하면 판도라의 상자가 열린다고 경고하면서 그렇게 말했거든. 내가 계속 물어봤다면 아버지는 또 무표정하게 그 퉁명스러운 손짓을 했겠지. 아버지가 애걸복걸하는 사람들을 자르는 방법이었거든. 그래도 다시 물어보려고 했는데 악보에 대해 잊어버리고 아버지 상태도 나빠져서 신경 쓸 겨를이 없었어. 지금 생각해 보면 아버지가 병이 깊어지는 중에도 버틴 건 어머니 몰래 악보를 건네줄 틈을 찾아야 했기 때문 아닐까 싶을 정도야. 아버지가 돌아가시고 몇 달 후에 알아봤지만 외가에도 친가에도 레옹이라는 이름은 없었어. 결국은 어머니한테 '레옹이 누구예요?' 물어봤지. 어머니는 황당하고 재미있다는 표정으로 쳐다보더군. '너잖니.' 레옹이 또 있느냐고 물었지. 없다고, 레옹이라는 이름은 아버지가 지었다고 대답했어. 두 분이 이름 때문에 싸우기도 했다면서. 어머니는 재산을 물려준 조부의 이름을 따서 미셸이라 짓고 싶었는데 아버지가 레옹을 고집했대. 결국 어머니가 이겼고. 양보하는 의미로 레옹은 중간에 넣기로 한 거지. 날 레옹으로 부르는 사람은 아무도 없었지만. 어머니가 레옹이나 악보의 존재를 정말 모를 수도 있다는 생각이 들었어. 어머니가 악보를 봤다면 레옹이 누구냐 물었을 거고 대답을 들을 때까지 포기하지 않았을 테니까. 어머니 성격이 그랬거든. 어디에 관심이 쏠리면 공격적이고 확고했지. 나더러 변호사가 되라고 고집한 것도 어머니야. 어머니를 거스를 수가 없었지.

아버지가 돌아가신 후 집에서 일하는 사람들한테 물어보니 늙은 하인이 기억나는 레옹이 있다는 거야. *Léon le juif*, 유대인 레옹. 우리 집에서 그를 그렇게 불렀대. 유대인을 싫어한 할아버지부터 요리사, 여자 청소부들까지. 그 늙은 요리사는 '그런데 그건 아주 오래전이에요. 도련님의 부모님이 만나기도 전인데.'라고 했어. 더 알아내기는 어려울 것 같아서 일단 보류했지. 너무 파고드는 것처럼 보이지 않도록 나중에 다시 물어봐야겠다고 생각하면서. 나중에 독일군이 우리 집을 점령했을 당시에 관해 물어봤어. 그 시절 이야기를 꺼내면 다시 레옹 이야기로 이어질 테니까. 그런데 요리사 말로는 독일군이 팁도 후하고 우리 가족을 존중해 준 *de vrais gentlemen*(진정한 신사들)이었다는 거야. 내가 레옹에 관해 물어본 걸 기억하고는 그 늙은 유대인하고는 달랐다고 했어. 요리사는 우리 집에서 레옹을 아는 마지막 사람인데 아버지가 돌아가시자 은퇴하고 북부로 돌아가 사라졌어. 길이 끊겨 버렸지. 어머니가 돌아가시고 집안의 문서를 정리했지만 그 유대인에 관한 건 없었어. 아버지가 왜 악보에 자물쇠를 채워 보관했고, 내가 왜 레옹이라는 이름을 가졌는지 이해되지 않았어. 나와 이름이 같은 레옹은 어떻게 됐을까? 아버지의 젊은 시절 일기나 학교 기록 같은 게 있으면 좋을 텐데 아버지는 일기를 쓰지 않았어. 아버지의 문서 중에 졸업증과 자격증, 엄청나게 많은 악보가 있긴 했어. 일부는 너무 낡아서 손대자마자 바스러졌지. 이상한 말이지만 난 아버지가 그 악보들을 보는 모습을 본 적이 없어. 가끔 라디오에서 피아노 연주를 듣고 비판하기는 했지. '레밍턴 타자기를 치는 것 같다.' 세계적으로 유명한 피아니스트한테 '훌륭한 피아니스트지만 형편없는 음악가군.' 그랬다니까. 법조계로 전향한 후 아버지가 어떻게 변했는지, 음악가의 길을 왜 포기한 건지 전혀 몰라. 더 직설적으로 말하자면 아버지라고 생각한 남자의 진짜 모습을 알지 못했어. 변호사는 알았지만 피아니스트는 본 적도 만난 적도 같이 산 적도 없는 거지. 그 피아니스트를 알지도 못하고 이야기를 나누지도 못했다는 사실이 아직도 날 괴롭혀. 내가 아는 아버지는 아버지의 두 번째 자아였어. 사람에게는 첫 번째 자아와 두 번째 자아가 있다고 생각해. 세 번째, 네 번째, 다섯 번째, 그 중간에 여러 가지가 있을지도 몰라."

"내가 지금 말하고 있는 사람은 누구죠? 두 번째, 세 번째 아니면 첫 번째 당신?" 내가 물었다.

"두 번째인 것 같네. 나이 때문이지. 널 더 젊은 시절의 나와 만나게 해 주고 네 또래의 내가 널 이 집에 데려왔다면 얼마나 좋을까 싶은 마음도 간절해. 아이러니하게도 너랑 있으면 내 나이가 아니라 네 나이를 느껴. 분명 대가를 치러야만 하겠지."

"당신은 비관주의자예요."

"그럴지도. 젊은 나는 서툴러도 거침이 없었어. 나이 든 나는 좀 더 소박하고 조심스러워서 두 번 다시 있을 수 없을까 봐 두려운 일에 뛰어들기를 주저해. 아니, 더 절박하다고 할까."

"지금 내가 여기 있잖아요."

"그래. 하지만 얼마나 오래 갈까?"

나는 대답하지 않았다. 미래의 문제는 일부러 피하려는 것이었다. 그래서 그는 자기 말이 더 바보 같다고 느꼈을지도 모른다.

"오늘은 어제와 목요일, 수요일처럼 내겐 선물이었어. 널 아예 만나지 못했을 수도, 다시 마주치지 못했을 수도 있었잖아."

뭐라고 말해야 할지 몰라 그저 미소를 지어 보였다.

그는 나와 자신에게 두 잔째 칼바도스를 따랐다. "네가 좋아했으면 좋겠어."

나는 고개를 끄덕였다. 싱글 몰트를 처음 마셨을 때처럼.

"운명은, 만약 존재한다면 말이야, 이상한 패턴으로 우릴 놀려. 어쩌면 패턴이 아니라 아직 헤아리는 중인 남은 의미를 암시하는 걸 수도 있지. 우리 아버지, 네 아버지, 피아노, 그래, 항상 빠지지 않는 피아노 그리고 너, 내 아들 같으면서도 아들 같지 않은 너, 너와 나의 삶에 엮인 유대인이라는 실, 이런 것들을 보면 우리 삶은 생각보다 몇 층이나 더 깊은 발굴 현장 같다는 생각이 들어. 어쩌면 아무것도 아니거나. 어쨌든 난 이 악보를 너에게 넘길 거야. 오늘 저녁 메뉴가 뭔지 가서 알아봐야겠다. 한번 보고 어떤지 말해 줘. 잊지 마. 넌 이 악보를 본 정말, 정말 몇 안 되는 사람이라는 걸."

그는 조용히 문을 닫았다. 내가 하려는 일이 막대한 집중력이 필요해서 절대로 방해하고 싶지 않은 것처럼.

방에 혼자 있으니 좋았다. 크지만 친밀함이 느껴졌고 뒤쪽의 낡고 두툼한 커튼 냄새마저 좋았다. 오래된 마호가니 벽 패널과 검붉은 러그, 군데군데 뜯긴 낡은 가죽 안락의자, 훌륭한 칼바도스도 좋았다. 모든 게 오래되었고 다음 세대로 전해져 내려와 미래의 시간을 위해 자리를 지켜 온 느낌이었다. 전쟁과 혁명조차 막을 수 없었다. 내 손에 든 브랜디 잔에 이르기까지 이 저택의 구석구석에 끈질긴 유산과 수명이 영원히 새겨진 듯했다. 미셸은 여기에서 자라고 이곳을 피난처로 삼았고 이곳에서 숨이 막혔다.

나는 10대의 그가 야한 잡지 사진을 볼 때 이 안락의자에 앉았을지 궁금해졌다.

그는 내가 이 악보를 어떻게 하길 원하는 걸까? 한번 살펴보고 좋은지 나쁜지 평가해 주기를? 그 유대인이 천재라고, 아니면 멍청이라고 말해 주기를? 아니면 음악 기호의 돌무더기 속에서 그의 아버지가 아버지가 되기 전의 모습을 파내도록 도와달라는 것일까?

악보를 훑어보기 시작했다. 두 번째 페이지를 보고 있으니 오선을 왜 그렇게 손으로 삐뚤빼뚤 그렸는지 의문이 강해졌다. 설명할 방법은 하나뿐이었다. 이 악보를 그릴 때 오선지가 없었다는 것. 게다가 레옹은 아드리앵이 음표를 쉽게 알아볼 거라고, 적어도 어떻게 해야 할지 알 거라고 생각한 것이다.

다른 것이 또 눈에 들어왔다. 악보에는 시작으로 보이는 부분이 없었다. 악보가 미완이거나 모더니즘의 절정기에 작곡했다는 의미였다. 그렇다면 참으로 독창적이지 못하다는 생각에 얼굴 가득 음흉한 웃음이 떠올랐다. 확실한 마무리도 없을 거라고 생각하면서 악보의 마지막 장을 살펴보았다. 역시나 아무런 목적지도 없이 이어지는 긴 트릴(trill, 음악에서 중요한 꾸밈음의 한 종류—옮긴이)뿐이었다. 정말 뻔하고 따분하네! 끝도 없고 고작해야 모더니즘 마무리라니!

미셸에게 차마 그런 이야기를 할 수 없을 것 같은 생각도 들었다. 차마 말하고 싶지 않았다. 그의 아버지가 보관장에 넣고 자물쇠를 채워 오랜 세월 애지중지해 온 이 악보는 악보가 담긴 카르

티에 가죽 폴더보다도 가치가 없다고. 그냥 계속 잠들어 있는 편이 나았다고.

그런데 처음 세 장을 계속 훑어보는 중에 가슴이 철렁해지는 무언가가 눈에 들어왔다. 본 적 있는 음표였다. 맙소사, 5년 전 나폴리에서 연주한 적도 있었다. 하지만 순서가 달랐다. 음표를 곧바로 알아보았다. 이 안쓰러운 남자는 모차르트를 베꼈다. 얼마나 시시한 일인가! 더 최악은 좀 더 뒤쪽에 나오는 몇 마디였다. 믿을 수가 없었다. 모르는 사람이 없는 부분이 노골적으로 들어 있었다. 베토벤의 소나타 〈*발트슈타인*(Waldstein)〉에 나오는 경쾌한 론도 부분. 우리의 친애하는 레옹은 여기저기에서 다 훔쳤다.

나는 연한 적갈색 잉크를 바라보았다. 잉크가 세월의 흐름에 바랬거나 일부러 희석한 잉크를 사용한 거였다. 너무도 절박하고 다급하게 휘갈겨 쓴 것처럼 보여서 1944년 레옹이 어딘지 모르는 곳으로 향하는 기차가 막 출발하기 직전에 파리북역에서 우편으로 부치는 모습이 떠올랐다. 여기저기에서 조금씩 훔쳐 쓴 건 유머 감각을 말해 주는 것일까? 그는 똑똑했을까, 바보였을까? 손글씨로 뭔가 알 수 있는 게 있을까? 레옹은 과연 몇 살이었을까? 당시의 미셸처럼 20대 중반의 장난꾸러기였을까, 더 젊었을까?

레옹이 누구인지, 어떤 사람인지 추측해 보려고 애쓰는데 내가 첫 부분의 음표를 알아본 이유가 있다는 사실이 퍼뜩 떠올랐다. 그것은 모차르트가, 부분적으로 모차르트가 작곡한 거였다. 하지만 소나타도 프렐류드도 판타지도 푸가도 아니었다. 모차르트의 D단조 피아노 협주곡 카덴차였다. 내가 이 부분을 기억하는 이유이기도 했다. 레옹은 모차르트를 모방한 게 아니라 베토벤이 모차르트의 협주곡에 붙인 카덴차를 인용한 것이었다. 레옹이 〈*발트슈타인*〉 몇 마디를 모방한 것도 그 때문이었다. 레옹은 재미로 즐기고 있었다. 그는 피아니스트 아드리앵이 제1악장 끝에서 즉흥으로 연주할 부분만 작곡한 거였다. 오케스트라가 멈추고 피아니스트가 마음대로 연주하는 영광스러운 순간. 상상과 대담함, 사랑, 자유, 기량, 재능, 모차르트 협주곡의 심장부에 대한 심오한 이해가 마침내 카덴차 안에서 음악과 발명을 향한 사랑을 외치는 지점이었다.

이 카덴차의 작곡가는 본능적으로 이해했다. 모차르트가 음악이 완전히 변해 버린 새로운 시대라 하더라도 후대의 누군가가 대신 마무리해 주길 바라며 이 곡을 끝내지 않고 열어 두었다는 것을. 수수께끼에 둘러싸인 이 곡으로 들어가기 위해 모차르트의 입장이 되어 보거나 그의 걸음걸이와 표현 양식, 목소리, 맥박을 흉내 낼 필요는 없었다. 모차르트가 상상하지 못할 방법으로 모차르트를 재탄생시켜 그가 멈춘 지점부터 새로 이어 짓되 모차르트가 부정할 수 없는 그의 것, 그 누구도 아닌 모차르트의 것이라고 알아볼 수 있어야 했다.

돌아온 미셸에게 빨리 악보 이야기를 들려주고 싶었다. "이건 소나타가 아니라 카덴차……."

"닭고기로 할래, 쇠고기로 할래?" 그가 내 말을 가로막았다. 오늘 우리의 저녁 식사와 행복이 다른 무엇보다 중요한 터였다.

내 말을 막는 그 질문이 좋았다. "비행기 탄 거 같네요."

"채식 메뉴도 제공됩니다." 그가 에어프랑스 승무원을 흉내 냈다. "훌륭한 레드 와인도 있습니다." 잠깐 말을 멈췄다가 다시 물었다. "참, 방금 뭐 말하고 있었지?"

"소나타가 아니라 카덴차라고요."

"카덴차! 그래, 그럴 줄 알았어." 그가 잠시 후 다시 말했다. "그런데 카덴차가 뭐야?"

나는 웃음을 터뜨렸다.

"피아노 협주곡에서 이미 파헤친 테마로 펼쳐 내는 1~2분 길이의 짧은 솔로 연주를 말해요. 보통은 피아니스트가 카덴차 끄트머리에서 연주하는 트릴을 신호 삼아 오케스트라가 요란하게 다시 들어와 악장을 마무리하죠. 처음 악보를 봤을 땐 트릴을 몰랐는데 이제 완벽하게 들어맞아요. 하지만 이 카덴차는 끝나지 않고 계속돼요. 얼마나 긴지 아직 모르지만 5~6분은 확실히 넘는 것 같아요."

"그러니까 6분짜리 음악이 아버지의 엄청난 비밀이었어?"

"그런 것 같아요."

"앞뒤가 안 맞지 않아?"

"아직은 모르겠어요. 더 살펴봐야 해요. 레옹은 계속 〈*발트슈타인*〉을 모방하고 있어요."

"그래, 그 *발트슈타인*." 그가 환한 미소로 따라 말했다. 잠시 후에야 그가 웃는 이유가 이해되었다.

"나보다 나이가 두 배나 많아서 〈*발트슈타인*〉 소나타는 들어 본 적도 없다고 말할 생각 하지 말아요."

"아주 잘 알고 있지." 그가 또 웃었다.

"거짓말. 보면 알아요."

"당연히 거짓말이지."

나는 피아노로 가서 〈발트슈타인〉의 첫 부분을 연주하기 시작했다.

"그래, 그 〈발트슈타인〉." 그가 잘 안다는 듯 말했다.

저것도 농담인 걸까?

"사실 자주 들어 본 곡이야."

나는 연주를 멈추고 론도 부분으로 넘어갔다. 그는 그것도 안다고 했다.

"그럼 노래해 봐요."

"난 그런 거 안 해."

"나랑 같이 노래해요."

"싫어."

나는 론도 부분을 노래하기 시작했다. 피아노에 앉은 채 그를 빤히 쳐다보는 방법으로 약간 구슬리자 주저하듯 노래하기 시작하는 그의 목소리가 들렸다. 연주 속도를 늦추고 그에게 더 크게 노래하라고 했다. 끝부분에서 우리는 듀엣을 했다. 그가 두 손을 내 어깨에 놓았다. 그만 하라는 신호인 줄 알았는데 "멈추지 마." 라고 했다. 그래서 나는 연주와 노래를 계속했다.

"목소리 정말 멋지다. 할 수만 있다면 네 목소리에 키스하고 싶어." 그가 감동한 목소리로 말했다.

"계속 노래해요."

그는 계속 노래했다. 듀엣이 끝나고 뒤돌아보니 그의 눈에 눈물이 맺혀 있었다.

"왜 그래요?"

"모르겠어. 평상시 노래를 안 하는 사람이라서 그럴 거야. 아니면 이렇게 너와 함께여서 노래하고 싶은지도 모르고."

"샤워할 때 노래 안 불러요?"

"옛날 이야기지."

자리에서 일어나 왼쪽 엄지로 그의 두 눈에 맺힌 눈물을 닦아주었다.

"같이 노래해서 좋았어요."

"나도."

"슬펐어요?"

"전혀. 그냥 감동했어. 네가 나를 밀어 나에게서 꺼내 준 것처럼. 난 네가 그럴 때가 좋아. 날 나에게서 밀어내 줄 때. 그리고 난 수줍음이 많아서 남들이 얼굴 붉히는 것처럼 눈물이 자주 나거든."

"당신이 수줍음을 탄다고요? 전혀 안 타는 것 같은데."

"내가 얼마나 수줍음이 많은지 못 믿을걸."

"낯모르는 나한테 갑자기 말을 걸었고, 아니 추파를 던졌잖아요. 그것도 성당에서. 저녁도 사 줬고. 수줍음 많은 사람은 그러지 않아요."

"전혀 계획하지도 생각하지도 않은 일이라서 그런 거야. 그래서 무척 쉬웠지. 어쩌면 네가 도와줘서 그랬을 수도 있고. 처음 만난 날 당연히 널 집에 데려가고 싶었지만 차마 말할 용기가 안 났어."

"그래서 날 백팩과 자전거, 헬멧과 함께 혼자 이러지도 저러지도 못 하게 놔뒀군요. 고마워라!"

"상관없었잖아."

"상관있었어요. 상처받았다고요."

"그래도 지금 이 방에 나랑 같이 있잖아." 그는 잠시 멈췄다가 말을 이었다. "너한테는 너무 부담스러운가?"

"또 네 또래 타령이에요?"

우리는 함께 웃음을 터뜨렸다.

다시 레옹에게 돌아가 악보 이야기를 계속했다.

"카덴차의 원리를 설명해 줄게요."

나는 온통 재즈뿐인 그의 LP판을 뒤져서 모차르트 협주곡을 찾았다. 18세기 커피 테이블에 올려진 매우 복잡하고 비싸 보이는 음악 재생 장치가 보였다. 어떻게 작동하는지 알아내려고 만지작거리는 동안 일부러 그를 쳐다보지 않았다. 내가 그에게 부탁하려는 일이 대단한 게 아니라는 느낌을 주려고 그런 것이다.

"이건 누가 사라고 한 거죠?"

"아무도 안 그랬어. 내가 나한테 한 거야. 이해했지?"

"그럼요."

그는 내가 그의 대답을 마음에 들어 한다는 걸 알았다. "그리고 내가 작동법을 아는데 그냥 부탁하면 되잖아."

시간이 좀 걸려서 모차르트의 피아노 협주곡이 흘러나왔다. 그에게 제1악장을 조금 들려주고 바늘을 들어 카덴차가 시작되는 부분이라고 생각되는 앞부분으로 옮겼다. 모차르트가 직접 작곡한 카덴차였다. 함께 카덴차를 듣다가 오케스트라가 다시 들어오는 신호인 트릴이 나올 때 그에게 알려 주었다.

"머레이 페라이어의 연주예요. 아주 우아하고 분명하고 한마디로 대단히 훌륭하죠. 그의 카덴차는 주요 테마 부분에서 가져온 이 몇몇 음이 열쇠예요. 내가 먼저 노래할 테니까 그다음에는 당신도 불러요."

"절대로 못 해!"

"어린애처럼 굴지 말아요."

"어림도 없지!"

먼저 음을 들려준 뒤 연주하면서 노래하기 시작했다. 그리고 약간 과시하듯 연주를 계속했다. "이제 당신 차례예요." 음을 다시 연주하면서 말하고 그에게 고개를 돌려 그의 차례라는 신호를 보냈다. 그는 잠시 망설이다 음을 흥얼거리기 시작했다. "목소리가 좋아요." 나는 감정이 고조되어 음을 한 번 더 연주하고 그에게 다시 부르라고 했다. "그럼 난 행복할 거예요."라면서.

그가 다시 노래했고 결국 우리는 함께 노래했다. "나 다음 주부터 피아노 레슨을 받을 거야. 피아노가 다시 내 삶에 들어오면 좋겠거든. 작곡도 배우고 싶어."

내 기분을 맞춰 주려고 하는 말인지 알 수 없었다.

"내가 가르치게 해 줄래요?"

"당연하지. 그런 바보 같은 질문이 있나. 진짜 질문은……."

"아, 쉿!"

나는 그를 앉히고 베토벤을 연주했다. 다음은 모차르트의 D단조 협주곡에 브람스가 붙인 카덴차를 연주했다. "눈부시게 빛나네요." 연주를 시작하면서 말했다. 두 곡을 완벽하게 연주한다는 느낌이 들었다.

"다른 카덴차도 많아요. 모차르트 아들이 작곡한 것도 있어요."

나는 연주하고 그는 감상했다.

그 분위기에 취해 내 버전의 카덴차를 즉흥적으로 연주했다.

"당신이 원하면 영원히 할 수 있어요."

"나도 그렇게 할 수 있었으면."

"당신도 할 수 있어요. 오늘 아침에 연습할 시간이 있었으면 더 잘 쳤을 텐데 누가 다른 계획을 세워 놓아서 말이죠."

"싫다고 해도 됐는데."

"나도 원한 거예요."

그가 갑자기 생각난 듯 말했다. "타이 학생에게 쳐 준 곡 지금 쳐 줄 수 있어?"

"이거 말이죠?" 나는 그가 말한 곡이 무엇인지 정확히 알고 있었다.

"흥미롭게도 레옹의 카덴차는 〈*발트슈타인*〉 소나타를 인용한 몇 마디가 지나면 훨씬 더 정신 나간 부분이 나와요."

"응?" 그는 오늘 하루 음악 지식을 너무 주입받다가 압도당한 듯했다.

나는 악보를 착각한 게 아님을 확인하려고 다시 한번 보았다. "아직 확실하진 않지만 내가 보기에 레옹은 〈*발트슈타인*〉을 인용하고 잠깐 망설이다 베토벤의 또 다른 곡에 영감을 주었을 무언가로 넘어가요. 콜 니드레라는 거예요."

"그렇지." 그는 웃기 직전이었다.

"콜 니드레는 유대인의 기도예요. 보다시피 이 악보는 유대인의 테마가 베일에 가려진 채 몰래 들어와 있고……. 내 예감이지만 음악을 전문으로 배운 사람이 아니라면 악보를 읽을 수 있는 유대인만이 이 카덴차의 중심부가 베토벤도 〈*발트슈타인*〉도 아니고 콜 니드레라는 걸 알아볼 수 있을 거예요. 이 몇 마디가 일곱 번 반복되는 거로 봐서 레옹은 정확히 알고 작곡한 거예요. 물론 그다음에 〈*발트슈타인*〉으로, 오케스트라가 돌아온다고 알려 주는 트릴로 돌아가죠."

그가 이해하기 쉽도록 카덴차를 연주한 다음 콜 니드레를 하나씩 연주했다.

"콜 니드레가 뭐라고?"

"유대교에서 가장 성스러운 속죄일의 예배를 시작하기 전에 부르는 아람어 기도예요. 신에게 한 모든 맹세와 서약, 저주, 의무를 철회한다는 걸 상징해요. 그 선율이 작곡가들을 매료시켰죠. 레옹은 당신 아버지가 알아보리라는 걸 알았을 거예요. 두 사람 사이의 암호 메시지 같은 거였겠죠."

"나도 아는 선율이야." 그가 갑자기 생각난 듯 말했다.

"어디서 들었어요?"

"모르겠어. 전혀 생각이 안 나. 하지만 분명히 알아. 아주 오래 전에 들어 본 것 같아."

미셸은 잠시 생각에 잠기더니 스스로 힘을 북돋으려는 듯 말했다. "이제 그만 저녁 먹으러 가자."

하지만 나는 머릿속에 있는 생각을 털어 버리고 싶었다. "당신 아버지가 이 선율을 알았다면 둘 중 하나예요. 레옹이 흥얼거리거나 연주했을 수 있어요. 왜 그랬는지는 모르죠. 유대교 예배에 아름다운 음악이 있다는 걸 알려 주고 싶었거나, 당신 아버지가 속죄일 예배에 참석해 본 적이 있거나. 그랬다면 두 사람의 유대감이 더 깊었다는 뜻이겠죠. 그날의 예배는 관광객들이 유대인이 속죄일을 어떻게 기념하는지 구경하는 행사가 아니거든요."

미셸은 잠시 생각하다 불쑥 말했다. "네가 초대해 주면 나도 가고 싶어."

나는 그의 손을 잡고 들어 올려서 키스했다.

우리는 저녁을 먹으면서 비밀 카덴차가 만들어진 이유를 함께 추측했다. 둘만 아는 농담의 의미일까? 아니면 아직 완성되지 않은 작품에서 일부만 빼낸 걸까? 피아니스트에게 던지는 도전 과제였을까? 두 사람 사이의 어떤 표현이나 인사, 끝나 버린 우정을 기념하는 의미일지도 모른다.

"아직 살펴보지 못한 게 너무 많아요." 내가 추측해서 말했다. "이 카덴차가 끔찍한 상황에서 작곡되었을 수도 있어요. 유대인이 지옥 같은 상황에서 위안을 얻으려고 작곡했는지도 모르죠."

"우리가 너무 큰 의미를 부여하는 건 아닐까?"

"그럴지도요."

"시내에 좋은 정육점이 있는데 쇠고기가 끝내줘. 우리 요리사는 채소를 좋아해. 구할 수 있으면 아스파라거스를 쓰지. 알레르기가 있는데도 아스파라거스를 훌륭하게 요리한다니까. 난 인도 쌀이 좋아. 냄새 좀 맡아 봐." 그가 우아한 동작으로 공기를 휘저어 내 쪽으로 쌀 냄새를 보냈다. 본인도 알고서 장난치는 거였다.

나는 뭔가 빠진 것이 있다고 말했다. "당신의 조부모님은 유대인을 싫어했으니까 레옹이 당신 아버지 앞길에 나쁜 영향을 준다고 생각했을 거예요. 하인도 자신들보다 아래로 봤을 거고. 프랑스는 이미 점령된 상태였고 독일군이 곧 이 집에 머물겠죠. 이미 이 테이블에서 식사했을 수도 있고. 정말로 그랬다고 당신이 그랬잖아요. 레옹은 이 집에 있었을 수가 없어요. 다락방에 숨지 않는 한. 만약 그랬어도 집 안 사람들이 두고 보진 않았겠죠. 도대체 어떻게 이 악보가 당신 아버지 손에 들어왔을까요?"

나는 악보를 다이닝룸 테이블까지 가져온 터였다.

"이 와인 좀 마셔 봐. 세 병이나 더 있어. 숨 좀 쉬라고 주방에 따 뒀지."

"집중 좀 해 줄래요?"

"응, 그래. 와인 어때?"

"좋네요. 그런데 왜 자꾸 방해하는 거예요?"

"집중하는 네 모습을 보는 게 좋아서. 네가 진지해지는 게 좋아. 너랑 같이 있다니 아직도 믿어지지 않아. 빨리 널 침대로 데려가고 싶어. 기다려진다."

나는 와인을 더 마셨고, 그가 다시 잔을 채워 주었다.

고기를 자르면서 참지 못하고 말했다. "악보가 어떻게 여기로 왔는지 알아내야 해요. 누가 가져왔을까? 언제? 1944년에 유대인이 여기로 직접 악보를 가져왔다는 건 말이 안 돼요. 여기로 온 경위가 이 악보의 모든 걸 말해 줄 수도 있어요. 음악 자체보다 더 많은 것을."

"말도 안 돼. 유명한 시가 인쇄소로 전달된 방법이 시 자체보다 중요하다는 말이잖아!"

"이 경우는 그럴 수도 있어요."

미셸은 어리둥절한 표정으로 나를 바라보았다. 그렇게 틀어진 시선으로 사물을 바라본 적은 한 번도 없다는 듯이.

"우편으로 배달되었을까요, 아니면 사람이 가져왔을까요, 아드리앵이 직접 받아 왔을까요? 제삼자도 개입되어 있을까요? 친구나 병원 간호사 아니면 강제수용소의 누군가? 1944년이면 독일이 아직 프랑스를 점령했을 때니까 레옹은 도망쳤거나 붙잡혔을 거예요. 그가 수용소로 끌려갔다면 어느 수용소였을까요? 아니면 몰래 숨어 있었을까요? 살아남았을까요?"

나는 좀 더 생각해 보았다.

"많은 것을 말해 주는 게 두 가지 있는데 우린 둘 다 알지 못해요. 작곡가는 왜 오선을 직접 그렸을까? 왜 이렇게 음표를 빼곡히 집어넣었을까?"

"그게 왜 중요하지?"

"음표를 다급하게 그려 넣은 건 아닌 듯싶거든요." 나는 또 페이지를 훑었다. "봐요, 긁힌 자국 하나 없고 작곡하다 생각이 달라져서 줄을 그어 지운 부분도 없어요. 음표를 옮겨 적는데 오선지는 물론 일반 종이도 구하기 힘든 장소였어요. 종이가 부족하면 어쩌나 걱정된 것처럼 음표가 무척 빼곡하죠."

나는 테이블 가운데 놓인 양초 위로 악보 첫 페이지를 들었다.

"뭐 하는 거야?" 그가 물었다.

"워터마크가 있는지 보려고요. 프랑스 어느 지역에서 생산한 종이인지 워터마크로 알 수 있을지도 몰라요. 프랑스가 아니라 다른 곳일 수도 있고요. 무슨 말인지 알까 싶지만."

미셸이 나를 보며 말했다. "무슨 말인지 알아."

안타깝게도 종이에는 워터마크가 없었다. "싸구려 반투명 종이라는 것밖에 추측이 안 되네요. 카덴차의 작곡가는 원래 테마를 알았고 음표를 빼곡히 옮겨 적었어요. 그는 그 카덴차를 당신 아버지에게 주고 싶어 했어요. 내가 아는 건 이것뿐이에요."

"아니, 더 있어. 아버지는 피아노를 아예 그만두고 법률 공부를 시작했지. 음악의 세계를 완전히 차단하고. 레옹과 관계없다고 생각되지 않아. 한 가지는 확실하잖아. 아버지는 이 카덴차를 세상에서 가장 소중한 것이라도 되는 양 보관했어. 절대 연주하지도 않을 걸 왜 보관했을까? 보관장에 자물쇠까지 채워서 그렇게 오랫동안. 레옹 앞에서만 연주하겠다고 약속하지 않은 이상 말이야. 아니면 누군가가 나타나 연주해 주기를 바라고 보관한 게 아닐까? 너 같은 사람 말이야, 엘리오!"

으쓱한 기분이 들었지만 그 말의 의미에 정신 팔린 것처럼 보이고 싶진 않았다.

"당신 아버지가 레옹이나 레옹과 가까운 누군가에게 악보를 돌려주려고 했을까요? 어떻게 처리해야 할지 모르지만 차마 버릴 수도 없었던 걸까요? 당신이 아버지의 테니스 라켓을 계속 가지고 있는 것처럼?"

"레옹이 과연 누구인지가 가장 중요하겠네."

저녁 식사 후 그의 컴퓨터로 아드리앵을 성까지 함께 검색해 보았다. 곧바로 그가 음악학교에 다닌 연도가 떴다. 사진도 있었다. "말쑥하고 세련되고 잘생겼네요." 그가 음악학교에 다닌 시기와 전후의 교사들 이름도 검색했다. 두서없이 여기저기 흩어진 기록 가운데 레옹이라는 이름은 보이지 않았다. 유대인이나 독일인, 슬라브인처럼 느껴지는 성, 머리글자가 L인 사람도 찾아보았지만 없었다. 학생 중에도 레옹은 없었다. 사실은 그 이름이 아니거나 학교 기록에서 삭제되었거나, 아니면 음악학교에 다닌 적이 아예 없거나.

"레옹은 없어요." 마침내 내가 결론지었다.

"우리의 탐정 놀이가 이렇게 끝나는군."

우리는 흐릿한 조명 아래 칼바도스를 더 마시며 소파에 바짝 붙어 앉아 있었다.

"당신 아버지는 알프레드 코르토랑 같은 학교에 다닌 것 같은데요. 그러면 레옹은 아닐 거예요."

"왜 그렇게 생각하지?"

"코르토는 원래부터 반유대주의자였고 독일군 점령 당시에는 더 심해졌어요. 코르토와 잘 아는 바이올리니스트 티보는 히틀러를 위해 연주했을걸요."

"끔찍한 시대야. 다른 의견은 더 없어?"

"왜 물어요?"

그는 가볍게 고개를 저었다. "그냥. 너랑 이러고 있는 게 좋아서. 지금처럼 한밤에 이 방에서 소파에 딱 붙어 앉아 얘기하는 게 좋아. 넌 컴퓨터를 만지작거리고 밖은 온통 11월이고. 네가 그렇게 뭔가에 몰두하는 모습이 좋아."

"나도 좋아요, 정말."

"하지만 넌 운명을 안 믿잖아."

"말했잖아요. 난 그런 식으로 생각하지 않는다고."

"네가 내 나이가 되어 하루하루 삶의 낙이 줄어드는 게 확연해지면 그땐 알 수 있을 거야. 사소한 우연들이 사실은 삶을 새로 써 주는 기적이고, 큰 그림으로 보면 아무런 의미도 없어 보이는 일들을 무지갯빛으로 빛내 준다는 걸 말이야. 이 시간은 절대로 의미 없지 않아."

"오늘 밤은 근사해요."

"그래, 근사하지." 하지만 그렇게 말하는 그의 목소리에는 비애에 가까운 향수 어린 체념이 서려 있었다. 배불리 먹지도 못했는데 누군가 가져가 버리는 음식 접시라도 되는 것처럼. 상대보다 나이가 두 배나 많으면 원래 이럴까? 상대가 한눈을 팔기 훨씬 전부터 상대를 잃어 가기 시작하는 것일까?

우리는 아무 말도 없이 그대로 앉아 있었다. 나는 가볍게 포옹했을 뿐인데 그는 관능적인 절망이 섞인 슬프고 굶주린 포옹으로 답했다.

"왜 그래요?" 내가 예측한 게 정말로 그의 대답일까 봐 벌써부터 내키지 않았다.

"아무것도 아니야. 하지만 그래서 무섭다. 무슨 말인지 알까 모르겠지만. 아무 문제가 없어서 무서워."

"칼바도스 더 줘요."

그는 기꺼이 내 말대로 해 주었다. 자리에서 일어나 스피커 뒤쪽의 작은 보관장으로 걸어가서 한 병을 더 꺼냈다. "이건 훨씬 품질이 좋아."

그는 내가 화제를 바꿨다는 걸 알았다. 나는 우리 사이에 갑자기 드리운 먹구름이 걷히기를 바랐지만 아무 일도 일어나지 않았다. 그도 나도 걷으려 하지 않았다. 구름 걷힌 자리에서 뭐가 튀어나올지 모르기 때문일 것이다. 결국 그는 칼바도스와 그 역사를 들려주었다. 나는 그의 이야기를 들으면서 병의 라벨을 읽었다. 작은 손글씨로 제조업체의 역사가 적혀 있었다. 그가 천재성을 발휘한 것은 그때였다. 우리 둘만의 슬로건이 되어 버린 표현을 쓴 것이다.

"너를 행복하게 해 주고 싶어." 나는 무슨 의미인지 정확히 알았다. "라벨을 계속 읽고 있어. 집중이 깨지면 안 되니까. 쳐다도 보지 마."

그는 잔을 들어서 칼바도스를 마셨다. 곧바로 그의 입술과 약간의 얼얼함이 느껴졌다. "지금 그거 좋아요." 이렇게 말하고 눈을 감았다. 병을 어딘가에 내려놓으려 하다가 그냥 소파 발치의 카펫에 내려놓기로 했다.

그 순간 집 안에 가사도우미가 있다는 사실이 떠올랐다.
“진작 갔지. 자동차 소리 못 들었어?”

우리는 일요일을 집 안에서 보냈다. 일요일마다 비가 내린 것 같다는 미셸의 기억이 맞았다. 우리가 긴 산책을 하려고 한 숲은 시시각각 어둡고 음산하게 변했다. 나는 오전 느지막이 두 시간 동안 피아노를 연습하고 그는 서재에서 서류를 훑었다. 하지만 모두 습관적인 일일 뿐이었다. 한 사람이 주말 여행에서 늦게 돌아오는 사람들 때문에 차가 밀리기 전에 파리로 돌아가는 것이 좋겠다고 눈치 있게 제안했을 때 둘 다 안도했다. 파리가 가까워졌을 때 약간 어색한 순간이 있었다. 그가 나를 먼저 집까지 데려다줄 생각이라는 게 분명해졌을 때였다. 곧장 자기 집으로 가면 내가 부담스러워할까 봐, 혹은 저녁 연주회 전에 내가 다른 볼일이 있을지도 모른다고 생각한 모양이었다. 하지만 나는 그에게 혼자만의 시간이 필요한 거라고 생각했다. 어쨌든 그는 일요일이면 파리로 돌아왔는데 너무도 오랫동안 해 온 일이라 변화를 원하지 않을 수도 있으니까. 그가 우리 아파트 입구에 이중 주차를 하고 시동을 끄지 않았다. 내려야 한다는 의미였고, 그래서 내렸다.

“좀 이따 봐요.” 내 말에 그는 특유의 애석한 표정으로 조용히 고개를 끄덕였다. 그때 내가 용기를 냈다. “나 집에 안 가도 돼요. 집에 가고 싶지 않아요.”

“얼른 타.” 그가 다정하게 말했다. “네가 너무 좋아, 엘리오. 네가 너무 좋아.”

우리는 곧장 그의 집으로 갔다. 사랑을 나누고 깜빡 잠이 들었다가 서둘러 연주회로 향했다. 중간 휴식 시간에 애플 사이다를 마셨고 그에게 손을 잡힌 채로 스리 코스 식사를 했다.

"내일은 월요일이네. 지난 월요일은 정말 고통스러웠는데."

나는 답을 알면서도 이유를 물었다.

"널 놓쳤다고 생각했거든. 거절당할까 봐 두렵기도 했고 변태처럼 보이지 않으려고 참았지." 그는 한동안 나를 바라보았다. "오늘 집에 가 봐야 해?"

"갔으면 좋겠어요?"

"우리 오늘 처음 만난 거로 하자. 넌 자전거를 타고 가 버리는 대신 '당신과 자고 싶어요, 미셸.'이라고 말하는 거야. 첫날 그렇게 말할 수 있었을까?"

"나는 말하려고 했어요. 그런데 못 했죠! 그쪽께서 그냥 가 버리셔서!"

월요일 아침 택시를 타고 옷을 갈아입으러 집으로 갔다. 몇 주 혹은 몇 달 만인 것처럼 집이 낯설게 느껴졌다. 마지막으로 아침에 집에 머문 것이 토요일이었다. 서둘러 위층으로 올라가 옷가지를 챙기고 차에서 기다리는 그에게 돌아갔다. 월요일 오후에는 수업이 끝나자마자 레옹에 대해 알아보려고 학교 사무실을 찾았다.

그날 밤 우리가 늘 가는 레스토랑에서 미셸을 만났을 때 길이 완전히 끊겼다고 말했다. 레옹의 흔적은 어디에도 없다고. 미셸은 생각보다도 더 실망한 표정이었다. 내가 화요일에 다른 방법을 떠올린 것도 그래서였다. 다른 음악학교 두 곳의 연간 기록을 검색해 보았다. 역시 허탕이었다.

우리는 20세기 초의 부유한 유대인들처럼 레옹이 외국에서 공부했거나 개인 교사에게 배웠을 거라고 추측했다.

그런 식으로 이틀이 더 흘렀다. 단서가 완전히 바닥났다.

그런데 금요일에 드디어 미셸과 그의 아버지가 다닌 고등학교 기록에서 레옹의 정체를 발견했다. 학교 직원이 미셸의 조카라고 주장하는 내 앞에서 직접 기록을 찾아보았다.

그날 시골로 향하는 차 안에서 나는 참지 못하고 미셸에게 소식을 터뜨렸다. "옛날 주소까지 알아냈어요. 성은 데샹이에요. 데샹은 유대인 이름이 아닌 게 문제지만."

"얻거나 바꾼 이름일 수도 있어. 펠트만, 펠덴스타인, 펠덴블룸 아니면 그냥 펠드처럼."

"그럴 수도 있죠. 아직 살아 있고 프랑스에 산다고 가정할 때 인터넷에 레옹 데샹이 너무 많아요. 다 찾아보려면 몇 달이나 걸릴 거예요."

그는 당황한 표정을 지었다. 나는 그가 왜 모교를 찾아볼 생각은 못 했는지 의아할 수밖에 없었다. 그렇게 오랜 세월이 지났는데 레옹을 찾는 이유가 무엇인지 물어보았다.

"내가 모르는 아버지에 대해 알 수 있을 것 같아서. 레옹이 언제 어떻게 사라졌는지도 궁금하고."

"왜요?"

"모르겠어. 아버지한테 다가가서 가장 사랑한 일을 왜 그만두었는지 알 수 있고 레옹과의 우정인지 사랑인지를 이해할 수 있기 때문인지도 모르지. 아버지가 한 번도 하지 않은 유일한 이야기였지만 열여덟 살의 나에게는 그냥 말해도 됐을 텐데. 어쩌면 나 역시 내 아들과 다르지 않게 아버지와 거리를 두려고 했는지도 몰라. 음악을 그만둔 남자에 대해 알려고 하지 않은 속죄의 의미로 이러는지도 모르겠네. 하지만 부모를 알려고 따로 시간을 내는 자식이 얼마나 돼? 안다고 생각했지만 벗겨도 벗겨도 알 수 없을 때가 얼마나 많아?"

"아무튼……." 내가 그의 말을 막았다. "해마다 찍는 학교 앨범에서 레옹의 사진도 구했어요. 자, 보세요." 교무실에서 복사해 온 사진을 꺼냈다. "아주 잘생겼죠. 독실한 가톨릭교도 같고 무척 보수적으로 보여요."

"그러네. 아주 잘생겼어." 미셸이 동의했다.

"혹시 나랑 같은 생각 하고 있어요?"

"당연히 네가 생각하는 걸 생각하고 있지. 처음부터 그쪽으로 생각한 거 아니었어?"

그는 시골집에 도착하자마자 가방을 내려놓고 요리사에게 인사한 뒤 곧장 거실로 가서 프렌치 창 옆에 놓인 작은 테이블의 얇은 서랍을 열고 큰 봉투를 꺼냈다. "봐봐."

확대한 오래된 학교 사진이었다. 내가 복사해 온 것보다 1~2년 전에 찍은 것이었다. 미셸이 새끼손가락으로 아드리앵을 가리켰다. 이 사진에서는 더 젊어 보였다. 우리는 둘 다 레옹을 찾아보았다.

“찾았어?” 그의 물음에 고개를 저었다. 그때 아드리앵 바로 옆에 서 있는 레옹이 보였다. 내가 가져온 사진하고 놀라울 정도로 닮은 모습이었다.

“처음부터 알고 있었군요!”

그가 죄책감이 서린 재미있다는 미소를 지었다. “사진은 알고 있었어. 하지만 확인해 줄 사람이 필요했지.”

나는 잠시 생각해 보고 물었다. “그래서 지난주에 날 여기로 데려온 거예요?”

“그렇게 물어볼 줄 알았어. 대답은 아니다야. 다른 이유가 있었어. 넌 분명 추측했겠지만. 악보를 너에게 주고 싶어. 다른 누구도 아닌 너에게 악보를 주면 난 아버지의 마지막 소원을 들어줄 수 있어. 연주회에서 연주만 하면 돼.”

무거운 침묵이 흘렀다. 사람들이 너무 비싼 선물을 받았을 때 으레 하는 말을 하면서 거절하고 싶었다. *받을 수 없어요, 난 당신의 선물을 받을 자격이 없어요*, 라는 뜻이기도 했다. 하지만 그렇게 말하면 그가 상처받을 터였다.

“결과가 너무 깔끔하고 쉽다는 생각도 들어요. 그래서 믿고 싶지 않은 마음도 있고요. 아직 결론은 내지 말기로 해요.”

“어째서?”

“부모가 《*악시옹 프랑세즈*(Action Française, 20세기 전반에 활약한 반공화주의 극우파 단체가 발행한 일간지—옮긴이)》를 구독했을 리세 J 출신의 부유한 가톨릭 청년이 콜 니드레를 다루고 싶어 한 이유가 무엇인지 도무지 떠오르지 않거든요.”

"그래서 하고 싶은 말이 뭔데?"

"우리의 레옹이 레옹 데샹이 아닐 수도 있다는 거예요."

나는 단 하나의 가능성도 빠뜨리지 않기 위해 그다음 주 내내 단서를 찾는 데 열중했다.

막다른 길과 잘못된 시작을 더 겪었지만 토요일 오후 미셸의 시골집에서 갑자기 뭔가가 떠올랐다.

"계속 신경 쓰인 게 있어요. 첫째는 당신 아버지가 일요일마다 생트U성당의 연주회에 갔다는 점이에요. 성당이 레옹과 무슨 비밀스러운 관계가 있는 걸까요? 성당이 플로리안사중주단과 무슨 관계가 있을 수도 있어요. 플로리안이 그 성당에서 오랫동안 연주했다는 건 나도 아는 사실이고 아버지가 그들의 연주회를 후원했다고 당신도 그랬잖아요. 온라인에서 찾아보니 예상대로 플로리안은 한 번 두 번도 아니고 세 번이나 새로 단장했어요. 1920년대 중반에 사중주단이 아닌 바이올린과 첼로, 피아노의 삼중주단으로 출발했죠. 내가 진짜 천재라는 걸 보여 주는 부분은 여기부터예요. 삼중주단의 피아니스트는 역시나 레옹 데샹이 아니었어요. 하지만 10년 동안 삼중주단에 있었고 피아노뿐만 아니라 바이올린도 연주했으며 이름은 아리엘 발트슈타인이었어요. 아리엘 발트슈타인에 대해 찾아봤더니 아니나 다를까, 유대인 피아니스트였고 수용소에서 죽었대요. 수중에 있는 아마티 바이올린을 빼앗기지 않으려다 맞아 죽었대요. 그때 나이가 예순둘이었고요."

"하지만 그 이름은 아리엘이지 레옹이 아니잖아." 미셸이 지적했다.

"오늘 아침에 퍼즐을 맞춰 봤어요. 어쩌다 보니. 히브리어로 아리엘은 '신의 사자(lion of God)'라는 뜻이에요. 한마디로 레옹인 거죠. 유대인 이름과 라틴어 이름을 둘 다 가진 유대인이 많아요. 그 바이올리니스트는 20대엔 아리엘이라는 이름으로 올라갔지만 30대 초에는 레옹이 됐죠. 반유대주의가 심해져서겠죠. 그에 대해 더 알아보는 가장 쉬운 방법은 예루살렘에 있는 야드바셈 홀로코스트박물관에 문의하는 거예요."

여기에서 다른 말을 덧붙여야 한다는 생각이 들었다. 아리엘 발트슈타인의 삶을 파헤치다 완전히 우연처럼 보이지만 무의식적으로 연관 있는 주제가 드러난 것처럼. 시간의 여정, 사랑하는 사람의 재발견과 관련 있는 일이니까. 상황이 어떻게 나아갈지 감지되는 것만 같았다. 하지만 미셸의 생각이 그리로 향할까 봐 두려워서 더 깊이 헤아리고 싶지 않은 기분이었다. 그는 말을 꺼내지 않았고 나도 마찬가지였다. 하지만 분명 그의 머릿속을 스쳤을 것이다.

우리는 그 일요일 아침에 함께 샤워하고 짧은 산책을 나섰다. 처음 보는 뒷문으로 나갔다. 마을 사람들이 모두 미셸 씨를 아는 듯했고 길 건너편에서까지 인사말이 날아왔다. 그는 나를 거리 모퉁이의 카페로 데려갔다. 추천할 만한 이유가 전혀 없어 보였지만 안으로 들어서자마자 피난처에 온 듯 따뜻함이 느껴졌다. 자가용이나 승합차를 세워 놓고 다시 길을 나서기 전에 따뜻한 음료를 마시는 사람들로 가득했다. 우리는 커피 두 잔과 크루아상 두 개를 주문했다. 우리 옆에 앉은 20대 후반의 여자 셋이 남자들에 대한 불평을 늘어놓았다. 그들의 이야기를 엿듣던 미셸이 미소 지으며 나에게 눈을 찡긋한 것이 좋았다.

"남자들이란 정말 끔찍하죠." 그가 한 여자에게 말했다.

"끔찍해요. 매일 아침 끔찍해서 자기 얼굴을 어떻게 보는지 신기하다니까요."

"쉽지 않지만 우리도 노력한답니다." 미셸이 말하자 다들 웃음이 터졌다.

엿듣고 있던 웨이터는 여자가 남자보다 훌륭하다며 자기 아내가 세상에서 가장 완벽한 사람이라고 말했다.

"어째서요?" 담뱃불을 붙이려고 계속 애쓰다 결국은 내려놓은 여자가 물었다.

"왜냐고요? 날 더 좋은 사람으로 만들어 주거든요. 솔직히 내가 봐도 나 같은 성격을 참아 주는 건 성자만 할 수 있는 일이라니까."

"그럼 아내분이 성녀네요."

"과장하지는 말자고요. 침대에서 성녀를 원하는 사람이 있겠어요?"

다시 모두가 웃음을 터뜨렸다.

미셸은 커피를 마시고 나서 테이블 아래로 다리를 쭉 뻗었다. 아침 식사에 위풍당당하게도 만족한 모습이었다.

"한 잔 더?" 그가 물었다.

나는 고개를 끄덕였다. 그가 커피를 두 잔 더 주문했고, 우리는 한동안 말이 없었다.

"3주 됐네." 침묵을 채우려는 듯이 그가 마침내 입을 열었다.

나는 그의 말을 따라 했다. 그가 갑자기 손을 뻗어 내 손을 잡았다. 나는 가만히 손을 잡힌 채 어색해했다. 바에 서 있는 사람들로 카페가 꽉 찼기 때문이었다. 내가 불편해하는 기색을 알아차렸는지 그가 손을 뗐다.

"오늘 연주회에서 베토벤을 연주한대." 마치 집에 가자고 꼬드기는 듯한 말투였다.

"우리 데이트하는 줄 알았는데요."

"주제넘게 굴긴 싫었어."

"그만 좀 해요!"

"어쩔 수 없어."

"왜요?"

"내 안에 아직 남아 있는 10대가 가끔 몇 마디 내뱉고 숨어 버리거든. 물어보는 게 두려워서 그러는 거야. 네가 비웃을까 봐. 믿는 것조차도 힘들어서. 난 수줍음도 많고 겁도 많고 늙었어."

"그런 생각 하지 말아요. 우리 오늘 수수께끼를 거의 다 풀었잖아요. 오늘 저녁 첼리스트한테 아리엘을 기억하는지 물어보면 돼요. 모를 수도 있지만 그래도 물어봐요."

"그런다고 아버지가 돌아올까?"

"아뇨. 하지만 기뻐할 거예요. 그럼 당신도 행복할 거고."

그는 곰곰이 생각하다 전처럼 고개를 저었다. 체념 섞인 조용한 이해를 보여 주는 거였다. 그러고는 우리가 입 밖에 내지 않는 모든 문제를 건너뛰는 것처럼 물었다. "언젠가, 조만간 카덴차를 연주하겠다고 약속해 줄 수 있어?"

"올봄 미국 투어 때 그리고 가을에 파리로 돌아와서 연주할 거예요. 약속해요."

그가 왜 주저하는 표정인지 알아차렸다. 이제 그에게 말해야 할 때였다.

"미국에 가면 오랫동안 만나지 못한 사람을 찾아가 볼 생각이에요."

나는 생각에 잠긴 그를 바라보았다.

"그럼 미국에 혼자 갈 거야?"

고개를 끄덕였다.

그는 여전히 내 말을 헤아려 보고 있었다.

"그 결혼한다고 떠난 거짓말쟁이?"

다시 고개를 끄덕였다. 그가 나를 그토록 잘 읽어서 좋았지만 과연 무엇을 읽는지 두려웠다. "당신하고 있으면 그가 생각나요. 그를 만나면 가장 먼저 당신 얘기를 해 주고 싶어요."

"내가 그렇게 높은 수준에 못 미친다고 말하려고?"

"아뇨. 당신하고 그 사람이 내 기준이에요. 지금 생각해 보면 나에겐 두 사람밖에 없었어요. 나머지는 전부 가벼운 만남일 뿐이었죠. 당신과 함께 한 나날은 내가 그 사람 없이 살았던 세월을 정당화시켜 줬어요."

나는 그를 보았다. 이번에는 내가 손을 뻗어 그의 손을 잡았다.

"걸을까요?"

"걷자."

자리에서 일어나자 그가 숲으로 돌아가 호수에 가자고 제안했다.

"우린 아리엘 발트슈타인이 누구였는지 알아내야 해요. 그를 아는 사람이 있을 거예요."

"그럴지도. 하지만 죽었을 때 예순둘이었다잖아. 일가친척이 살아 있어도 나이가 엄청 많을 거야."

"아리엘은 당신 아버지보다 나이가 두 배 많았겠네요."

그는 갑자기 나를 쳐다보며 미소 지었다.

"정말 엉큼하군! 두 사람의 관계가 궁금해. 그게 우리의 탐구에 열쇠가 되어 줄 거야."

"우리 관계처럼 말인가요?"

"어쩌면. 성당에 기록이 남았으면 알 수 있겠지. 옛날 전화번호부에서 아리엘의 주소를 찾아볼 수도 있고. 살던 곳을 찾으면 그의 이름으로 *슈톨퍼슈타인*(Stolperstein, 나치 희생자를 추모하기 위해 희생자가 살았던 집이나 거리 등에 부착하는 추모의 돌—옮긴이)을 만들자."

"후손이 전혀 없고 대가 끊겼으면, 흔적이 전혀 없으면, 더 알 수 있는 게 없으면 어떡하죠?"

"그래도 좋은 일을 한 게 되지. 그 돌은 경고와 사랑의 말은커녕 자신의 이름조차 남기지 못하고 가스실에서 죽은 모든 사람을 추모하는 거니까. 히브리어 기도가 담긴 악보는 남았지만. 홀로코스트 때 돌아가신 가족이 있어?"

"지난번에 말했듯이 할아버지 형제분들이요. 증조할머니도 아우슈비츠에서 돌아가셨을 거예요. 확실하진 않아요. 사람들은 죽은 사람 이야기를 하지 않아요. 머지않아 물어보거나 말하는 사람도, 아는 사람도, 알고 싶어 하는 사람도 없어지죠. 그렇게 소멸해 버리고 아예 살지도 사랑하지도 않은 존재가 되죠. 시간은 그림자를 드리우지 않고 기억은 재를 흘리지 않아요."

나는 아리엘을 생각했다. 악보는 그가 젊은 피아니스트에게 바치는 러브레터, 비밀 편지였다. *나를 위해 연주해 줘. 나를 위해 카디시를 읊어 줘. 선율을 기억하지? 여기 베토벤 아래에, 모차르트 옆에 숨겨 놨어. 나를 찾아 줘.* 유대인 레옹은 상상조차 할 수 없는 얼마나 끔찍한 상황에서 카덴차를 썼을까. *너를 생각하고 있어, 사랑해, 연주해 줘,* 라고 말하기 위해서.

그리고 나는 환영받지 못할 것을 알면서 피난처를 찾고자 아드리앵의 집에 찾아가지만 들키거나 더 나쁘게는 아버지나 어머니, 하인들에게 고발당하는 늙은 유대인 아리엘을 생각했다. 포르투갈이나 영국으로 도망치려는 아리엘, 더 나쁘게는 한밤중에 습격해 젊고 늙은 유대인을 트럭에 한가득 밀어 넣은 프랑스의 친독의용대 밀리스에게 붙잡히는 아리엘을 떠올렸다. 어디에선가 악보를 그리는 아리엘, 가축 운반차에 던져진 아리엘 그리고 결국은 바이올린을 빼앗기지 않으려다 맞아 죽는 아리엘. 강제수용소에서 죽은 사람에게 빼앗은 물건이라는 사실도 모른 채 지금 독일의 어느 가정집에 놓여 있을 그 바이올린. 미셸의 아버지는 아리엘을 도와주지 못해 속죄한 거였을까? *당신과 당신의 사랑하*

*는 사람들에게 피난처를 주지 못했으니 평생 다시는 피아노를 연주하지 않겠습니다.* 아니면 *그들이 당신에게 그런 짓을 했으니 이제 나에게 음악은 죽었습니다.* 나이 많은 남자가 애원하는 소리가 들리는 듯했다. *아니야, 넌 피아노를 쳐야 해. 날 사랑한다면 절대로 그만두지 말고 이 곡을 연주해 줘.*

그리고 다시 한번 내 인생을 생각했다. 어느 날 나에게 카덴차를 보내 *난 곁에 없지만 제발 나를 찾아 줘, 나를 위해 연주해 줘,* 라고 말할 사람이 있을까?

"그 유대교 기도가 뭐라고 했지?"

"콜 니드레."

"죽은 자들을 위해 암송하는 기도야?"

"아뇨. 그 기도는 카디시라고 해요."

"알아?"

"유대인 남자아이는 다 배워요. 죽음이 뭔지 알기도 전에 가까운 가족이 죽었을 때를 대비해 그 기도를 연습하거든요. 카디시는 자신을 위해 할 수 없는 유일한 기도라는 게 모순이죠."

"왜 그렇지?"

"죽은 사람이 기도를 암송할 순 없으니까요."

"유대인들도 참!"

우리는 웃었다. 나는 잠시 생각에 잠겼다. "있잖아요, 레옹-아리엘이 허구에 불과할 가능성도 커요."

"그래. 하지만 이제 우리 몫이야. 우리 오늘 밤에 이렇게 하자. 파리로 돌아가서 나는 우리 아버지가, 너는 예전의 젊은 내가, 아니면 내가 만나지 못하는 내 아들이 되어 함께 앉아 플로리안사중주단의 연주를 듣는 거야. 어쩌면 우리 아버지가 네 나이이고 레옹이 내 나이였을 때 그랬을 것처럼. 알고 보면 삶은 그리 독창적이지 않거든. 신이 없어도 운명의 카드가 순간적으로 과거를 회상하면서 탁월하게 돌려진다는 사실을 기묘하게 일깨워 주지. 삶은 우리에게 52장의 카드를 나눠 주지 않아. 기껏해야 네다섯 장이고 부모님과 조부모님, 증조부모님이 가졌던 카드와 똑같지. 많이 닳고 구겨진 카드야. 순서의 선택도 제한적이야. 어느 지점에 이르면 카드가 저절로 반복돼. 순서가 똑같을 때는 드물지만 기묘하게도 항상 익숙한 패턴이지. 마지막 카드를 삶이 끝난 사람이 쓰지 않을 때도 있어. 우리가 생각하는 마지막을 운명이 항상 존중해 주진 않아. 내 마지막 카드를 다른 사람에게 주지. 그래서 난 모든 삶이 미완성으로 남을 수밖에 없다고 생각해. 우리 모두가 안고 살아가는 가슴 아픈 진실이지. 분명히 끝에 이르렀는데 삶이 끝나지 않는 거야! 시작하지도 않은 일, 풀지 못한 문제가 사방에 남아 있는 거야. 산다는 건 후회로 분노하면서 죽어 간다는 뜻이야. 프랑스 시인이 말했지. *Le temps d'apprendre à vivre il est déjà trop tard.* 살아가는 방법을 배울 즈음이면 이미 시간이 너무 늦었다고. 하지만 타인이 마감하지 못한 장부를 대신 작성하고 그들의 마지막 카드를 사용함으로써 그들의 삶을 완성해 줄 수 있는 위치에서 느끼는 작은 기쁨이 있을 거야. 내 삶을 채우고 완성하는 게 언제나 타인에게 달려 있음을 아는 것보다 기쁜 일이 있을까? 우리가 사랑했고 우리를 충분히 사랑하는 그런 사람이 말이야. 내 경우는 항상 너일 거라고 생각하고 싶어. 우리가 헤어진다고 해도. 내 눈을 감겨 줄 사람이 누구인지 벌써 알고 있는 기분이야. 난 그게 너였으면 해, 엘리오."

미셸의 말을 들으면서 내 눈을 감겨 줬으면 하는 사람은 세상에 단 한 명뿐이라는 생각이 들었다. 오랜 세월 단 한 번도 연락하지 않았지만 바라건대 그는 손바닥으로 내 눈을 감겨 주기 위해 지구 반대편까지 날아올 것이다. 내가 그의 눈을 감겨 주기 위해 그렇게 할 것처럼.

"그럼 네가 3주 전에 무척 만나고 싶어 했던 사중주단의 가장 나이 많은 단원을 만나서 기억나는 게 있는지 물어보자. 우선 중간 휴식 시간에 늙은 수녀에게 따끈한 애플 사이다를 사 먹는 거야. 또 모르는 사이인 척하면서 연주회가 끝나고 만나기로 약속하는 거야. 그리고 만나서 간단히 요기하러 가겠지."

"맙소사, 그날 밤 당신이 날 안고 집으로 가자고 말하기를 간절히 원했다고 했잖아요. 나도 그 말이 목구멍까지 나왔지만 참았다고요."

"그날 밤 카드에는 없는 일인가 보다." 그가 미소 지었다.

"그럴지도요."

그는 나를 바라보며 목도리를 둘렀다. "추워?"

"조금요." 그가 나를 걱정하는 마음을 드러내고 싶어 하지 않는 게 보였다.

"그냥 집에 갈까?"

고개를 저었다. "난 초조하면 추위를 타요."

"왜 초조해?"

"우리가 끝나지 않았으면 좋겠어요."

"왜 끝나야 하는데?"

"그냥요."

"넌 내가 이 삶에서 갖지 못할 뻔한 카드야. 오늘 밤이면 우리가 만난 지 3주째야. 하마터면 아예 만나지 못할 수도 있었지. 내가 원하는 건……." 그는 말을 멈추었다.

"원하는 건?"

"일주일만 더, 한 달만 더, 한 계절만 더. 내게 한 번의 삶을 더 달라는 뜻이야. 겨울을 함께 보내게 해 줘. 봄이 되면 넌 투어를 떠나지. 오늘 속속 들여다보니 역시나 너에게는 한 사람뿐이라는 걸 난 알아. 그게 내가 아니란 것도."

나는 아무 말도 하지 않았다. 그가 애석하게 웃었다.

"결혼한다는 핑계로 떠난 그 사람이겠지." 그는 잠시 멈칫했다. 그리고 목이 멘 소리로 말했다. "내가 이 삶에서 바라는 건 네가 행복을 찾았으면 하는 거야. 나머지는……." 더 말을 잇지 못했다. 나머지는 중요하지 않다는 뜻으로 고개를 저었다.

우리는 더 할 말이 없었다. 나는 그를 안았고 그도 나를 안았다. 그가 높이 날아가는 기러기 떼를 발견했을 때도 우리는 여전히 서로 안고 있었다. "저것 봐!" 하지만 나는 포옹을 풀지 않았다.

"11월이에요."

"그래, 겨울도 아니고 가을도 아닌. 난 항상 코로의 11월이 좋았어."

# 카프리치오

# CAPRICCIO

에리카와 폴.

처음 만난 사람이지만 엘리베이터에서 함께 내렸다. 그녀는 하이힐을, 그는 보트 슈즈를 신었다. 그들은 내가 사는 층으로 올라오면서 목적지가 같고 둘 다 아는 사람도 있다는 사실을 알았다. 내가 전혀 알지 못하는 클라이브 같은 사람. 어쩌다 이야기가 클라이브까지 이르렀는지 모를 일이지만 이미 이상할 거라고 예견된 저녁에 이상한 일이 있으면 좀 어떤가. 나를 위한 송별회에서 가장 보고 싶었던 두 사람이 함께 도착했는데 말이다. 그는 나이가 훨씬 많은 남자친구와, 그녀는 남편과 동행했다. 두 사람과 가까워지려고 몇 달이나 노력했는데 이 도시에서 보낼 날을 며칠 남겨 두고 마침내 두 사람을 내 집으로 불렀다는 사실이 믿기지 않았다. 두 사람 말고도 정말 많은 사람이 찾아왔다. 하지만 다른 손님들이 무슨 상관이란 말인가. 그의 파트너, 그녀의 남편, 요가 강사, 미콜이 꼭 좀 만나 보라고 성화를 대던 친구, 지난가을 제3제국에서 도망친 유대인 이주자에 관한 학회에서 만나 친해진 부부, 10H호에 사는 특이한 침술사, 같은 학과의 정신 나간 논리학자와 그의 정신 나간 엄격한 채식주의자 아내 그리고 오늘 손님들을 위해 핑거 푸드의 개념을 새롭게 정의한 마운트시나이병원의 친절한 차우드후리 박사. 중간에 프로세코를 땄고 모두가 뉴햄프셔로 돌아가는 우리를 축하해 주며 건배했다. 이미 텅 빈 아파트에 사람들의 축사가 울려 퍼졌으며 몇몇 대학원생은 애정과 유머로 나를 비판하기도 했다. 계속 손님들이 오고 갔다.

하지만 나에게 중요한 두 명은 남았다. 이런 순간도 있었다. 사람들이 텅 빈 아파트에서 서성거릴 때 발코니로 나가는 그녀를 보고 내가 따라갔고 그도 따라왔다. 두 사람은 길쭉한 샴페인 잔을 든 채 난간에 기대어 클라이브 이야기를 했다. 그녀는 내 왼쪽에, 그는 내 오른쪽에 있었다. 나는 잔을 바닥에 내려놓고 두 팔로 각각 두 사람의 허리를 감쌌다. 친절하고 가볍고 전혀 이상할 것 없는 행동이었다. 팔을 풀고 나도 난간에 기댔다. 우리 셋은 어깨를 맞댄 채 저무는 해를 함께 바라보았다.

둘 다 나에게서 멀어지지 않고 기대어 있었다. 그들을 여기로 데려오는 데 몇 달이 걸렸다. 이곳에서 지낼 시간이 며칠 남지 않은 이상하게 따뜻한 11월 중순 저녁, 우리는 발코니에서 허드슨강을 내려다보는 조용한 시간을 가졌다.

그와 나는 학과 사무실이 같은 층인데도 학문 교류가 전혀 없었다. 나는 겉모습만 보고 그가 논문을 마무리하는 대학원생이거나 새내기 박사 후 과정 혹은 이른 나이에 종신 재직권을 받은 부교수일 거라고 생각했다. 우리는 사용하는 층과 계단이 같아서 규모 있는 교직원 회의 때 만나곤 했다. 늦은 오후 대학원 세미나 수업이 시작되기 전에 두 블록 떨어진 브로드웨이의 스타벅스에서 마주칠 때가 더 많았다. 길 건너편의 샐러드 바에서도 몇 번 마주치며 서로를 의식했고, 점심을 먹고 같은 화장실에서 양치질하려다 또 마주쳐 새어 나오는 미소를 감추지 못할 때도 있었다. 칫솔에 미리 치약을 묻혀 남자 화장실로 가는 길에 마주칠 때마다 우리는 미소를 지어 보였다. 그도 나처럼 화장실로 치약 튜브를 가져오지 않는 듯했다.

어느 날 그가 물었다. "아쿠아프레시 치약 쓰나요?" 그렇다고 하며 되물었다. 어떻게 알았어요? 치약의 줄을 보고 알았다는 대답이 돌아왔다. 그가 먼저 말을 걸어온 기회를 붙잡고 싶어 무슨 치약을 쓰는지 물었다. "톰스 오브 메인 써요." 왜 진작 알아차리지 못했을까. 그는 확실히 톰스 메인 브랜드를 쓸 것처럼 생겼는데. 톰스의 데오도란트와 비누, 건강용품점에서 파는 비주류 제품을 쓸 것이다. 그가 입 안을 헹구는 모습을 볼 때면 점심으로 샐러드를 먹은 그의 입 안에서 치약에 든 페늘 성분이 어떤 맛이 날까 궁금해지기도 했다.

우리는 서로 추파를 던지지 않았지만 암시적인 무언가가 우리 사이를 맴돌았다. 오후에 멋쩍은 듯 인사말을 주고받을 때면 우리를 이어 주는 허술한 다리가 생겼다가 다음 날 아침 계단에서 마주쳤을 때 인사를 하는 둥 마는 둥 하는 순간 곧바로 허물어졌다. 나는 무언가를 원했고 그도 그런 것 같았다. 하지만 무슨 말을 하거나 그와의 관계를 진척시키기에는 내가 상황을 분명하게 읽었다는 확신이 없었다. 짧은 대화를 나누다 안식년이 끝나서 곧

뉴햄프셔로 돌아간다고 말할 기회를 잡았다. 그는 나의 소크라테스 이전 철학 세미나를 들을 생각인데 유감이라고 말했다.

“시간이 안 맞네요! 하필 시간이!” 그는 어색하고도 미안해하는 미소와 가벼운 한숨을 섞었다.

어쨌든 그는 나에 대해 알아보았고 나의 소크라테스 이전 철학 수업도 알고 있었다. 기분이 으쓱했다. 그는 러시아 피아니스트 사무일 페인베르크에 관한 책을 쓰는 중인데 마감을 앞둔 상황이라고 했다. 페인베르크는 처음 들어 보는 이름이었다. 어쨌든 그에 대해 한 가지를 더 알게 되었고 더 알아볼 수 있는 시간이 없어서 아쉬웠다. 나는 의자가 네 개밖에 남지 않은 텅 빈 아파트에서 작은 송별회가 있을 예정인데 시간이 나면 오라고, 얼마든지 환영이라고 했다. 올래요? 그는 당연히 가겠다고 했다. 대답이 너무 빨라서 진심이 아닌 것처럼 느껴졌다.

그리고 에리카가 있었다. 우리는 요가 수업을 들었는데 그녀도 나처럼 일러도 너무 이른 오전 6시에 오곤 했다. 우리는 가끔 한참 늦은 오후 6시에 가기도 했다. 심지어 하루에 두 번, 오전 6시와 오후 6시에 간 적도 있었다. 서로를 찾고 있었으나 하루에 두 번이나 마주칠 거라곤 생각지도 못한 것처럼. 그녀는 구석 자리를 좋아했고 나는 늘 한걸음 떨어진 자리에 있었다. 그녀가 없을 때도 벽에서 1미터 정도 떨어진 자리에 매트를 놓았다. 처음에는 평상시 자리가 좋아서였는데 나중에는 나도 모르게 그녀의 자리를 맡아 주려는 것임을 알아차렸다. 하지만 그녀도 나도 요가 수업에 꾸준히 나오는 편이 아니어서 짧게 고개를 끄덕이는 사이가 되기까지도 오랜 시간이 걸렸다. 눈을 감고 매트에 누워 있으면 갑자기 누가 바로 옆에 매트를 내려놓는 소리가 들리곤 했다. 나는 보지 않고도 누구인지 알았다. 우리의 좁은 구석 자리로 조심스럽게 홱 다가오는 조용한 발소리와 숨소리, 누운 다음에 나오는 헛기침 소리까지 알아볼 수 있었다. 그녀는 나를 보고 놀랐지만 반갑다는 표정을 숨기지 않았다. 반면 나는 좀 더 신중하게 멈칫하다가 *아, 당신이군요*, 하는 표정을 짓는 척했다. 너무 노골적으로 보이고 싶지도 않고, 요가 교실 밖에서 신발을 벗고 앞 팀이 나오기를 기다리며 나누는 요가 관련 잡담 이상으로 친하게 대하려는 인상을 주고 싶지도 않았다. 별로 뛰어나지 못한 서로의 요가 실력에 관한 이야기를 나누거나 형편없는 대체 강사에 대해 불평할 때, 폭우 예보 뒤 주말을 즐겁게 보내라고 인사하며 한숨을 쉴 때마다 우리에게는 항상 예의 바르면서도 약간 아이러니한 무언가가 있었다. 그런 것들이 아무런 의미도 없는 일이라는 걸 둘 다 알았다.

하지만 나는 그녀의 날씬한 발과 지난 주말의 선크림 향이 없어지는 것을 억울해하는 듯한 여름 태양에 그을려 빛나는 매끈한 어깨가 좋았다. 무엇보다도 납작하지 않고 둥근 이마가 좋았다. 알 수는 없지만 알고 싶어지는 생각이 그녀의 머릿속에서 일어나고 있음을 암시하는 이마였다. 미소 지을 때마다 뭔가 야릇한 뒷생각을 하는 듯한 표정이 얼굴에 떠 있었으니까. 그녀는 날씬한 종아리가 드러나는 타이트한 옷을 입었다. 그래서 마음껏 상상의 나래를 펼칠 때면 누워서 두 다리를 90도로 올린 비파리타 카라니 자세를 하는 그녀를 쉽게 떠올릴 수 있었다. 마주 보고 무릎 꿇은 내 가슴에 발꿈치를 대면 발가락이 내 어깨에 닿았는데, 나는 그녀의 발목을 두 손으로 감싼 자세였다. 이어서 그녀가 다리를 구부리고 내 허리로 천천히 무릎을 밀어 넣으면 나는 그저 그녀의 숨소리와 신음을 들으며 내가 요가 파트너 이상을 원한다는 사실을 알 수 있었다.

나는 요가 강사를 송별회에 초대할 생각인데 그녀도 남편과 함께 오지 않겠느냐고 물었다. 그녀는 좋다고 대답했다.

그래서 두 사람이 온 것이다. 11월치고는 날씨가 따뜻해서 활짝 열어 놓은 프렌치 창으로 강바람이 불어오고 창턱에 세워 놓은 양초가 흔들렸다. 우리는 영화처럼 뭐 하나 잘못될 걱정 없는 마법 같은 토요일 저녁을 보내는 기분이었다. 나는 손님들을 서로서로 소개해 주고 대화가 줄어드는 것 같으면 질문만 했다. 예행 연습을 거친 듯한 집주인의 진부한 질문처럼 들리지 않도록 교묘하게. *영화 마지막 장면 어땠어요? 늙어 가는 두 배우는 어땠나요? 이번 영화가 감독의 전작만큼 마음에 들었어요? 나는 노래와 함께 갑작스럽게 끝나는 영화가 좋던데, 혹시 그쪽도 그래요?*

나를 위한 송별회였지만 집주인은 나였다. 나는 프로세코가 떨어지지 않도록 신경 썼다. 모두가 편안하고 느긋해 보였다. 에리카와 폴이 벽에 기대어 담소를 나누는 것만 봐도 알 수 있었다. 내가 다가가서 함께 할 때면 사람들 틈에서 우리 세 사람만의 세상에 있는 기분이었다. 남들이 다 가 버려도 모른 채 이 책, 저 책, 이 영화, 저 연극 등 온갖 주제에 관한 대화가 아무런 이견 없이 물

흐르듯 이어지겠지.

그들도 질문했다. 나에게, 서로에게. 대화에 끌어들이려고 주방 쪽으로 다가오는 사람들에게 한두 번 고개를 돌리기도 했다. 우리는 큰 소리로 웃음을 터뜨렸으며 내가 손을 잡자 둘 다 확실히 좋아했고 손을 살짝 누르는 것으로 반응했다. 너무 느슨하지도 않고 단순히 예의를 차리려는 것도 아니었다. 어느 순간에는 그가, 나중에는 그녀가 내 등을 조심스럽게 문지르기도 했다. 내 스웨터의 감촉이 좋아서 다시 느껴 보고 싶은 것처럼 보일 정도였다. 정말 놀라운 저녁이었다. 같이 술을 마시는 데다 누군가의 휴대전화도 울리지 않았으며 차우드후리 박사의 디저트가 곧 나올 터였다. 송별회를 끝내기로 한 8시 30분이 벌써 지났지만 그만 돌아가고 싶다는 신호를 보내는 이가 한 명도 없었다.

나는 가끔 미콜을 힐끔 쳐다보았다. *그쪽은 괜찮아?* 라는 의미였다. 그러면 *응. 거긴 괜찮아?* 라는 뜻의 성급한 고갯짓이 돌아왔다. 나는 *그럭저럭 괜찮아*, 라고 응답했다. 우리는 완벽한 팀이었다. 지금까지 우리의 관계가 유지된 것도 한팀이기 때문이었다. 우리가 좋은 부부가 되리라는 사실을 처음부터 알아챈 것도 그래서였다. 확실한 팀워크 그리고 가끔의 열정.

*그 두 사람은 뭐야?* 미콜이 고개를 갸우뚱하며 궁금하다는 신호를 보냈다. 처음 보는 두 젊은 손님을 말하는 거였다. *나중에 말해 줄게.* 나도 신호를 보냈다. 그녀는 약간 의심스러운 듯 딱딱하게 굳은 표정이었다. *꿍꿍이가 있네*, 라고 말하는 일부러 찬물을 끼얹는 그 표정을 나는 잘 알았다.

두 사람은 유머 감각도 있고 잘 웃었다. 남들이 다 아는 걸 혼자만 모르는 나를 놀리기도 했다. 나는 그들이 즐거워하도록 내버려 두었다.

어느 순간에 에리카가 말을 끊고 속삭였다. "보지 말아요. 당신 아내의 친구가 계속 우리 쪽을 쳐다보고 있어요."

"우리 대학에서 일하고 싶어 하거든요. 그래서 일부러 피하고 있죠."

"관심은 없고요?" 그가 약간 비꼬는 목소리로 물었다.

"아니면 확신이 없거나?" 그녀도 곧장 물었다.

"감동이 없네요." 내가 대답했다. "내 말은 끌리지 않는다는 거예요."

"그래도 저 여자 예쁜데요." 에리카가 떠보는 듯 말했다.

나는 조롱 섞인 웃음과 함께 고개를 저었다.

"쉿! 우리가 자기 얘기 하는 걸 눈치챘어요."

우리 셋은 어색하게 시선을 딴 데로 돌렸고, "참고로 저 여자 이름은 키린이에요." 하고 내가 덧붙였다.

"키린이 아니라 캐런이에요." 그가 말했다.

"키린이라고 들었는데."

"저 여자가 정말로 키린이라고 발음했어요." 나의 요가 파트너가 말했다.

"그건 저 여자가 미시건 사투리를 써서 그래요."

"미시건어겠죠."

"머슈가(meshuga, 미쳤다는 뜻—옮긴이) 같네요."

웃음이 터져 나왔다. 다들 주체하지 못할 정도였다.

"우리 감시당하고 있어요." 그가 경고했다.

계속 웃음소리를 죽이려 애쓸 때 들뜬 내 마음은 저만치 앞서 갔다. 두 사람이 내 삶에 있었으면 했다. 어떤 조건이라도 좋았다. 지금 그들을 원했다. 남자친구와 배우자가 있는, 혹시라도 있다면 갓 태어난 아기나 입양한 아이가 있어도 상관없었다. 자기들이 좋을 때 언제든 오가도 상관없었다. 그날이 그날인 단조롭고 지루한 뉴햄프셔의 내 삶에 그냥 있어 주기만 한다면.

만약 예측을 벗어나 에리카와 폴이 서로를 좋아하게 되면 어떡하지? 사실 전혀 예측 못 할 일은 아니었다. 심지어 간접적인 흥분감이 느껴질지도 모른다. 성욕은 모든 화폐를 다 받고, 간접 쾌락에는 진짜로 통할 만큼 믿을 만한 장외 시장 환율이 적용된다. 타인의 쾌락을 빌렸다가 파산한 사람은 아무도 없다. 원하는 사람이 없을 때 파산한다.

"그녀가 누군가를 행복하게 해 줄 수 있다고 생각해요?" 내가 아내의 친구에 관해 물었다. 내가 왜 그런 질문을 했는지 정확히 알지도 못했다.

"당신 같은 남자를요?" 다트를 던질 준비가 되어 있는 듯 그가 즉시 대답했고, 다 안다는 듯한 그녀의 암묵적인 미소는 내 질문에 숨겨진 의미를 읽었을지도 모른다는 것을 말해 주었다. 내가 쉽게 행복을 느끼지 못하는 부류라는 데는 두 사람 모두 동의하는 듯했다.

"내가 원하는 게 얼마나 단순한지 알면 그런 말 못 할걸요."

"이를테면?" 내가 장황한 말을 늘어놓거나 거짓말하는 모습을 빨리 보고 싶다는 듯 그녀가 다짜고짜 물었다.

"두 가지가 있어요."

"그 두 가지가 뭔지 말해 봐요." 그녀는 즉석에서 도전장을 내밀었다. 자신의 말투가 너무 다급했고 내 혀끝에 걸린 대답이 자신의 기대와 전혀 다르다는 사실은 알지 못했다.

"대답하기 싫을 수도 있죠." 내가 망설이는 걸 알아채고는 그가 말했다.

"하고 싶을 수도요." 내가 대답했다.

그녀의 입술이 또 유감스러운 미소로 떨렸다. "아닐 수도 있고요."

*이제 그녀는 눈치챘겠지. 분명히 알 거야.* 내가 그녀를 초조하게 만들고 있었다. 하지만 나는 경험으로 알았다. 지금이 대담한 질문을 던지거나 혹은 그런 질문을 할 필요조차 없는 순간이라는 것을. 답은 이미 '예스'로 정해져 있기에. 하지만 그녀는 초조해했다.

"어차피 우리가 원하는 것들은 대부분 상상이잖아요, 안 그래요?" 나는 조금 전에 한 말을 한 번 더 쉽게 풀어서 말했다. 그녀가 혹시라도 그 뜻을 이해하지 못할 것을 대비해서였다.

"가장 강렬한 욕망은 시험했을 때가 아니라 실현되지 않았을 때 더 의미 있는 법이죠. 그렇게 생각하지 않아요?"

"난 지체된 욕망을 알 때까지 오래 기다려 본 적이 없는데." 그가 웃음을 터뜨렸다.

"난 있어요." 그녀가 재빨리 말했다.

나는 그들을 보았고 그들도 나를 보았다. 내가 좋아하는 어색한 순간이었다. 이럴 때는 서둘러 싹을 잘라 버리지 않고 부드럽게 대화를 유도하면 된다. 하지만 긴장감이 팽팽해졌고 그녀는 서둘러 뭔가를, 무엇이든 말하려고 했다. 내가 말하지 않은 것을 그녀가 직감으로 알아차렸다는 뜻이기도 했다.

"당신에게 멍이나 흉터를 남긴 사람이 분명 있었을 거예요."

"있었습니다. 우리 가슴에 구멍을 뚫고 상처를 남기는 사람들이 있죠." 나는 잠시 생각하고 말했다. "내가 상대의 가슴에 구멍을 뚫었지만 영영 치유되지 못한 건 나였어요."

"그 여자분은요?"

나는 잠시 주저하다 바로잡았다. "남자예요."

"어디에서요?"

"이탈리아에서요."

"그래요, 이탈리아. 거긴 여기랑 다르니까요."

영리한 여자라는 생각이 들었다.

에리카와 폴.

역시 두 사람은 잘 통했다. 나는 둘이 대화하게 두고 다른 손님들에게 갔다. 미콜의 다른 친구와도 잠깐 농담을 주고받았다. 그녀는 얼굴에 모반이 있지만 아름다웠고 생기 넘치는 반어법은 재능과 야망을 갖춘 평론가임을 말해 주었다.

한순간 나는 지난 학기 동안 주말이면 우리 집에서 열리던 저녁 식사 자리에 대학 친구들이 찾아온 일들이 떠올랐다. 데우기만 하면 되는 인스턴트 닭고기 파이와 키슈에 갖가지 재료를 넣은 나만의 양배추 샐러드를 준비했다. 치즈와 디저트를 가져오는 사람들이 꼭 있었다. 와인과 맛있는 빵도 많았다. 우리는 그리스의 3단 노선, 그리스의 불, 호메로스의 직유법, 현대 작가들의 작품에 나타나는 수사학적 비유에 관해 이야기했다. 이제 이 모든 걸 잃는 것이다. 나도 모르게 얻었고 다른 곳에서 그리워할 뉴욕의 작은 의식들을 잃어버리는 것처럼. 동료와 새로운 친구들을 전부 잃어버린다. 물론 저 두 사람도. 이제야 비로소 요가와 학교 이외의 것을 나누기 시작했는데.

집 안을 둘러보며 미콜과 내가 작년 8월 처음 이사 왔을 때만큼 텅 비었다는 사실을 깨달았다. 테이블, 의자 네 개, 데크의 비바람에 낡은 의자, 텅 빈 책장, 보조 수납장, 푹 꺼진 소파, 침대, 옷걸이가 날개를 활짝 펼친 새 인형처럼 매달린 옷장, 공연 팸플릿만 가득 쌓여 있을 뿐 미콜도 나도 손댄 적 없으며 뉴햄프셔로 가져가자고 말은 하지만 그럴 일은 없으리라는 걸 둘 다 아는 처량한 그랜드 피아노. 나머지 짐은 이미 부쳤다. 대학에서는 고전학과 교수인 다음 입주자가 도착하는 11월 중순까지 이곳에 머물러도 된다고 연장해 주었다. 다음 입주자 메이너드는 대학원 동기이고 이미 환영 인사도 보낸 터였다. *건조기는 너무 오래 걸리고 와이파이는 불안정해.* 한 번도 그를 부러워해 본 적이 없는데 당장이라도 그와 내 운명을 바꾸고 싶었다.

예상한 대로 두 사람의 대화는 다시 저널리스트 클라이브에게 흘러갔다. 둘 다 그의 성은 기억하지 못했다. 폴은 가슴 단추를 풀어헤친 새하얀 리넨 반소매 셔츠를 입었다. 그가 클라이브의 성을 기억해 내려고 하면서 팔꿈치를 들어 손을 이마로 가져갈 때 털이 얼마 없는 겨드랑이까지 다 보였다. 겨드랑이를 제모하나 보다, 생각했다. 햇볕에 그을려 반짝이는 그의 손목이 좋았다. 그가 누군가의 이름을 기억하려 애쓰며 손을 머리로 가져가는 모습을 한 번 더 포착하기 위해 저녁 내내 그를 힐끔거리는 내 모습이 자연스레 상상되었다.

그가 다른 곳에 떨어져 있는 남자친구와 교묘하고 짧게 서로를 힐끔거리는 모습을 포착했다. 서로가 어디 있는지 확인하는 두 사람의 모습에 공모와 결속 같은 달콤한 무언가가 들어 있었다.

그녀는 헐렁한 하늘색 블라우스를 입고 왔다. 나는 그녀의 가슴을 제대로 쳐다볼 수가 없었다. 윤곽이 미묘해서 자극적이지 않지만 내가 쳐다볼 때마다 그녀가 의식하는 게 보이기 때문이었다. 요가복을 벗은 그녀는 본 적이 없었고, 내 마음을 끌어당기는 것은 그녀의 진한 눈썹과 커다란 녹갈색 눈이었다. 그 눈은 상대를 그냥 보는 것이 아니라 뭔가를 원하고 정말로 답을 기다리는 것처럼 계속 머물렀다. 상대는 그 눈을 말없이 바라만 보다 결국 대답하지 못하고 마는 것이다. 사실 그 눈이 뭔가를 바라는 건 아니었다. 그 눈은 상대를 기억하는 것처럼 너무도 친근했으며 어떻게 아는 사람인지 떠올리려고 애썼다. 눈에 담긴 조소하는 듯한 기색은 상대가 알면서 모르는 척하고 기억해 내는 것을 도와

주지 않는다고 말하는 그녀의 방식일 뿐이었다. 그녀의 눈이 나에게 향할 때마다 뭔가를 암시했다. 나는 그것을 너무 자주 알아차렸다. 예전에 영화관에서 줄 서 있는 그녀를 보았을 때 침묵을 깨고 말 걸고 싶게 만든 것도 뭔가를 암시하는 그 눈이었다. 그때 그녀는 옆의 남편에게 뭐라고 말하다 갑자기 고개를 돌려 나를 쳐다보았다. 우리는 짧은 순간 빤히 쳐다보다 서로를 알아보곤 말없이 뒷걸음질 비슷한 것을 치며 인사의 의미로 고개만 끄덕였다. *요가, 맞죠? 요가, 맞아요,* 라는 뜻이었다. 그리고 둘 다 서둘러 시선을 돌렸다.

미콜과 요가 강사는 담배를 피우러 발코니로 나갔다. 미콜이 그의 말에 웃고 있었다. 그녀의 웃음소리를 듣는 게 좋았다. 그녀는 자주 웃지 않는다. 우리는 자주 웃지 않는다. 나도 손님에게 담배를 빌려 그들에게 다가갔다. "재떨이도 전부 부쳐 버렸거든요." 아내가 절반만 비운 플라스틱 컵의 가장자리에 담뱃재를 털면서 설명했다. "자제력이라고는 아예 없죠." 요가 강사가 자기에 대해 말했다. "여기도 마찬가지죠." 아내도 말했고, 그가 아내의 컵에 담뱃재를 털자 두 사람은 함께 웃음을 터뜨렸다. 셋이 좀 더 잡담을 나누는데 전혀 예상하지 못한 일이 생겼다.

누군가 피아노 뚜껑을 열어 연주하고 있었다. 나는 듣자마자 바흐의 곡임을 알았다. 안으로 들어가자 사람들이 피아노 주위에 모여 있었다. 연주자는 폴이었다. 충분히 예측할 수 있었는데 그러고 싶지 않았던 걸까. 예상치 못한 일이기에 나는 순간 그 자리에 얼어붙었다. 러그도 다른 짐들과 함께 부쳐 버려서 피아노 소리가 더욱 맑고 풍성했다. 완전히 텅 빈 바실리카에서 연주하듯 텅 빈 아파트에 메아리쳤다. 폴이 유물과도 같은 피아노에 유혹을 느끼리라는 생각을, 오랫동안 들어 보지 못한 그 곡을 이렇게 연주하리라는 생각을 왜 하지 못했을까.

연주는 몇 분 동안 이어졌다. 나는 그의 등 뒤로 다가가 머리를 잡고 목덜미에 키스하며 제발 제발 다시 연주해 달라, 애원하고 싶을 뿐이었다.

무슨 곡인지 아는 사람은 한 명도 없는 듯했다. 폴의 연주가 끝나고 존경심에서 우러나오는 침묵이 내려앉았다. 마침내 남자친구가 사람들 틈을 헤치고 나와 폴의 어깨에 부드럽게 손을 얹었다. 연주를 그만 하라는 뜻이었을지도 모르지만 폴이 갑자기 시닛케의 곡을 연주해 모두를 웃게 했다. 그 곡도 아는 사람이 없었다. 하지만 그가 광인 버전으로 〈보헤미안 랩소디〉를 연주하기 시작하자마자 모두가 웃었다.

폴의 연주가 중간에 이르렀을 때 나는 창턱 아래 라디에이터를 감싼 금속 덮개 위에 앉았다. 에리카가 조용히 옆에 와서 앉았다. 벽난로 위 선반에 놓인 접시를 건드리지 않고 좁은 공간을 파고드는 고양이처럼. 그녀는 남편을 찾으려고 고개만 돌렸는데 오른쪽 팔꿈치를 내 어깨에 기댔다. 그녀의 남편은 두 손으로 와인잔을 들고 반대편 끄트머리에 불편한 표정으로 서 있다가 그녀가 미소 짓자 고개를 끄덕였다. 문득 두 사람의 관계가 궁금해졌다. 그녀는 피아노 연주자를 보려고 다시 고개를 돌린 뒤에도 내 어깨에 놓은 팔꿈치를 떼지 않았다. 알고 하는 행동이었다. 대담하지만 망설이는 듯한. 하지만 나는 다른 데 집중할 수 없었다. 몸을 그렇듯 여유롭고 편안하게 움직이는 게 존경스러웠다. 어느 장소에서나 친목을 다지는 데 익숙한 자신감 넘치는 성격에서 나오는 행동이었다. 내가 스킨십을 해도 사람들이 언짢아하지 않고 오히려 그렇게 해 주기를 바란다고 생각한 젊은 시절이 떠올랐다. 그녀의 여유로운 믿음이 고마워서 내 어깨와 가까운 그녀의 손으로 내 손을 가져갔다. 그렇게 하면 그녀의 팔꿈치가 움직인다는 것을 알면서 그녀가 보여 준 우정에 감사하기 위해 손을 가볍게 꾹 눌렀다. 그녀는 전혀 개의치 않는 듯했지만 이내 팔꿈치를 뺐다. 주방에 있던 미콜이 와서 라디에이터 옆에 서더니 내 다른 쪽 어깨에 손을 올렸다. 에리카의 팔꿈치와는 사뭇 다른 느낌이었다.

폴의 남자친구가 그에게 다들 곧 돌아갈 시간이니 연주를 그만해야 할 것 같다고 말했다. "이 친구는 한번 연주를 시작하면 멈추지 않거든요. 할 수 없이 내가 흥을 깨뜨리는 악당 역할을 해야 한다니까요."

그때 내가 자리에서 일어나 여전히 피아노에 앉아 있는 폴에게 다가갔다. 한쪽 팔을 그에게 두르고 바흐의 〈아리오소(Arioso)〉를 안다고, 그가 그 곡을 연주할 줄은 몰랐다고 말했다.

"나도 몰랐어요." 그 자신도 놀랐다는 것을 매우 솔직하고 신뢰가는 모습으로 표현했다. 그는 내가 바흐의 카프리치오를 안다는 걸 기뻐했다. "〈아리오소〉는 '길 떠나는 형을 위한 카프리치오'의 한 악장이죠. 당신도 떠나는 거니까 의미 없는 곡이 아니죠. 원하면 다시 연주해 줄게요."

정말 상냥한 남자구나, 생각했다.

“당신이 곧 떠나니까요.” 그가 다시 말했다. 모두가 그 말을 들었다. 그의 목소리에 담긴 순수한 인류애는 많은 손님 앞에서 드러내거나 표현할 수 없는 무언가를 내 안에서 끄집어냈다.

폴이 다시 〈아리오소〉를 연주했다. 나를 위한 연주였다. 나를 위한 연주임을 모두가 알았다. 그도 분명 알았겠지만 우리가 앞으로 두 번 다시는 만나지 못할 터, 작별과 떠남이 그토록 끔찍하다는 사실이 내 마음을 아프게 했다. 하지만 폴이 모르고 또 알 수도 없는 것은 20년 전 누군가 나를 위해 이 〈아리오소〉를 연주해 주었고 그때도 떠나는 사람이 나였다는 사실이다.

*이 연주를 듣고 있니?* 그날 저녁 그 자리에 없지만 나에게는 절대로 부재하지 않는 단 한 사람에게 물었다.

듣고 있어요.

*너는 알 거야. 내가 긴 세월 동안 내내 허우적거린 거 너는 잘 알 거야.*

알아요. 하지만 나도 마찬가지였는걸요.

*넌 나에게 정말 아름다운 곡을 들려주었구나.*

그러고 싶었어요.

*그럼 넌 잊지 않은 거구나.*

당연히 잊지 않았죠.

폴이 연주하는 동안 나는 그의 얼굴을 빤히 바라보았다. 본능적으로 느껴지는 무방비 상태의 품위와 다정함으로 나를 바라보는 그의 눈에서 시선을 뗄 수가 없었다. 그동안의 내 삶이 어떠했고 아직 어떤 가능성이 있고 또 없는지에 대해 신비롭고 매력적인 말들이 흘러나오는 걸 알 수 있었다. 선택은 피아노 건반과 나 자신에게 달려 있다고.

폴은 바흐의 〈아리오소〉가 끝나자마자 사무일 페인베르크가 편곡한 합창 전주곡을 연주하겠다고 선언했다. 남자친구를 보며 "5분이면 돼. 약속할게."라고 다독였다.

"짧은 합창 전주곡이지만……." 그가 연주를 다시 시작하기 전에 덧붙였다. "여러분의 삶을 바꿀 수 있어요. 연주할 때마다 내 삶도 바뀌거든요."

나에게 하는 말일까?

내 삶에 대해 어떻게 알고?

하지만 그는 알았을 것이고 나도 그가 알기를 바랐다. 음악이 인생을 바꿀 수 있다는 그의 말은 순간 나에게 더없이 명료한 의미로 다가왔다. 하지만 그 말이 순식간에 다시 내게서 빠져나갈 것 또한 이미 알고 있었다. 그 의미가 영원히 음악에만, 그 젊은이가 나에게 한 번도 들어 본 적 없지만 앞으로 매일 듣고 싶어지는 음악을 들려준 어퍼웨스트사이드의 저녁에만 묶여 있는 것처럼. 아니면 바흐 덕분에 한결 환해진 가을밤 때문일까? 내가 좋아하고 음악이 주는 위안 속에서 더욱 좋아진 사람들로 가득한 휑뎅그렁한 아파트를 잃어야 하기 때문일까? 그것도 아니면 음악은 인생이라 불리는 것의 전조가 되기 때문일까? 그 울타리에 갇힌 음악과 마법의 주문 때문에 더욱 또렷해지고 더욱 현실적, 아니 비현실적이 되어 버린 삶, 아니면 피아노에 앉아 나를 올려다 보며 원하면 *다시 연주해 줄게요*, 라고 말한 폴의 얼굴 때문일까?

어쩌면 폴의 말은 이런 의미였을지도 모른다. 친애하는 벗이여, 음악이 그대를 바꾸지는 않더라도 적어도 완전히 그대의 것인 무언가를 떠올리게 해 줄 수 있어야 해요. 비록 흔적은 놓쳤지만 영영 사라지지 않았고 제대로 된 음으로 손짓하면 다시 대답하는 것. 음과 음 사이에 제대로 닿은 손가락과 적절한 무음으로 오랜 잠에서 살포시 깨어나는 정령처럼. *다시 연주해 줄게요*. 20년 전 누군가가 나에게 비슷한 말을 했다. *내가 편곡한 바흐 곡이에요.*

라디에이터에서 내 옆에 앉은 에리카와 피아노에 앉은 폴을 보며 그들의 삶도 바뀌기를 바랐다. 오늘 밤으로 인해, 음악으로 인해, 나로 인해. 어쩌면 나는 그저 그들이 내 과거의 무언가가 떠오르게 해 주기를 바랐는지도 모른다. 과거, 과거 같은 것, 기억 같은 것, 단순히 기억이 아니라 아직도 나에게 보이지 않는 삶의 워터마크 같은 깊은 층과 겹을.

그때 다시 그의 목소리가 들렸다. *나잖아요. 맞잖아요. 당신이 찾고 있는 건 오늘 밤 음악이 불러낸 바로 나잖아요.*

에리카와 폴을 보니 전혀 짐작조차 못 한다는 걸 알 수 있었다. 나도 도무지 알 수 없었다. 우리 세 사람을 연결해 주는 너무도 연약한 다리는 오늘 밤이 지나면 와르르 무너져 하류로 떠내려갈 것이다. 프로세코 와인과 음악, 차우드후리 박사의 핑거 푸드로 무르익은 화기애애한 분위기도 오늘 이후로 사라질 것이다. 치약

이야기나 하고 성질 나쁘고 입 냄새마저 지독한 요가 강사를 흉보기 전보다 더 못한 상황으로 퇴보할 수도 있다. 정말 지독한 냄새라고, 수업이 끝나서 시간이 생기자마자 그녀가 말했지.

폴의 연주를 들으며 뉴햄프셔의 우리 집을 생각했다. 허드슨강의 야경을 내다보고 있으니 그곳의 모든 것이 아득하고 애달프게만 느껴졌다. 집에 도착해 가구를 풀고 집 안의 먼지를 털고 환기하는 모습이 떠올랐다. 아이들이 대학으로 떠나서 아내와 둘이 마주 앉아 급하게 해치울 평일 저녁 식사도. 우리 부부는 가까우면서도 멀었다. 무모한 불꽃, 열정, 배꼽이 빠져라 자지러지는 웃음, 아리고 나이트 바로 달려가 주문하는 감자튀김과 마티니 두 잔. 이 모든 것이 그렇게 빠르게 사라질 줄이야. 나는 결혼이 우리 두 사람을 하나로 묶어 줄 거라고, 새로 시작할 수 있을 거라고 생각했다. 아이들 없이 둘만 남아 뉴욕에서 지내다 보면 가까워질 수 있을 줄 알았다. 하지만 나는 아내보다 음악, 허드슨강, 저 두 사람과 더 가까웠다. 아는 것 하나 없고 그들의 삶이나 클라이브, 파트너나 남자친구에 대해 궁금하지도 않은 두 사람과. 합창 전주곡이 실내를 가득 채우고 소리가 약간 커질 때 내 마음은 다른 곳으로 흘러갔다. 술에 살짝 취해 피아노 소리를 들을 때마다 늘 그랬다. 그럴 때면 피아노 소리가 바다와 기나긴 세월을 뚫고 나아가 누군가가 연주하는 오래된 스타인웨이 피아노까지 닿았다. 그 사람은 오늘 밤 바흐의 손짓으로 불려와 휑뎅그렁한 거실을 맴도는 정령처럼 나에게 일깨워 주었다. *우린 여전히 똑같아요. 떠내려가지 않았어요.* 그런 순간이면 그는 늘 이런 식으로 나에게 말을 걸어왔다. 얼굴에서 야유하는 듯한 나른함을 뿜어내며. *우린 여전히 똑같아요. 떠내려가지 않았어요.* 뉴햄프셔로 나를 찾아온 5년 전에도 그 말을 할 뻔했다.

나는 매번 그에게 상기시키려고 애쓴다. 나를 용서할 이유가 전혀 없다고.

하지만 그는 장난스러운 웃음을 터뜨리며 내 말을 훠이훠이 쫓아 버린다. 절대 화내는 법 없이 미소 지으며 셔츠를 벗고 반바지 차림으로 내 무릎에 앉는다. 허벅지를 내 허벅지에 걸치고 음악과 옆에 앉은 여자에게 집중하려는 내 허리를 두 팔로 꽉 껴안고 키스하려는 듯 얼굴을 바짝 붙이고 속삭인다. *바보 같으니. 내가 하나가 되려면 두 명의 내가 필요해요. 난 여자이고 남자이고 둘 다이기도 하지요. 당신이 나에게 둘 다였으니까. 나를 찾아요, 올리버. 나를 찾아 줘요.*

그의 목소리는 전에도 나를 여러 번 찾아왔지만 오늘 밤 같은 적은 처음이었다.

*뭐라고 말 좀 해 봐, 제발 무슨 얘기든 더 들려줘*, 라고 말하고 싶었다. 나 자신만 허락하면 신중한 말과 함께 좀 더 적극적으로 그에게 조심스러운 발걸음을 뗄 수 있었다. 오늘 나는 그가 내 연락을 받으면 너무나 좋아할 거라고 생각할 만큼 취했다. 그 생각이, 음악이, 피아노를 치는 젊은 남자가 황홀감을 느끼게 한다. 우리의 침묵을 깨뜨리고 싶다.

*항상 네가 먼저 말을 걸었잖아. 뭐라고 말 좀 해 봐. 네가 있는 곳은 새벽 3시네. 어디야? 뭐 해? 혼자 있어?*

*네가 두 마디만 해도 나에겐 모든 게 대역이 되어 버려. 나 자신, 내 삶, 일, 집, 친구들, 아내, 아들들, 그리스의 불, 그리스의 3단 노선 그리고 폴, 에리카와의 작은 로맨스까지 모든 게 가림막이 되어서 삶 자체가 우회로로 변하지.*

*그리고 너만이 존재하는 거야.*

*난 네 생각만 해.*

*오늘 밤 내 생각을 하고 있니? 내가 깨운 거야?*

그는 대답이 없다.

"내 친구 캐런하고 얘기 좀 해 봐요." 미콜이 부탁했다. 하지만 내가 캐런을 놀리는 농담을 던지자 차갑게 경고했다. "그리고 당신 그만하면 충분히 마신 것 같은데."

"난 더 마실 것 같은데." 나는 제3제국에서 도망친 유대인 이주자를 연구하는 전문가 부부와 대화를 나누려고 돌아섰는데 어떻게 시작된 것인지도 모른 채 웃기 시작했다. 도대체 저 둘이 곧 내 옛날 집이 될 이곳에 왜 있는 거지?

나는 프로세코 한 잔을 더 따라서 미콜의 친구에게 걸어가 말을 걸었다. 그런데 유대인 이주자 전문가 부부가 보이자 어느새 또 웃음이 터졌다.

술을 너무 많이 마신 게 분명했다.

아내, 학교 때문에 떨어져 사는 아들들이 또 생각났다. 집으로 돌아가면 아내는 매일 자리에 앉아 책 작업을 할 것이다. 나중에 나에게도 보여 주겠다고 한다. 스노 부츠를 신고 강의하고 스노 부츠를 신고 영화관과 레스토랑, 교수 회의, 화장실, 침실에 가는, 1년 내내 스노 부츠를 신는 우리의 작은 대학 도시로 돌아가면. 오늘 밤의 모든 것이 다른 시대에 있었던 일이 될 것이다. 에리카는 과거의 산물이 되고 폴도 과거에 갇혀 버리고 나는 내일부터 나를 보지도 못할 벽을 움켜잡는 그림자가 되겠지. 찬바람에 휙 날아가 버리지 않으려고 발버둥 치는 파리처럼 끝까지 놓지 못한 채. 그들은 과연 기억해 줄까?

폴이 왜 웃느냐고 물었다.

"행복한가 봐요. 아니면 프로세코를 너무 마셨거나." 내가 대답했다.

"나도요."

우리 세 사람은 웃음을 터뜨렸다.

〈아리오소〉와 합창 전주곡이 울려 퍼지고 끝없는 건배가 오가고 엄청난 양의 프로세코를 마신 뒤 손님방에서 에리카의 카디건을 찾아 줄 때 어색한 순간이 다가왔던 기억이 났다. 손님 둘은 벌써 떠나고 나머지는 복도에 모여 기다리고 있었다. 방에는 우리 둘뿐이었다. 그녀에게 와 줘서 정말 기뻤다고 말할 때 우리 사이의 침묵이 좀 더 오래 이어지도록 만들 수도 있었다. 불편해하는 기색은 보였지만 어색함이 몇 초간 더 이어져도 그녀는 개의치 않을 것 같았다. 하지만 나는 굳이 밀어붙이고 싶지 않았다. 그녀의 뺨이 아니라 드러난 목에 작별의 키스를 했다. 내가 웃자 그녀도 웃었다. 내 미소는 사과였고 그녀의 미소는 관용이었다.

그와 작별 인사를 할 때는 악수하려고 했는데 내 손이 닿기도 전에 그가 나를 안았다. 포옹할 때 그의 어깨뼈가 마음에 들었다. 그가 내 양쪽 뺨에 키스했다. 그의 남자친구도 똑같이 했다.

나는 기뻤고 흥분되었고 크게 상심했다. 네 사람이 복도를 걸어가는 모습을 문가에서 바라보았다. 다시는 보지 못할 사람들이었다.

나는 저들에게 무엇을 원했을까? 두 사람이 서로 잘 통하기를 바랐을까? 내가 마음 편하게 앉아 와인을 마시면서 둘의 대화에 끼어들지 말지 결정할 수 있도록? 아니면 둘 다 마음에 들어서 누구를 더 원하는지 결정할 수 없었을까? 사실은 둘 다 원하지 않았는데 원한다고 믿어야만 했을까? 안 그러면 내 삶을 돌아보다 사방에서 크고 암울한 분화구를 발견하고는 저녁때 그들에게 털어놓은, 가슴에 구멍을 남긴 상처받은 사랑이 계속 떠올랐을 테니까?

미콜은 친구 캐런과 함께 주방을 정리하고 있었다. 나는 설거지는 그냥 두라고 했다. 캐런이 다시 대화하고 싶다는 사실을 단도직입적으로 상기해 주었다.

"조만간 어때요?" 그녀가 물었다.

"돌아가면 바로 하죠." 거짓말이었다.

미콜이 캐런을 엘리베이터까지 배웅하고 돌아왔다. 잠들기 전에 정리를 도와주겠다는 뜻이었다. 그러지 않아도 된다고 했다.

"멋진 파티였어."

"정말 좋았지."

"그래서 그 둘은 누구야?"

"그냥 어린애들."

그녀는 알겠다는 듯한 미소를 보냈다. "난 자러 갈게. 당신도 올 거지?"

정리할 게 있지만 곧 가겠다고 말했다.

이삿짐을 싸고 남은 대형 쓰레기 봉투에 일회용 접시를 천천히 담았다. 거실 불을 끄려는데 사이드 테이블에 놓인 집 안에 유일하게 남은 재떨이 옆에 담배 한 갑이 보였다. 캐런의 담배일 것이다. 담배 한 개비를 꺼내 불을 붙이고 조명을 껐다. 이제 우리의 것이 아닌 낡은 소파에 앉아 재떨이도 옆에 내려놓고 새 주인들과 함께 남을 의자 네 개 중 하나에 발을 올리고 오래전에 들었던 그대로 〈아리오소〉를 떠올리기 시작했다. 캄캄한 거실에서 문득 창밖을 내다보니 보름달이 눈에 들어왔다. 세상에, 너무도 아름다웠다. 보름달을 보면 볼수록 말을 걸고 싶어졌다.

*내가 자네 삶을 바꾸진 못했지?* 나이 든 요한 제바스티안 씨가 말한다.

*그러지 못한 것 같네요.*

*왜 그렇지?*

*음악은 내가 어떻게 물어야 하는지 모르는 질문의 답을 알려주지 않으니까요. 내가 원하는 게 뭔지 말해 주지 않아요. 내가 아직까지 사랑에 빠져 있는지도 모른다는 것을 일깨워 주지만 이젠 모르겠네요. 사랑에 빠진다는 게 뭔지도. 난 항상 사람들을 생각하지만 아껴 준 것보다 상처 준 사람이 더 많아요. 내가 느끼는 감*

*정조차 모르겠습니다. 아직 뭔가를 느끼기는 합니다. 부재와 상실, 심지어 실패, 무감각, 완전한 무지 같은 것에 더 가깝지만. 한때는 나 자신에게 확신이 있었습니다. 세상을, 나를 안다고 생각했어요. 사람들은 내가 그들의 인생에 거침없이 들어가 손을 뻗어 만지면 좋아했죠. 환영받지 못한다는 생각도 의심도 없었어요. 음악은 내 인생이 어땠어야 했는지를 상기시켜 줍니다. 하지만 날 바꿔 주지는 않아요.*

*천재는 음악이 인간을 크게 바꾸지 않는다고, 위대한 예술도 인간을 바꾸지 않는다고 말할지 모르네. 대신 아무리 부정해도 처음부터 늘 나였고 앞으로도 언제까지나 나일 수밖에 없도록 운명지어진 모습이 뭔지 일깨워 주지. 우리가 묻고 숨기고 결국 잃어버린 이정표, 아무리 자신에게 거짓말을 하고 오랜 세월이 지났어도 소중한 게 무엇인지 적힌 이정표를 상기시켜 주지. 음악은 기쁨과 희망의 착각을 일으키는 후회의 소리에 불과해. 음악은 살아갈 날이 짧은데 주어진 삶을 버려두고 속였고 심지어 그 삶을 사는 데 실패했다는 사실을 가장 확실하게 알려 주지. 음악은 살지 않은 삶이야. 자네는 틀린 삶을 살았네, 친구여. 살라고 주어진 삶을 훼손하기도 했어.*

*난 무엇을 원할까요? 답을 압니까, 바흐 선생님? 맞고 틀린 삶이 있는 건가요?*

*난 예술가라네. 답을 알려 주지 않아. 예술가는 질문만 알 뿐이야. 그리고 자넨 이미 답을 알잖아.*

이상적인 세상이라면 지금 그녀는 소파 왼쪽에, 그는 소파 오른쪽 재떨이 바로 옆에 앉아 있겠지. 그녀는 구두를 차서 벗어 버리고 커피 테이블의 내 발 옆에 발을 올려놓을 것이다. 모두의 시선이 향하는 것을 알고 그녀가 말한다. *내 발 진짜 못생겼지?* 내가 대답한다. *전혀 못생기지 않았어.* 나는 두 사람의 손을 잡고 있다. 한쪽 손을 놓지만 그의 이마를 만지려는 것이다. 그녀는 내 어깨에 기대고 그는 고개를 돌려 나를 보고 키스한다. 길고 진한 키스를. 그도 나도 그녀의 시선을 아랑곳하지 않는다. 그녀가 봤으면 좋겠다. 그는 키스를 잘한다. 처음에는 아무 말도 없던 그녀가 말한다. *나한테도 키스해 줬으면 좋겠는데.* 그가 그녀에게 미소 지어 보이곤 나를 타고 넘어가듯 몸을 움직여 그녀에게 키스한다. 그녀는 그의 키스가 마음에 든다고 말한다. *동감이야. 근데 담배 냄새 나. 그건 내 탓이야.* 내가 솔직하게 말한다. *냄새가 별로였어?* 그가 묻는다. *괜찮았어.* 그녀가 대답한다. 내가 그녀에게 키스한다. 그녀는 나에게 담배 냄새가 난다고 불평하지 않는다. *페*는 냄새가 날 것이다. 그녀가 그의 치약을 맛보면 좋겠다. 그의 입에서 그녀의 입에서 내 입으로 다시 그의 입으로.

그날 밤 우리 셋이 알몸으로 침대에 있는 모습을 상상하며 잠들었다. 처음에는 셋이 껴안고 있다가 두 사람이 허벅지를 내 허벅지에 붙이고 내 쪽으로 몸을 웅크린다. 너무도 쉽게 일어날 수 있는 일이었다. 둘 다 딴마음을 품고 온 것처럼 그런 일이 너무도 자연스럽게 생길 수 있었다. 몇 시간 전 얼음통에 와인병을 꽂으면서 왜 그렇게 많은 계획을 세우고 긴장했을까. 그와 그녀의 땀이 내 땀과 섞이는 상상이 좋았다. 하지만 내 관심은 온통 그들의 아킬레스건으로 쏠렸다. 그녀는 구두를 벗어 커피 테이블에 발을 올릴 때, 그는 도착하자마자 양말을 신지 않고 보트 슈즈를 신은 모습을 보았을 때. 그의 발이 그렇게 늘씬하고 매끄럽고 섬세한 줄 몰랐다. 나중에 그도 신발을 벗고 두 발을 커피 테이블에 올렸다. 햇볕에 그을린 늘씬한 발목을 겹쳤다. *내 발도 봐.* 그가 한쪽 발의 발가락을 씰룩거렸다. *남자 발이네.* 그녀가 심플하게 말한다. *그러게.* 그가 대답하고는 또 가까이 다가와 한쪽 무릎을 내 허벅지에 올리고 키스한다.

그날 밤 무슨 꿈을 꾸었는지 기억나지 않는다. 하지만 흥분 상태로 몇 번이나 깨어나면서 밤새 두 사람 모두를 사랑했다. 함께였는지 따로였는지는 모르겠다. 아무런 제약 없이 두 사람을 두 팔로 안은 느낌이 어찌나 생생했는지. 새벽에 아내를 와락 움켜잡고 깼을 때 어제저녁에 이미 상상한 것처럼 이탈리아의 집이 떠오르는 주방에서 우리 네 사람의 아침을 준비해야 한다는 게 전혀 터무니없는 생각이라고 느껴지지 않을 정도였다.

나는 미콜을 떠올렸다. 거기에 그녀의 자리는 없었다. 우리는 이탈리아를 입에 올리지 않았다. 하지만 그녀는 알았다. 어느 날 그냥 알았다. 어쩌면 나보다 더 잘 알았다. 언젠가 그녀에게 옛 친구들 이야기를 들려주고 싶은 적이 있었다. 바닷가 그들의 집, 그 집의 내 방, 오래전 나에게 어머니 같았지만 지금은 치매에 걸려 자신의 이름도 기억하지 못하는 그 집의 여주인, 죽기 전에 바로 그 집에서 다른 여자와 살았던 그녀의 남편 그리고 여전히 그 집에 살고 있는 그녀와 내가 너무도 만나 보고 싶은 일곱 살짜리 그녀의 아들에 대해.

*나 돌아가야 해, 미콜.*

*왜?*

*내 삶은 거기에서 멈췄으니까. 사실 난 떠난 적이 없었으니까. 이곳의 나는 후려쳐서 잘린 도마뱀의 꼬리 같아. 몸뚱이는 대서양 너머 바닷가의 그 아름다운 집에 있는데. 나 너무 오래 떠나 있었어.*

*날 떠나는 거야?*

*그럴 것 같아.*

*애들도?*

*난 언제까지나 그 애들의 아버지야.*

*언제 떠날 건데?*

*모르겠어. 곧.*

*놀랐다고는 못 하겠네.*

*알아.*

그날 밤 손님들이 돌아가고 미콜이 잠자리에 든 후 현관 불을 끄고 발코니로 이어지는 프렌치 창을 닫으려고 할 때 문득 양초를 꺼야 한다는 사실이 떠올랐다. 다시 밖으로 나가 강을 마주 보며 조금 전 에리카와 폴과 서 있었던 난간에 두 손을 올리고 강 너머를 바라보았다. 허드슨강을 비추는 불빛이 좋고 신선한 바람이 좋고 이맘때의 맨해튼과 조지워싱턴다리가 좋았다. 뉴햄프셔에 돌아가면 그리울 테지만 지금 당장은 밤마다 반짝이는 조명이 이탈리아까지 닿는 몬테카를로가 떠올랐다. 조만간 어퍼웨스트사이드에 추위가 찾아오고 비 오는 날들이 이어지겠지만 늘 그렇듯 결국 날이 개고 절대 잠들지 않는 이 도시에 추위가 내려도 사람들은 여전히 밤거리를 서성거리겠지.

나는 데크의 의자들을 제자리에 집어넣고 바닥에서 절반만 비운 와인 잔을 집었다. 재떨이로 써서 담배꽁초가 수북한 컵이 하나 더 보였다. 몇 명이나 밖에서 담배를 피웠을까? 요가 강사, 캐런, 미콜, 제3제국의 유대인 이주자 학회에서 만난 부부, 채식주의자들 그리고 누가 있지?

나는 전망에 감탄하면서 조용히 상류로 미끄러지듯 나아가는 예인선 두 척을 바라보았다. 50년 후 누군가 이 발코니로 나와 이 자리에 서서 똑같은 풍경에 감탄하며 똑같은 생각을 하리라. 하지만 그는 내가 아닐 것이다. 그는 10대일 수도 있고 80대일 수도 있고 지금의 내 나이일 수도 있다. 그는 나처럼 단 하나뿐인 지나간 사랑을 여전히 그리워하고 오늘 밤의 나처럼 50년 전에 과거의 사랑을 그리워했을 이름 모를 영혼을 떠올리지 않으려 애쓸지도 모른다. 내가 기나긴 시간 생각하지 않으려고 무던히 애썼지만 실패한 것처럼.

과거와 미래는 얼마나 기막힌 가면인가.

에리카와 폴은 얼마나 기막힌 가림막인가.

모든 것이 가림막이었다. 인생 자체가 우회로였다.

지금 나에게 중요한 삶은 살지 않았다.

달을 올려다보며 내 삶에 대해 물으려고 했다. 하지만 질문을 품기도 전에 달이 대답했다. *너는 20년 동안 죽은 사람의 삶을 살았다. 모두가 안다. 네 아내와 아이들, 네 아내의 친구, 제3제국 유대인 이주자 학회에서 만난 부부까지도 네 얼굴에서 읽을 수 있다. 에리카와 폴도 알고 그리스의 불과 그리스의 3단 노선을 연구하는 학자들도, 2000년 전에 죽은 소크라테스 이전 철학자들까지도. 모르는 건 너뿐이다. 하지만 이제는 너도 안다.*

*넌 충실하지 못했다.*

*무엇에? 누구에게?*

*너 자신에게.*

며칠 전 상자와 테이프를 사러 갔을 때 길 건너편에 아는 사람이 보였다. 나는 그를 향해 손을 흔들었다. 그는 분명히 나를 보았는데도 손을 흔들지 않고 가던 길을 계속 갔다. 나에게 화난 일이 있는 모양이었다. 하지만 그런 일이 뭐가 있지? 잠시 후에는 서점으로 향하는 같은 학과 사람을 보았다. 인도의 과일 노점상 옆에서 마주쳤고 그도 내 쪽을 보았는데 미소에 답하지 않았다. 잠시 후에는 인도에서 같은 아파트에 사는 사람을 보았다. 평상시 엘리베이터에서 만나면 인사를 나누는 사이인데도 아는 체하는 나에게 아무 말도 하지 않고 고개도 끄덕이지 않았다. 문득 이 상황은 내가 죽었고 죽음이 바로 이런 것이기 때문이라는 생각이 들었다. 나는 보지만 그들은 보지 않는다. 더 끔찍한 것은 죽은 순간의 내 모습, 바로 골판지 상자를 사러 나온 그 모습에 갇혀 버려 내가 될 수도 있었던 사람, 진짜 나였던 사람이 절대 될 수 없다는 사실이다. 삶의 방향이 틀어지게 만든 난 하나의 실수를 바로 잡지 못한 채 마지막으로 하던 바보 같은 일에 영원히 갇혀 버리는 것이다. 골판지 상자와 테이프를 사는 일 말이다. 나는 마흔넷인데 벌써 죽었다. 죽기에는 너무, 너무 젊다.

창문을 닫고 또 바흐의 〈아리오소〉를 떠올리며 속으로 흥얼거리기 시작했다. 우리가 완전히 혼자이고 마음이 완전히 딴 곳에 있을 때, 영원을 마주하며 그동안 한 일과 끝내지 못한 일, 하지 않은 일 등 한마디로 삶을 찬찬히 살펴볼 준비가 되었을 때, 바흐에 따르면 내가 이미 답을 안다는 질문에 과연 나는 뭐라고 답할까?

단 한 사람, 단 하나의 이름. 그는 알 거야. 이 순간에도 그는 알 것이다. 그는 여전히 알 것이다.

*나를 찾아요.* 그가 말한다.

*그럴 거야, 올리버. 찾을 거야.* 나는 말한다. 혹시 그가 잊어버렸을까?

방금 내가 뭘 한 건지 그는 기억할 것이다. 그가 말없이 나를 바라본다. 감동한 것이다.

머릿속에 여전히 〈아리오소〉의 선율이 흐르고 와인을 한 잔 더, 캐런의 담배를 한 대 더 피우며 그가 나를 위해 〈아리오소〉를 연주했으면, 그다음에는 한 번도 연주한 적 없는 합창 전주곡을 연주했으면 했다. 나를 위해, 나만을 위해 연주하기를. 그의 연주를 생각할수록 두 눈에 계속 눈물이 차올랐다. 술기운이 남아서인지, 심장 때문인지는 중요하지 않았다. 그저 지금 바닷가 집에서 비 오는 여름밤에 그가 부모님의 스타인웨이 피아노로 연주하는 〈아리오소〉를 듣고 싶을 뿐이었다. 나는 무엇이든 남긴 잔을 들고 피아노 옆에 앉을 것이다. 그와 함께 있을 것이다. 더 이상은 혼자가 아닌 채로. 나에 대해 혹은 그에 대해 제대로 알지 못하는 낯선 이들 틈에서 너무도 오랫동안 혼자였으니까. 나는 그에게 〈아리오소〉를 연주해 달라고 할 것이다. 바로 오늘 밤 발코니의 양초를 끄고 거실의 조명을 끄고 담배에 불을 붙이고 난생처음으로 내가 어디에 있고 싶고 무엇을 해야 하는지 알게 된 이날을 그 연주로 기억하게 해 달라고.

첫 번째나 두 번째 아니면 세 번째에도 그랬듯이 똑같을 것이다. 다른 사람들과 나 자신에게 그럴듯한 이유를 만들어 비행기로 날아가 차를 빌리거나 택시를 타고 내가 아직 기억하듯이 나를 기억할, 그동안 변했거나 변하지 않았을 그 옛날의 익숙한 길을 달리면 어느새 나타날 것이다. 늙은 소나무 길, 천천히 멈추는 타이어 아래로 으드득거리는 익숙한 자갈돌 소리 그리고 그 집. 나는 집을 올려다본다. 아무도 없는 것 같다. 내가 온다는 사실을 모른다. 간다는 편지를 보내기는 했지만. 하지만 역시나 그가 기다리고 있다. 나는 그에게 밤새워 기다리지 말라고 했다. 그는 당연히 *난 밤새워 기다릴 거예요*, 라고 한다. *당연히*, 라는 말에 그동안의 세월이 급하게 밀려 들어왔다. 무언의 비꼬는 흔적이 있기 때문이다. 우리가 함께였을 때 그가 진심을 표현한 방법이었다. *내가 언제나 밤새워 기다릴 거란 걸 알잖아요, 당신이 새벽 4시에 도착한다고 해도. 그 긴 세월 밤새 기다렸는데 고작 몇 시간을 못 기다리겠어요?*

*기다림은 우리가 평생 해 온 일이지. 기다림 덕분에 나는 지구 반대편에 서서 바흐의 연주를 기억하며 너에게 생각이 닿을 수 있어. 난 그저 너를 생각하고 싶을 뿐이니까. 가끔은 생각을 누가 하는 건지 모르겠어. 너인지, 나인지.*

나 여기 있어요. 그가 말한다.

*나 때문에 깼어?*

네.

*그래도 괜찮아?*

네.

*혼자 있어?*

*그게 중요해요? 어쨌든 혼자예요.*

그는 자신이 변했다고 말한다. 하지만 그는 변하지 않았다.

*난 아직도 달리기해.*

나도요.

*술은 더 많이 마시고.*

나도요.

*잠은 잘 못 자.*

나도요.

*불안증, 우울증도 약간.*

*나도, 나도 그래요. 돌아오려는 거죠?*

*어떻게 알았어?*

난 알아요, 엘리오.

언제요? 엘리오가 묻는다.

*2주 후에.*

*그렇게 해요.*

*그래?*

*그래요.*

*원래는 나무가 늘어선 골목길로 올라가려고 했지만 그러지 않을 거야. 대신 비행기를 타고 니스에 내릴 거야.*

*그럼 차로 데리러 갈게요. 늦은 아침에 만나겠네요. 처음이랑 똑같이.*

*기억하는구나.*

*기억해요.*

*꼬맹이도 보고 싶다.*

*내가 이름을 말해 줬나요? 아버지가 당신 이름을 따서 올리버라고 지었어요. 아버진 당신을 끝까지 잊지 않았어요.*

그곳은 덥고 그늘도 없을 것이다. 하지만 로즈메리 향기가 사방에 퍼지고 익숙한 멧비둘기 소리가 들리고 집 뒤편으로 야생 라벤더와 태양을 향해 정신없이 커다란 머리를 들어 올린 해바라기가 가득한 들판이 있을 것이다. 수영장, '죽여주는 전망대' 종탑, 피아베 전투에서 사망한 군인들을 기리는 기념비, 테니스 코트, 저 아래 바위투성이 해안으로 이어지는 부서질 듯한 문, 한낮의 칼 가는 소리, 그칠 줄 모르는 요란한 매미 소리, 너와 나, 네 몸과 내 몸.

얼마나 있을 것인지 그가 물으면 나는 사실대로 말할 것이다.

어디에서 잘 것인지 그가 물으면 나는 사실대로 말할 것이다.

그가 물어본다면.

하지만 그는 묻지 않을 것이다. 그럴 필요가 없다. 이미 알고 있으니까.

# 다 카포

# DA CAPO

*"왜 알렉산드리아야?"*

그곳에서 맞이한 첫날 저녁 바닷가 산책로를 걷다 멈추고 방파제 너머로 지는 해를 바라보면서 올리버가 물었다. 해안가에서 생선과 소금, 바닷물 냄새가 강하게 풍겼지만 우리는 그리스인 민박집 건너편에 있는 그 산책로에 서서 예전에 오래된 등대가 있었다고 말한 지점을 바라보았다. 우리가 묵는 집은 이곳에서 8대째 살아왔다. 그들은 등대가 있었다고 생각할 만한 장소는 카이트베이의 요새뿐이라고 주장했다. 하지만 아무도 확실히 몰랐다. 어느새 저무는 해가 우리 눈에 비쳤다. 굵직한 붓이 분홍색도 은은한 주황색도 아닌 밝고 요란한 오렌지색으로 거리를 물들였다. 그도 나도 처음 보는 색이었다.

왜 알렉산드리아야? 라는 질문에는 여러 가지 의미가 담겨 있었다. *이곳이 왜 서양 역사에서 중요해진 거야,* 부터 *우리 왜 여기 온 거야?* 같은 가벼운 질문까지. *에페수스, 아테네, 시라쿠사 등 우리 두 사람에게 의미 있는 것은 전부 여기에서 시작됐을 테니까요.* 이렇게 대답하고 싶었다. 나는 그리스인, 알렉산더 대왕과 연인 헤파이스티온, 도서관, 히파티아 그리고 현대 그리스 시인

카바피를 생각했다. 하지만 그가 왜 묻는지도 알고 있었다.

우리는 이탈리아 집을 떠나 3주간의 지중해 여행을 시작했다. 배가 알렉산드리아에서 이틀 밤 정박했고 우리는 집으로 돌아가기 전 마지막 며칠을 즐기는 중이었다. 둘이서만 있고 싶었다. 집에 사람이 너무 많았다. 어머니가 우리와 함께 살러 왔고 계단을 오르지 못해 우리 방에서 멀지 않은 1층 방을 썼다. 어머니의 간병인도 있었다. 미란다는 여행할 때가 아니면 예전의 내 방을 썼다. 마지막으로 작은 올리의 방은 미란다 바로 옆 방, 예전에 할아버지가 쓴 방이었다. 나와 올리버는 우리 부모님의 옛 침실을 사용했다. 밤중에 기침만 해도 다 들릴 터였다.

우리가 생각한 대로 이탈리아 생활은 쉽지 않았다. 물론 예전과 상황이 다를 거란 예상은 했다. 하지만 어째서 오래전의 시간으로 곧장 달려들고 싶은 바람 때문에 함께 침대에 눕는 것이 꺼려질 수 있는지 도저히 이해되지 않았다. 모든 것이 시작된 그 집에 함께 있지만 우리는 과연 그때와 똑같을까? 내가 옷을 벗기 전에 불을 껐을 때 그는 등 돌려 누우면서 시차를 탓하려 했고 나도 그냥 내버려 두었다. 나는 그에게 실망하면 어쩌나 하는 두려움을 그를 실망시키면 어쩌나 하는 더 심각한 두려움으로 착각했다. 마침내 그가 다시 뒤돌아 누우며 말했을 때 그도 같은 생각을 하고 있음을 알았다.

"엘리오, 난 남자와 사랑을 나눠 본 지 너무 오래됐어." 그는 웃으면서 덧붙였다. "어떻게 하는지 잊어버렸을 수도 있어."

우리는 욕망이 망설임을 누그러뜨려 주길 바랐지만 어색함은 사라지지 않았다. 어둠 속에서 둘 사이의 긴장감이 느껴지자 나는 이야기를 좀 나누다 보면 망설임이 사라질지도 모른다는 제안까지 했다. 혹시 내가 거리감이 느껴지게 행동하고 있어요? 아니, 전혀 멀게 느껴지지 않아. 내가 까다롭게 굴고 있어요? 까다롭냐고? 아니. 그럼 왜 그래요?

"시간." 그는 늘 그랬듯 그렇게만 말할 뿐이었다.

시간이 필요하다는 뜻이냐고 물어보았다. 침대에서 그에게 좀 떨어지려는 준비까지 하고서. 그는 아니라고 했다.

너무 많은 시간이 지나 버렸다는 뜻임을 이해하는 데 시간이 좀 걸렸다.

"그냥 날 안아 줘요." 마침내 내가 말했다.

"일단 안고 있다가 어떻게 되는지 보자고?" 그가 곧바로 농담을 던졌다. 한마디 한마디에서 자조하는 듯한 어조가 느껴졌다. 긴장했음을 알 수 있었다.

"그래요, 어떻게 되는지 보자고요." 내가 따라서 말했다.

5년 전 오후 학교로 찾아갔을 때 그가 손바닥으로 내 뺨을 만진 일이 떠올랐다. 그가 그러자고만 했다면 나는 당장 그와 잤을 것이다. 그는 왜 그러지 않았을까?

"그랬다면 네가 날 비웃었을 테니까. 네가 거절했을지도 모르니까. 네가 날 용서했는지 확신이 없었으니까."

우리는 그날 밤 사랑을 나누지 않았다. 하지만 그의 품에 안겨 잠들며 그의 숨소리를 듣고 오랜 세월이 지났는데도 익숙한 그의 숨결 향기를 맡으며 마침내 올리버와 함께 침대에 누웠고 포옹을 풀어도 그도 나도 서로에게서 떨어지지 않는다는 사실을 확인하는 순간, 나는 깨달았다. 20년의 세월이 지났지만 우리는 그 옛날이 지붕 아래 두 젊은 남자에서 단 하루도 나이 먹지 않았다는 사실을. 아침에 그가 나를 쳐다보았다. 나는 침묵이 우리의 틈을 메우는 걸 원치 않았다. 그가 뭐라고 말하기를 바랐다. 하지만 그는 입을 열려는 기미가 없었다.

"지금이…… 나만 그런가요? 지금 내 아침은 현실이거든요." 결국은 내가 말을 걸었다.

"나도 똑같아."

그가 어떻게 하루가 시작되길 좋아했는지 기억한 것은 그가 아니라 나였다.

"이건 너하고밖에 해 본 적이 없어." 지금 우리 둘 사이에 일어나려는 일을 확인하며 그가 말했다. "그래도 아직 긴장돼."

"당신이 긴장한 모습은 본 적이 없는데."

"알아."

"나도 할 말이 있어요." 그가 알았으면 했기에 입을 뗐다.

"뭔데?"

"당신을 위해 지금까지 아꼈어요."

"우리가 다시 만나지 않았다면 어쩌려고."

"그런 일은 절대로 없었을 거예요." 나는 참지 못하고 내뱉었다. "당신은 내가 뭘 좋아하는지 알죠."

"알지."

"잊지 않았군요."

그가 미소 지었다. 잊지 않았다고.

오래전 그랬던 것처럼 우리는 새벽에 섹스하고 수영을 하러 갔다.

집으로 돌아오니 다들 아직 자고 있었다.

"내가 커피 만들게요."

"커피 좋지."

"미란다는 나폴리식을 좋아해요. 그래서 우린 나폴리식으로 커피를 만들어 마신 지 오래됐어요."

"좋지."

그는 이 말을 남기고 샤워하러 갔다. 나는 커피포트를 채운 뒤 달걀 삶을 물을 끓였다. 테이블 매트 두 장을 깔았다. 하나는 테이블의 기다란 쪽에, 하나는 상석에. 다음은 빵 네 조각을 토스터에 넣어만 두었다. 돌아온 그에게 커피를 잘 살펴보라고, 커피가 다 되어도 커피포트를 뒤집지 말라고 했다. 젖은 상태로 빗질한 그의 머리가 좋았다. 아침의 저 모습을 잊어버리고 있었다. 두 시간 전만 해도 우리는 다시 사랑을 나눌 수 있을지조차 확신하지 못했다. 꼼지락거리며 아침을 준비하다가 멈추고 그를 보았다. 그가 내 생각을 알아차리고 미소 지었다. 우리를 무섭게 한 불편함이 지나갔다. 그 사실을 확인하려는 듯 샤워하러 주방을 나서기 전 그의 목에 천천히 여운이 남는 키스를 했다.

"이런 키스는 정말 오랜만이야." 그가 감탄하며 말했다.

"시간." 내가 그의 말을 이용해 놀렸다.

샤워를 끝내고 주방으로 돌아가니 놀랍게도 올리버와 올리버가 테이블의 기다란 쪽에 나란히 앉아 있었다. 끓는 물에 우리 세 사람이 먹을 달걀 여섯 개를 넣었다. 어제 TV에서 본 영화에 관해 이야기하는 두 사람을 보니 작은 올리버는 올리버가 단번에 마음에 든 게 분명했다.

나는 우리 세 사람이 먹을 토스트에 버터를 바르며 올리버가 작은 올리를 위해 달걀 껍데기 맨 윗부분을 까 주고 자기 것도 까는 모습을 바라보았다.

“이렇게 하는 거 누가 가르쳐 줬게?” 그가 물었다.

“누군데?” 꼬맹이가 물었다.

“네 형. 매일 아침 내 달걀 껍데기를 까 줬지. 내가 어떻게 하는지 몰랐거든. 미국에선 이런 거 안 가르쳐 줘. 아들들 달걀도 내가 까 줬어.”

“아들들이 있어?”

“그렇단다.”

“이름이 뭐야?”

올리버가 이름을 말해 주었다.

“네 이름 누구 이름을 따서 지은 건지 알아?” 올리버가 물었다.

“알아.”

“누군데?”

“아저씨.”

나는 마지막 대화를 들으며 목이 메는 듯했다. 우리가 말하지 않았고 말할 시간이 없었거나 어떻게 말해야 할지 몰랐던 너무도 많은 것이 도드라졌다. 미완의 선율을 해결해 주는 마지막 화음처럼. 너무도 긴 세월이 흘렀고 헛된 낭비인 줄 알았던 그 많은 시간이 우리를 더 나은 사람으로 만들었음을 누가 알까. 나는 감동할 수밖에 없었다. 저 아이는 우리의 아이와 같았고 내가 갑자기 분명히 알게 된 것들을 너무도 단호하게 예언해 주었다. 저 아이의 이름이 올리버인 데는 이유가 있었다. 처음부터 올리버는 내 핏줄이었고 늘 이 집에 살았으며 이 집이었고 내 삶이었다. 그는 우리에게 오기 전부터, 내가 태어나기 전부터, 수 세대 전에 조상들이 초석을 놓기도 전부터 이미 여기에 있었고 시간이라는 여정표에서 우리가 떨어져 지낸 세월은 아주 사소한 차질에 불과했다. 기나긴 시간, 기나긴 세월, 우리를 스치고 떠나보낸 모든 삶이 결코 쉽게 일어날 수 없었던 것처럼, 설령 그렇더라도 시간은, 우리가 껴안고 늦게 잠들기 전에 그가 한 말처럼 시간은 언제나 아직 살지 않은 삶에 치르는 대가다.

커피를 따라 주고 그의 뒤에서 맴돌며 오늘 아침에 사랑을 나눈 뒤 샤워하지 말았어야 했다는 생각이 들었다. 그의 모든 흔적이 나에게 남아 있었으면 했다. 아직 새벽의 일을 이야기하지 않았고 그가 사랑을 나누면서 한 말을 다시 해 주기를 바랐다. 그에게 지난밤 이야기를 하고 싶었다. 서로 푹 잤다고 말했지만 사실은 그렇지 않으리라는 것도. 말하지 않으면 지난밤은 너무 쉽게 사라져 버릴 수 있었다. 그가 너무 쉽게 사라져 버릴 수 있는 것처럼. 나는 무엇에 사로잡혔는지 그의 커피를 따라 주고 나서 그의 귓불에 닿을 듯 말 듯 낮은 목소리로 속삭였다. "절대 못 돌아가요. 떠나지 않는다고 말해 줘요."

그는 조용히 내 팔을 잡고 테이블 상석의 내 자리에 앉혔다. "난 안 떠나. 그런 생각 그만 해."

그에게 20년 전의 일을 이야기하고 싶었다. 좋고 나쁘고 아주 좋고 끔찍했던 일들에 대해서. 그런 이야기를 나누고 싶었다. 그의 모든 것을 알고 싶은 만큼 가장 최근의 일까지 내 모든 걸 다 들려주고 싶었다. 처음 만난 날 그의 하얀 팔을 보며 그 팔에 안겨 맨살로 내 허리에 둘러진 그의 팔을 느껴 보고 싶었다는 말을 하고 싶었다. 밤에 침대에 누웠을 때 그런 이야기를 조금은 했다.

"그때 당신은 시칠리아에서 고고학 발굴 작업을 하다 와서 팔이 햇빛에 잔뜩 그을렸어요. 처음 식탁에 앉았을 때 대리석 무늬 같은 핏줄이 있는 팔 아래쪽은 하얗고 무척 연약해 보였죠. 난 그 팔에 키스하고 핥고 싶었어요."

"그때부터?"

"그때부터요. 이제 날 그냥 안아 줄래요?"

"그리고 어떻게 되는지 보자고?"

지난밤 서로 껴안았을 뿐 그 이상 하지 않은 것은 잘한 일이었다. 그는 내 생각을 읽은 모양이었다. 한쪽 팔을 내 어깨에 올려 나를 가까이 당기고는 작은 올리를 바라보았다.

"네 형은 참 멋진 사람이야."

꼬맹이가 우리를 쳐다보았다. "정말?"

"아닌 것 같아?"

"아니, 맞아." 꼬맹이가 웃었다. 반어법이 이 집안의 언어라는 것을 꼬맹이도 나도 올리버도 알았다.

그때 꼬맹이가 느닷없이 물었다. "아저씨도 좋은 사람이야?"

올리버조차 감동해 숨을 골라야만 했다. 저 아이는 우리의 아이였다. 우리 둘 다 알았다. 돌아가신 아버지도 처음부터 알았다.

"여기 등대가 있었고 지금 우리가 그 등대에서 10분도 안 되는 거리에 서 있다는 게 믿어져요?"

우리는 알렉산드리아에서 하룻밤 더 묵고 나폴리로 향했다. 우리가 우리에게 주는 선물 혹은 미란다의 표현처럼 올리버가 로마의 사피엔자대학에서 강의를 시작하기 전에 다녀오는 우리의 신혼여행이었다. 하지만 바닷가 산책로에서 태양을 바라보고 가족과 친구, 이런저런 사람들이 걸어가는 모습을 쳐다보며 서 있을 때, 그가 뉴욕으로 돌아가기 며칠 전 바위에 앉아서 밤바다를 바라본 걸 기억하는지 묻고 싶었다. 그는 기억한다고, 당연히 기억한다고 했다. 꼭두새벽에 로마 이곳저곳을 돌아다닌 밤들은 기억하는지 물었다. 그것도 기억했다. 나는 그 여행이 내 인생을 바꿔놓았다고 말할 작정이었다. 우리 둘이서 완전히 자유롭게 함께한 시간일 뿐만 아니라 내가 갈망했지만 살게 될 줄은 몰랐던 예술가의 삶을 로마가 맛보여 준 덕분에. 로마의 첫날 밤 우리는 술에 취했지만 잠들지 않았다. 그리고 시인과 화가, 편집자, 배우들을 잔뜩 만났다. 그런데 그가 내 말을 멈추었다.

"우리 과거만 뜯어먹고 살 건 아니지?" 그는 평상시의 간결한 말투로 내가 미래의 가능성이라고는 전혀 없는 영역으로 들어갔다고 말하는 거였다. 그야말로 맞는 말이었다. "난 많은 관계를 끊고 다리를 불태워야 했어. 그 대가는 분명히 치러야 할 테지만 뒤돌아보고 싶지 않아. 나에겐 미콜이 있었고 너에겐 미셸이 있었지. 내가 어린 엘리오를, 네가 더 젊은 나를 사랑했던 것처럼. 그들이 있어서 지금의 우리가 있는 거야. 그들이 없었던 것처럼 말하지는 말자. 하지만 난 돌아보고 싶지 않아."

그날 낮에 우리는 레프시우스거리에서 나중에 샤름엘셰이크거리로 이름이 바뀌고 지금은 CP카바피거리라고 부르는 곳에 있는 카바피의 옛집을 방문했다. 우리는 거리의 이름이 바뀐 것에 대해 기원전 삼백 몇 년 전에 세워졌을 때부터 가차 없는 양면성이 존재했던 도시가 거리명 하나도 확실하게 정하지 못했다며 웃음을 터뜨렸다.

한때 유명 시인의 집이었던 후텁지근한 아파트로 들어서자마자 올리버는 완벽한 그리스어로 직원과 술술 인사를 나누는 모습으로 나를 놀라게 했다. 현대 그리스어를 언제 어떻게 배운 걸까? 내가 그에 대해, 그가 나에 대해 모르는 것이 얼마나 더 많을까? 그는 단기 집중 코스를 수강했다고 했다. 하지만 정말로 큰 도움이 된 것은 아내와 아들들과 그리스에서 보낸 안식년이라고. 아들들은 그리스어를 빠르게 익혔고 아내는 주로 집에 머무르며 햇살 비치는 데크에서 더럴 형제의 책을 읽거나 영어를 전혀 못하는 청소부에게 그리스어를 조금 주워들었다.

지금은 박물관으로 변한 카바피의 아파트는 창문을 열었는데도 칙칙하고 산만했다. 동네 자체가 칙칙했다. 안에 들어가 보니 햇빛이 잘 비치지 않았고 거리에서 드문드문 들려오는 소리뿐 버려진 창고에서 주워 온 것이 분명한 여분의 낡은 가구 위로 침묵이 무겁게 내려앉았다. 하지만 아파트를 보자마자 내가 가장 좋아하는 카바피의 시가 떠올랐다. 젊은 시절의 그가 연인과 자곤 했던 침대에 비치는 오후의 한 줄기 햇살에 관한 내용이다. 시인은 오랜 세월이 흐른 뒤 다시 찾아왔지만 가구도 침대도 전부 사라졌고 집은 영업소로 바뀌어 버렸다. 하지만 침대에 비친 빛줄기는 그를 떠나지 않았고 영원히 그의 기억 속에 머무른다. 연인은 일주일 안에 돌아오겠다고 했지만 결국 돌아오지 않았다. 시인의 슬픔이 나에게도 전해졌다. 상처는 쉽게 회복되지 않는다. 로런스 더럴이 자유롭게 번역한 카바피의 시를 생각했다.

*이 작은 방, 내가 너무도 잘 아는!*
*이제는 이 방과 옆 방까지도*
*영업장이 되어 버리고*
*유한회사와 물류 회사 같은*
*장사꾼들의 사무실이 집 전체를 삼켜 버렸어.*

*아, 너무도 익숙한 이 작은 방!*

*한때는 문 옆에 소파가 있었고,*
*소파 앞에는 작은 터키 카펫이 있었지.*
*바로 여기에. 노란색 꽃병 두 개가 놓인*

*선반도 있었고, 그 오른쪽에는*
*아니지, 잠깐, 그 반대쪽에 (세월이 참)*
*허름한 옷장과 작은 거울이 있었지.*
*여기 테이블 가운데에서는*
*항상 그가 앉아 글을 썼고,*
*테이블에는 등의자 세 개가 놓여 있었지.*
*참 오래전이구나…… 저기 창가에 놓인*
*침대에서 우리는 자주 사랑을 나누었지.*
*어딘가에 있을 이 낡은 침대는*
*분명 아직도 삐걱거릴 테지…….*

*창문 옆으로는, 그래, 그 침대가 있었구나.*
*오후의 햇살이 침대 절반 가까이 올라왔지.*

*우리는 어느 날 오후 4시에 헤어졌지.*
*꼭 일주일 동안만, 그런 오후에.*
*나는 까맣게 몰랐어.*
*그 7일이 영원이 될 줄은.*

우리는 벽에 줄지어 걸린 카바피의 어두운 얼굴이 담긴 어설픈 자화상 사진에 실망했다. 방문 기념으로 그리스어 시집 한 권을 샀다. 만이 내려다보이는 오래된 그리스 페이스트리 가게에 나란히 앉아 있을 때 올리버가 시 한 편을 큰 소리로 읽어 주었다. 처음에는 그리스어로, 다음에는 급하게 번역해서. 읽어 본 기억이 없는 시였다. 그리스인이 포세이도니아라 불렀고, 나중에 루카니아인이 파이스토스로 바꾸고, 다음에는 로마인이 파에스툼이라고 바꾼 이탈리아의 그리스 식민지에 관한 내용이었다. 그리스인은 이탈리아 식민지에 정착한 지 몇 세기, 수많은 세대가 지나자 그리스 유산과 그리스어의 기억을 잊어버리고 대신 이탈리아식 관습을 익혔다. 하지만 해마다 딱 하루, 의례적인 기념일에 포세이도니아인은 그리스의 음악과 의식으로 그리스 축제를 즐겼다. 참으로 훌륭한 그리스 유산을 잃어버렸고 그리스인이 경멸하던 야만족과 다를 게 없다는 깊은 슬픔을 깨달으며 조상들의 잊힌 관습과 언어를 최대한 기억하고자 했다. 그리스인 정체성의 남은 조각들을 그날 해가 질 때까지 부여안고 있다가 다음 날 떠오르는 해와 함께 사라지는 것을 지켜본다.

올리버는 달콤한 페이스트리를 먹으면서 우리가 묵는 민박집 주인과 박물관 직원, 페이스트리 가게의 늙은 웨이터, 오늘 아침에 영자 신문을 판 남자 등 알렉산드리아에 소수만 남은 그리스인이 포세이도니아인처럼 새로운 관습과 습관을 터득했고 본토의 그리스어와 달리 이제는 쓰지 않는 표현을 구사하는 경향이 있다는 사실을 깨달았다.

그리고 내가 절대로 잊을 수 없는 말을 했다. 결혼한 남자이자 두 아들을 둔 아버지였지만 해마다 내 생일인 11월 16일에는 자기 안의 포세이도니아인을 떠올리고 나와 함께 했다면 삶이 어땠을지 생각하는 시간을 보냈다고.

"네 얼굴과 목소리, 냄새까지도 잊어버리는 것 같아 겁났거든." 그는 자신만의 의식을 치를 장소도 찾았다. 사무실에서 그리 멀지 않은 호수가 내다보이는 그곳에서 오랜 세월 우리가 살지 않은 삶, 나와 함께 하는 삶을 잠깐 떠올렸다. 아버지가 성야라고 불렀을 그 의식은 시간도 오래 걸리지 않고 그 무엇도 망가뜨리지 않았다. 하지만 최근에는 그날 다른 곳에 있었기 때문인지 상황이 완전히 반대라는 사실을 깨달았다. 자신이 그날 단 하루를 제외하고 1년 내내 포세이도니아인이라는 것을. 지나간 나날의 유혹이 끝까지 떠나지 않았고 아무것도 잊지 않았으며 잊고 싶지도 않다는 것을, 나 또한 잊지 않았는지 전화나 편지를 할 수 없었지만 우리가 서로를 찾지 않는 이유는 애초에 헤어지지 않았기 때문이며, 어디에 있든 누구와 있든 무엇이 가로막든 때가 되었을 때 그저 나를 찾아오면 된다는 것을.

"그래서 찾았네요."

"그래서 찾았지."

"오늘 아버지가 살아 있었다면 얼마나 좋을까요?"

올리버는 나를 바라보며 잠시 침묵하다가 말했다. "나도 그래. 나도."

# 파인드 미

2판 1쇄 발행 | 2024년 3월 1일

지은이 | 안드레 애치먼
옮긴이 | 정지현
펴낸이 | 이정헌
편집 | 이정헌
교정 | 노경수
디자인 | DNDD
인쇄 | 공간코퍼레이션

펴낸곳 | 도서출판 잔
출판등록 | 2017년 3월 22일 · 제409-251002017000113호
주소 | 경기도 김포시 김포한강3로 432 502호
팩스 | 070-7611-2413
전자우편 | zhanpublishing@gmail.com
웹사이트 | www.zhanpublishing.com

표지 그림 © 이고은

ISBN 979-11-90234-02-3 03840

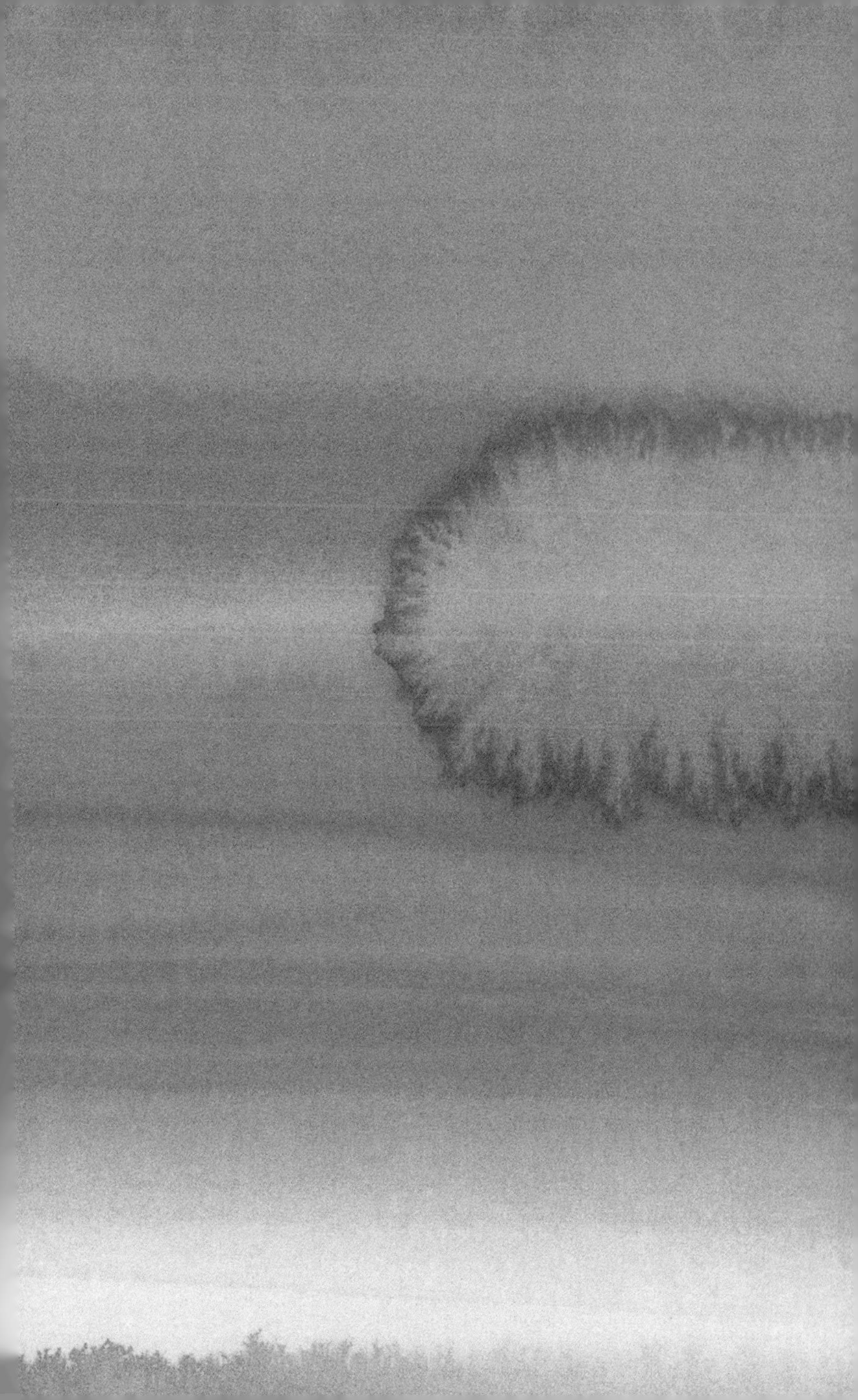